陈崇正 著

归潮

字体集自饶宗颐先生书法作品

花城出版社

中国·广州

图书在版编目（CIP）数据

归潮 / 陈崇正著. -- 广州 : 花城出版社, 2024.3
ISBN 978-7-5749-0129-2

Ⅰ. ①归… Ⅱ. ①陈… Ⅲ. ①长篇小说－中国－当代 Ⅳ. ①I247.5

中国国家版本馆CIP数据核字(2024)第050300号

出 版 人：张　懿
责任编辑：梁宝星　林　菁
责任校对：李道学
技术编辑：凌春梅
封面设计：水玉银文化

书　　名	归潮
	GUI CHAO
出版发行	花城出版社
	（广州市环市东路水荫路11号）
经　　销	全国新华书店
印　　刷	广州市岭美文化科技有限公司
	（广州市荔湾区花地大道南海南工商贸易区A幢）
开　　本	880毫米×1230毫米 32开
印　　张	10.375　2插页
字　　数	160,000字
版　　次	2024年3月第1版　2024年3月第1次印刷
定　　价	58.00元

如发现印装质量问题，请直接与印刷厂联系调换。
购书热线：020-37604658　37602954
花城出版社网站：http://www.fcph.com.cn

历尽千劫,只为归潮

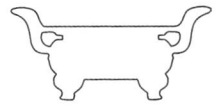

目录

楔子 \ 1

上篇　心安随处家庙

第一折　大风 \ 36
第二折　危局 \ 73
第三折　归途 \ 120
第四折　落定 \ 149

下篇　潮平四海归来

第一折　离散 \ 184
第二折　重修 \ 205
第三折　寻踪 \ 231
第四折　回炉 \ 273

尾声 \ 307

楔子

1

  碧河镇的时间大概是从北宋便凝固了，比如清晨水边遥相呼应的捣衣声，比如这里嫁娶依旧以生辰八字为凭。镇子北边的梅花村是个古村落，碧河刚好从村子中央穿过，白色的鹭鸟在河边起起落落。即便你没有来过潮州，也大概会在游客拍摄的照片里，看过梅花村的陈氏宗祠和碧河书楼，这两栋建筑隔着池塘遥遥相望，特别是在落日余晖之中，那些斑驳剪影和粼粼波光，就如洞箫与古琴，共同奏响时光的乐章。

  碧河古镇不大，梅花村更是古镇最小的一个村落。北宋时陈家始祖来到此地，但见满山的梅花盛开，心情大悦，于是定居于此，精心布置了"一池隔两厝"的风水。池塘叫梅花池。大厝是宗祠，敬祖先，敬过往；小厝是书楼，求功名，求未来。始祖有两个儿子，大儿子葬在梅山西侧，也就是日落梅；小儿子葬在梅山东侧，则是日升梅。两个儿子就是两大房头，大房守宗祠，二房守书楼，也就成了祖上定下的规矩，日升日落不能忘。村民对于房头的区分，彼此非常清楚。

梅山之下是碧河，碧河之水通过不同的涵洞水渠浇灌古镇诸村的田地。故此梅花池并不是一池死水，而是与碧河水体相连的活水。连接河水和池水的通道，则是堤岸之下深埋的龙舌涵，涵口设有水闸。每个月开闸放水的日子，总有村民拉网捕鱼，此前也有小孩喜欢到急流之中戏水，后来出了事，两个男孩溺亡了，便被明令禁止，放闸时不许孩子靠近。反倒是在水流平缓的碧河里，常常会见到大人带着小孩游泳。所以梅花村的孩子无论男女，很少有人不会游泳。在梅花村，男孩成熟的标准之一是可以一口气游到碧河对岸，而女孩子则从小就跟着母亲在碧河边洗衣服，她们会看着自己喜欢的男孩游到彼岸。

这是陈乔峰同代人的记忆，他从小就是横穿溪流的那群男孩之中的一员。而对于陈乔峰的母亲周小英来说，碧河提供的是鱼，她跟着父亲在碧河上捕鱼，再运到下游的半步村售卖。至于陈乔峰的阿嫲林雨果，她记忆中的碧河是通向大海的，她最亲的人就是从碧河中去往南洋，去往另一片陌生的土地讨生活。在雨果阿嫲的讲述中，她和其他几个村民挑着盐从碧河的渡船上过河时，日寇曾在岸上对着他们开枪。子弹打中了她挂在胸口的观音银饰，她捡回了一条命。阿嫲命硬，命硬的人注定比其他人承受更多。多少年的风风雨雨，她稳如磐石岿然不动，支撑起了整个家。陈乔峰从孩童开始便清楚，陈家从来都是女人当家，相反，男人都沉闷无趣。作为木雕世家，阿公陈团结只会玩木头，父亲陈纯钢也只会玩木头，到了哥哥陈无忌依然继续玩木头。陈乔峰被阿公视为孙子辈里最具木雕天分的孩子，说陈乔峰小时候手握毛尾刀的姿势让他想起他的父亲陈雄振。也就是说，老祖公陈雄振也是一个玩木头的。

少年陈乔峰一想到自己未来还得继续玩木头，他就无法忍受。从初中二年级开始，他便希望通过外出读书跳出去，离开木雕，去学设计，把玩玉石。但在广州工作不到一年，他最终还是回到潮州古城，回到熟悉的环境之中，这里有卤鹅肉和单丛茶，以及吹过韩江那些带着暖意的夜风。

2

今夜堂哥陈得海接亲，陈乔峰是伴郎，负责开婚车。一切总算顺利，迎亲的车队回到碧河镇刚好是子时。车灯在黑暗中打开了一个空间，像是打开一个古老的秘密，却又不便言说。

按照风俗，新娘踏出家门便不能回头，寓意爱情坚贞长久；上了车便不能和新郎说话，以免婚后经常吵架；下车时新郎要撑伞，新娘子不能见天。诸如此类的细节，老人们反复叮嘱，让陈乔峰记熟。"你堂哥紧张，这些细节你要在旁边多提醒。"陈乔峰只是点头，心里也叫苦，新郎没经验，难道他就有经验吗？

回来的车上充满了奇怪的沉默。与其他地方迎娶新娘热热闹闹不同，潮州婚俗中深夜接亲非常安静，大概害怕惊扰了天上的神明。事以密成，在婚嫁之事上面更是如此。新娘进门，没有错过时辰，房子里灯火通明，喝甜汤丸进了洞房。伴郎们才松了一口气，相视而笑，围坐在一起食茶，吃瓜子花生。

人来人往的庭院里，一个身影突然出现在陈乔峰眼帘，随即那个熟悉的名字从记忆之中苏醒：黄博琳。但他先假定不是，因为此前闹过几次笑话，打了招呼才发现认错了。他很快又觉得不可能，黄博琳毕业后就回了新加坡。虽然她喜欢满世界跑，但也不太可能出现在碧河镇梅花村，概率太低了，这只能是幻觉。或许是看到人家结婚，他才会想起从前的女友。

第二日中午，婚宴设在碧河书楼的院子里，大树底下摆满了红色桌布的酒席，亲戚们三五成群围坐其间，小孩子穿梭打闹，专程请来的大厨师在书楼另一侧架起炉灶炒菜，门口铁架子上的电视机播放着婚纱照剪影短片，喜庆的音乐萦绕着碧河书楼。那条老狗躺在音箱上面晒太阳，不时摆动尾巴。陈得海的父亲在走廊的茶几旁冲工夫茶，他的旁边坐着碧河镇有名的神婆冰姩，冰姩正在对着录像机说话，表情略显拘谨。冰姩是陈得海阿公的姐姐，陈得海喊她老姑。

"听说我这个跛脚老姑以前喜欢你阿公，"陈得海对陈乔峰说，"你阿公娶你阿嬷之后，我老姑就无嫁人，伊落老爷。"[①]

不过这个时候陈乔峰的注意力根本没有在神婆冰姩的身上，透过影影绰绰的人群，他终于是看清楚了，冰姩对面那个手持录像机的女孩，确实就是黄博琳。更令陈乔峰惊讶的是，她已经可以用音调不太标准的潮州话跟老人们攀谈。

---

① 注：落老爷，请神附身说话，潮州人把一些难以实现的愿望、难以知晓的知识通过"落老爷"的形式加以神化体现。

归潮

他听到她的声音，黄博琳也看到他，脸上的笑容便迅速消失了。在她身边拿着手机拍照的是李启铭，李启铭将她引介给朋友们，在不断变换聊天对象之后，他们终于来到陈乔峰面前："乔峰，来来来，给你介绍个朋友，黄博琳，国内小有名气的纪录片导演，就是她拍摄了夏雨斋的民宿修缮工程，这部纪录片还拿了一个国际电影节的金奖。"黄博琳小声更正说："是银奖。"李启铭似乎没听到，又指着陈乔峰说："这是陈乔峰，我的好哥们儿，潮州木雕世家，好好的家业不继承，毕业后自己开公司给人家做设计。哦对，他还做玉雕设计，能做非常漂亮的首饰，你们女孩子一定会喜欢。"

黄博琳脸上的笑是突然出现的，像手电筒的光照到他的脸上，让他迷惑，让他充满疑问。她伸出手来，说："幸会！"

他们握手。

时隔八年，足足有八年。陈乔峰内心翻腾计算着时间，却说不出话来。除了岁月惊心的感慨，他内心还充满了复杂的猜忌：她跟李启铭现在是什么关系？难道她已经嫁到潮州了？

李启铭这时候却取笑他，平时话最多，现在看到漂亮女孩子就说不出话来，还说等一下婚宴结束之后要找他，有件事想让他帮忙。陈乔峰点头答应。黄博琳的眼光很快从他这里移开，去跟其他人说话了。

婚宴开始以后，大家开始喝汤，夹菜吃肉，婚庆主持人上台说着什么,没听清。她似乎没怎么吃饭,就像一只蝴蝶飞来飞去,拿着录像机到处拍摄。这顿饭陈乔峰也几乎没动筷子,他喝着饮料,不断与其他人谈笑和说话,但眼角余光全在黄博琳身上。

终于,她来到他身边拍摄,用潮州话问当地婚俗的细节,问到陈乔峰时,他摇摇头说:"我又没结过婚,"然后他反问,"你嫁到潮州不是更清楚?"

黄博琳当然明白他的意思,只是一笑:"好好说话,多说点,尽管贫嘴,反正后期剪辑,不会给你留一个镜头。"话语间依然是熟悉的伶俐,陈乔峰反而松了一口气,毕竟,她愿意跟他说话了。

3

书楼婚宴结束以后,李启铭带着黄博琳找到陈乔峰。他们打开车后厢,取出一件木雕,说这本来是准备在婚礼现场送出的结婚礼物,却因为路上一阵颠簸,不小心折了一小块木头,只能让陈乔峰帮忙修一下,回头再给人家送去。八年之后,陈乔峰重新见到前女友黄博琳,这个在新加坡长大的华侨女孩开口让他帮忙。她的这个忙,竟然还是让他玩木头。

"我路上就跟博琳说了,这事找你就对了。"

"对什么对,我现在的主业是玉石设计,一把木雕刻刀都没有。"陈乔峰想到他们刚才一路过来说说笑笑就来气。

李启铭也不知道陈乔峰怎么突然这么大火气,依然笑嘻嘻,眼睛望向陈氏宗祠的方向:"你爸和你哥,这个时间应该都在祠堂里干活儿,你带我们一起过去,借工具给我们修一修就好啦。"显然他来之前已经想好了所有对策。

陈乔峰这时才看了一眼木雕,那是一件石榴多籽主题的木雕,不是机雕,看得出作者的构图颇具匠心。再细看,果然有一片叶子折断了,位置刚好是受力点,非常显眼,如果不修，整件木雕就废了。

见陈乔峰呆呆出神，黄博琳在边上突然说："到底能不能修？能修的话扫二维码，加微信，不能修我们找别人。"

"能，一定能，你手机打开，我扫你二维码。"

"修好再加。"

李启铭在旁边见状，不禁笑出声来："乔峰大侠，没想到你也有今天。"

八年前他们开始谈恋爱那会儿，神舟七号飞船刚刚升空，陈乔峰用的手机还是诺基亚，微信还没有诞生，潮汕站也还没有通车，那仿佛是另一个时代。那年夏天，陈乔峰研究生一年级的暑假，日子无聊，为了凑够换手机的钱，他跑到广州一家游泳馆里当教练。作为碧河边的游水健将，他对自己的水性非常自信。然而游泳池里的蛙泳和仰泳却有自己的动作标准，相比之下他游泳的动作一点都不科学。系统和规范，这是城市的秩序。陈乔峰只能十分谦虚地表示自己可以从头学起。老板看他还算诚恳，先让他到浅水区教小孩子闭气，轮班的间隙让一位教练指导他蛙泳。陈乔峰悟性好，也刻苦，只用了几天时间便掌握了要领。

黄博琳读大二，暑假出来学游泳，成为陈乔峰学会蛙泳之后的第一个客户。黄博琳见到陈乔峰，第一个问题是："听老板说，你会说潮州话？"

陈乔峰迷惑地点头。

黄博琳说："喝茶怎么说？"

归潮

"食茶。"

"新年好怎么说?"

陈乔峰用潮州话说了。黄博琳点了点头,又问:"你的潮州话标准吧?"

"差不多,不能说十足十,也九成九。"

就这样,那个夏天,陈乔峰带着黄博琳游泳,游泳班下课后,便陪她在广州的各所高校里面瞎晃,边走边教她说潮州话。

潮州话八个声调,高低起伏复杂多变,保留了先秦的古音,对不会说潮州话的人来说,简直就是一口加密的外语,也是潮州人辨认彼此的接头暗号。只要听到潮州话,便知是"家己人"①。在广州读书和工作,陈乔峰领受这种同乡网络的情谊,同时也在心里保留着一丝警惕,毕竟同声可以相应,却未必能同气相求。就如工夫茶三只茶杯均分茶色一样,潮州人用自己的方言划分"家己人"和外地人,也将自己困在不能失衡的茶杯里。

黄博琳喜欢拍照,陈乔峰就成了她的模特。有时候陈乔峰也给她拍,但多数时候黄博琳不满意。一场大雨将他们都淋湿了,于是故事就这样开始了。陈乔峰一直不敢告诉她,这场持续三个月零九天的恋爱,其实是他的初恋。那些日子,黄博琳穿着一双白色的帆布鞋,非常好看。一直到分手半年以后,陈乔峰想起那双白色鞋子,鼻子还是酸的。他并

---

① 自己人。

不喜欢自己这样，他明白这样一段感情，跟校园里其他无疾而终的故事一样乏善可陈。但他清楚地意识到，和家族里所有懦弱的先辈一样，他大概受到这样怯懦基因的锁定，这辈子注定没什么出息。

他问黄博琳为什么要学潮州话，黄博琳说，她只知道曾祖父那代人是从潮州搬到新加坡的，但后来因为各种原因断了联络，唯一的线索只剩下一封家书，信封里还附有一张黑白照片，信息太少，甚至都不知道是哪个乡镇。父母数次回来寻亲，但都因为语言不通最终毫无所获。所以她打算学会潮州话，想办法找回亲人。

"这样？"陈乔峰一脸坏笑，问她，"我不会是你失散多年的哥哥吧？"

"你叫乔峰，别把自己当段誉了。"

乔峰和段誉都是金庸武侠小说《天龙八部》里的人物。陈乔峰的父亲陈纯钢做木雕活时，喜欢在旁边放一个收音机，这个习惯已经坚持了几十年。他每天不会错过的节目是"潮语讲古"，特别是讲古师林江先生所播讲的金庸小说系列，真是百听不厌，以至于两个儿子的名字都取自金庸的小说人物。陈乔峰也喜欢听讲古，他和李启铭曾经有过一次讨论，甚至认为最优雅和最有活力的语言，不在潮剧里，不在潮州歌谣，而在以林江先生为代表的潮语讲古师那里。讲古师保留了潮州话最为典雅和晓畅的部分，他们对音韵的把握达到了惊人的地步。

4

车在宗祠前面的广场上停下来。广场靠近梅花池的那一侧并没有栽种梅花,而是立着一棵巨大的凤凰树,遮天蔽日的那种巨大,也不知道它在这池塘边生长了多少时日了。每逢过年或者重大节日,广场凤凰树下总有英歌舞或"营锣鼓"表演,人山人海,非常热闹。而到了秋收季节,这个广场又成了晒谷埕,会被用来晒稻谷。陈乔峰小时候还见过电影队在凤凰树下拉开幕布放电影,他和村里的小伙伴就搬了板凳看电影。那时候对外面世界的全部想象,都来自于这么一块小小的银幕。

黄博琳从来没有见过这样野蛮的凤凰树,她手持相机各个角度一顿狂拍。李启铭躲到一边去抽烟,他知道一会儿进入宗祠,里头都是木料,不好抽烟,先过过瘾。陈乔峰更是一点也不着急,他乐得站在旁边看她拍照,一种熟悉的感觉重新浮现。八年前也是如此,只是现在的黄博琳身材更加婀娜,她也更懂得如何打理头发,如何用淡淡的妆容让自己变得妩媚。是的,妩媚,八年前她的青涩已经完全没有了,取而代之是张弛有度的韵致。她身后巨大的宗祠像一头安稳的大象那样俯瞰着她。

"博琳，你别因为一棵树就把相机弄没电了，宗祠里头有更多素材让你拍的，这四乡六里还得承认这宗祠保护得最完整。"李启铭喊道。

李启铭并没有夸大其词。陈氏宗祠屹立千年，虽然其间不免遭逢战乱水火之厄，但依然气势雄伟。宗祠坐西向东，三进院落照应梅山的山形地势，靠近池塘的前座最低，中座比前座高出八十厘米左右，后座又比中座高出九十厘米左右，从两侧的山墙便可看到这样逐级的递进。这样后座抬高的设计首先是有利于排水，其次也让整个建筑从各个角度看过去都非常有层次感。屋顶的整体架构为斗拱抬梁式结构，砖砌墙体，中座采用歇山顶，五开间的寝堂，令整个建筑看起来非常稳重庄严。

潮州人对于房屋的讲究，是自古而然。有道是："潮州厝，皇宫起。"将房子称为"厝"，建房子便是"起厝"；"起厝"必须跟建皇宫一样精心考虑，主要样式格局如"四点金""下山虎""驷马拖车"，都有一套自洽的规范。民居并非都是雕梁画栋，但也就地取材精心布局。而祠堂之类重要的建筑，必定会有嵌瓷、木雕、石雕等工艺的综合运用。即便是屋顶的设计也是费尽心思，俗话说"厝角头有戏出"，既讲究五行风水，又绘制了龙凤瑞兽、传奇人物等题材。陈乔峰一家做的木雕，便是潮州金漆木雕。金漆木雕可以作为摆件观赏，也可以用于起大厝的屋顶构件。

归
潮

　　除了工艺上的追求,这里的人也笃信神灵风水之说,起厝动工之前必须请风水先生。传说梅花村从前有个风水先生十分了得,有户人家起厝请他看风水,他绕着那块地转了三圈,便指着一个地方让人挖土,第一次挖出一口棺材,主人家千恩万谢;但先生还让继续挖,又挖出第二口棺材,大家连声惊叹风水先生厉害;不料先生口中念念有词,让人继续挖,又挖出第三口棺材。主人家认为晦气,但风水先生却摆摆手表示不然,他耐心解释这是一块风水宝地,三口垂直叠放的棺材,分属不同的年代。从此先生名声大振。据说陈氏宗祠的规格朝向,乃至梅花池两边的树木,也是经过风水先生精心布置过,非常讲究。

　　三人来到陈氏宗祠门口,陈乔峰推门而入。午后祠堂静谧,父亲陈纯钢不在,哥哥陈无忌可能过于劳累,躺在通廊的石凳上睡午觉。中座是享堂,大家习惯叫中堂,里头堆满了各种木料和工具,凌乱的陈列,满地的木屑,完全看不出大家口中的"修缮工作接近尾声"。陈氏宗祠这一次的修缮始于三年前的那次台风,陈纯钢父子在这三年多时间里,除了应付生活必要接一些小单,全部时间几乎都扑在这上面。按照阿嬷林雨果的安排,宗祠必须在秋天最后一个节气霜降之前完工。梅花村拜祭祖宗不是在清明,而是在霜降,按照以往的惯例,在正式祭拜之前,还会举办一次修缮完工的庆典,在锣鼓喧天之中祭拜天地神明,也告知祖宗,宗祠修缮完毕。

李启铭和陈乔峰非常默契地到中堂，边喝茶边漫谈茶文化。"工夫茶的'工夫'在潮语里意思便是细致讲究，故此冲泡的方法有诸多讲究，有'关公巡城''韩信点兵'种种步骤"。"潮州人爱喝茶，特别是凤凰山的高山单丛茶。喝茶不单是因为茶，也是因为交际的必要。几个半熟不熟的人围着一套工夫茶、一只炉子、一壶开水就可以聊半天。有时候甚至都不说话，抽着烟，冲好了茶就说：'食茶。'另一个人便会回应道：'食。'简洁的古语，明白的表意，不多话而意自明。""潮州人也会将茶叶叫'茶米'，冲泡出来的从来只说'茶'或'茶水'，不说'茶汤'，可见喝茶是潮州人的家常，是离不开的东西，没有高高在上的矫情。"

宗祠在修缮，到处凌乱不堪，但茶盘家伙依然必不可少。做工之前如果不喝上几杯茶，那么工作也不会有好状态。

不过工地上冲茶只能将就，因地制宜，用来冲茶的茶桌，便是临时拼凑，在香炉实木底座上摆上一块木板来当茶桌。这个香炉的底座在宗祠里摆了几十年，现在只能根据这个实木底座反过来推断此前作为宗祠核心构成，应该会有一个香炉，而且老人说，那个香炉是青铜的。那真是一个美轮美奂的底座，难以想象上面的青铜香炉究竟是什么样的形状和纹饰。潮汕人敬神明拜祖宗，都得通过香炉。俗语"香炉耳"，就是指家中独子，唯一的男丁。正因为如此，神婆冰婶才会将这样一个香炉说成是镇祠之宝，陈氏宗族气脉所在。

归潮

等水烧开的间隙，李启铭问陈乔峰："我们今天这个茶桌规格很高啊，这个木头是红木哟，应该很贵重。传说中那个香炉还是没有找到？"

陈乔峰摇摇头："没有那么容易，我阿公找了一辈子都没有找到。"又补充说，"但我阿嬷上回突然说了一句，总有一日，香炉会自己回来的。"

李启铭边冲茶，边应道："团结娴是神人，香炉有脚，会自己走回来的。"

又食茶，聊了一会儿。陈乔峰终于忍不住打探道："你跟博琳什么时候认识的？女朋友？"

李启铭笑着不说话，故意专心泡茶，很久才缓缓说道："'一物合一药，虼蚤无涎掠唔着'①，乔峰大侠你这次是遇到克星了，就希望不是菜头粿，热单畔②。"

李启铭这么说，陈乔峰才内心稍定。李启铭各方面的条件可比他好太多，他跟黄博琳一样，是真正的侨四代。但又跟黄博琳不一样，李启铭家无论是在潮州还是泰国和马来西亚，都是大家族，实力雄厚。或者可以说他是侨N代，因为李启铭自己也算不清楚。他从高中就被送回老家读书，又在韩山脚下读完大学，毕业后他大概有高人指点，很快找到自己的创业方向，做潮州传统民居活化改造。他在老城区或租或买，盘下了一些老厝，又慢慢改成民宿。他刚开始做这件事

---

① 一物降一物，抓跳蚤没有口水就抓不到。
② 比喻单相思。

的时候，很多人都笑他傻，有钱没处花，必定打水漂。但不到十年时间，风水轮流转，古城旅游越来越旺，旅客逐年增长，民宿需求不断攀升，李启铭也一跃成为老宅改造的代言人，频频在媒体亮相。老宅改造往往离不开设计，也离不开梁柱上的木雕工艺，所以李启铭这几年和老陈家都走得近。他跟陈乔峰因为年龄相仿，是那种可以一起发呆的朋友。

李启铭国字脸，棱角分明风度翩翩，就连泡茶的动作都比他更帅。应该说，陈乔峰之所以会变得不淡定，是因为李启铭和黄博琳看起来更般配。他明白黄博琳一直有个导演梦，从这个角度看，李启铭显然有更好的物质基础能支持她实现梦想。

正当他浮想联翩之际，李启铭扮了个鬼脸，一脸嫌弃："我说乔峰大侠，你这个表情，不会真把我当情敌了吧？"

陈乔峰又恨自己毫无城府，根本藏不住心事，只能老老实实说："不是这个意思，我八年前跟她分手，那时她才二十一岁，读大二。"

这回轮到李启铭发愣："哎呀，哎呀，这世界这么小吗？哎呀，幸好我没有乱来，不然我们是不是连朋友都做不成了……不是，老兄，花无错开，人无错对，有这缘分你得刻苦啊，'爱嬷着刻苦'。"①

---

① 要娶到老婆只能刻苦忍耐。

5

　　这世界就是这么小,有什么办法呢,很多事始料未及。
　　陈乔峰开始给他们修木雕,黄博琳非得全程录像,说要纪念这妙手回春的一刻。这难不倒陈乔峰,他看一看就明白是什么回事,用了不到十五分钟,便将损毁的枝丫修改成新芽,还特意将另一侧的两片叶子削去,这样一来,整个画面看起来没那么拥挤,变得更加协调。李启铭说:"乔峰你真应该回来继续鼓捣木头,不应该去开什么设计公司,你这手艺完全是老天赏饭。"
　　陈乔峰发出两声得意的傻笑。对这样的赞美他倒是全盘接受,他内心也惊讶于自己刚刚用刀的感觉,竟然如此舒服。他暗暗猜测,如果不是黄博琳的镜头凝视,他不可能有这样的状态。
　　木雕修好了,李启铭提议他自己去送礼物就好,让陈乔峰陪黄博琳到处多转转。黄博琳也不傻,从他们俩的神色里已经明白什么意思。她动作十分灵活地打开车门坐到副驾驶座上,说:"我们是合伙人,送礼物的事必须一起去,趁着陈得海高兴,或许顺顺利利就能把书楼给租下来。"

陈乔峰问："你们要租书楼？"

李启铭答："这个事难度大，一直只能算是计划，也就没事先跟你说。这样吧，晚上到陈得海大排档吃鱼生，到时跟你好好聊一聊，我在博琳身边给你留个座位。"

黄博琳拍着车窗玻璃抗议，说："启铭，人家给你什么好处，这么快就把我给卖了。"

陈乔峰站在宗祠的台阶上，看着他们的车驶离小广场，沿着池塘边的弧形小路往书楼那一头去了，心中思绪依旧难平。

这些年，陈乔峰已经尽量让自己活成人畜无害的样子，和身边的许多人不一样，他无所求，且容易满足。他能读懂陈家流淌的血脉之中早就嵌套进去的密码，正是因为无争，所以可以在某件事上非常专注。比如他们家，专注于潮州木雕，专注于精巧的设计，如果心浮气躁，可能就没有办法对着一块木头保持一天的注意力。而往往一个稍微大一点的木雕作品，几个月悠悠然过去已经算是快手了。在木雕这样的行当，时间总是容易显得廉价，然而时间确实最重要的成本。他也留意到梅花村二房头那边就完全不同，二房守书楼，他们确实拥有一股向前的力气，能够冒险，能够变通，能够闯出一番大事业。再不济，混得不好者，比如刚刚结婚的堂哥陈得海，也在村里开了一家鱼生店，电视台专程来拍摄过他的刀法。生鱼片在他的刀口切出来，薄如蝉翼，而他一边挥刀切肉，一边还谈笑风生，最后尖刀往砧板一立，威风凛凛,杀气腾腾。"刀法好又不赚钱。"陈得海这句台词后来被大家拿来开玩笑。二房头从前出海谋生的华侨也比大房头要多,像陈得海和他弟弟陈得江这类人,才是这个世界的阳面;而陈乔峰,即便父亲给他和哥哥都取了武侠小说里的名字,但他们也只能是这个世界的阴面,是残阳,是冬日里的梅花,是池塘边那棵等待凉风穿过的树,至死都不肯往前走出一步。

但八年了,黄博琳重新出现在他面前,他像一只走得很慢的时钟突然被换上了新电池,眼里重新蒸腾起肉眼可见的猜忌和醋意,还有什么呢?大概还有青春重燃的斗志。

6

但那天晚上陈乔峰并没有如约到陈得海的大排档吃鱼生。他刚送走李启铭和黄博琳，父亲打来电话，说阿嬷晕倒了，让他和哥哥赶紧过去。阿嬷已经八十四岁，还能干家务，前两年还不定期去工作室帮儿子给木雕上漆，动作也利落。她看上去就是那种浑身是劲的老人，或者说，灵魂还是新的，只是装灵魂的瓶子有点旧。老人现在突然晕倒，就怕身体这部机器出故障。

陈乔峰赶到镇上的诊所，阿嬷却已经像往常一样，十分优雅地坐在椅子上，跷着二郎腿。她说："乔峰，你来得正好，我现在就想回家，你看看，他们都不让我走。"她指着围在身边的蔡医生和亲人，显然有点不高兴。蔡医生说晕倒大概是因为身体虚，但是刚才检查了一下，并没有什么大事，不过可以先坐定观察一下，喝点糖盐水，不着急走。"虚"这个词几乎可以解释一切身体疾病。陈乔峰对阿嬷说："阿嬷你平时也难得来看一次医生，就当来医生这里食茶。"阿嬷说："小蔡这里也没有什么好茶，乔峰你看他这架子上来来去去就这么几瓶药丸，还能包治百病？"虽说阿

归潮

嬷已经多年没有帮人接生了,但整个碧河镇几乎没有医生不认识团结婶林雨果,也都知道她的性格。蔡医生见林雨果揶揄他,他辈分小,只是笑,不敢回嘴。

阿嬷这几年是有点变矮,但站着时依然看起来比很多人高,嗓门也大,说话清晰明亮,像一只品种优越的狮头鹅。家里有阿公和阿嬷的合影,每一张阿公都坚持坐着拍摄,让阿嬷在旁边站着。因为阿公陈团结是矮个子,身高比阿嬷矮了一个头。所以阿公在照片里威风,端坐着如一家之主,但事实上在梅花村谁都知道,老陈家的当家人是阿嬷林雨果。林雨果如果嗓门拉得很高,那么说明她高兴;如果她生气,说话声音就会压得很低,就像龙卷风在贴地盘旋。

那一年,林雨果嫁入陈家,成了团结婶。那时粮票开始进入日常生活,生活艰难,四年后陈纯钢出生,家里的日子就更难了。幸好来自暹罗的帮助从来没有断过,总是在最艰难的时候,侨批便来了。村里人只知道林雨果八岁才从暹罗回到村里来,还知道她阿爸去世得早,是个抗日英雄,至于其他,便不清楚了。对村子里的其他人来说,小矮子陈团结算是走了狗屎运,娶了个老婆笔下有黄金,写写信,侨批就来了,钱粮就来了。侨批当然也有不来的时候,那时候林雨果行医,给人针灸,有一阵子还给人家当接生婆。这接生的本领是小脚女人音姑传授给她的,特别是对付难产的产妇。那时候村里人生病,要不找团结婶,要不找冰婶。冰婶是神婆,"落老爷"时是伯爷公附体,可以说明白很多别人不知道的事情，说话的声音忽高忽低。但农村哪里会没有一个三灾六病，特别是医院治不了的病，一般是先找团结婶，不行就找冰婶，人治不了就只能请神。

陈乔峰小时候见过阿嬷针灸，也见过冰婶"落老爷"。冰婶请神比阿嬷针灸好看。冰婶口中念念有词，手中挥舞着一把有点滑稽的木剑，木剑像玩具，她的手指那么修长，握在手里总是感觉随时会凌空飞起来。但没有飞，神上身之后的冰婶是另一个人，甚至能发出一个老男人的声音，跟她平时完全是两个人了。陈乔峰记得在冰婶身上的这个神，一直在帮村民们除掉家里潜藏的老虎。家里的一切困厄伤病，家庭不和，都因为家里有老虎的缘故，只要将老虎除掉了，一切也会回复到原来的美好状态。

陈乔峰也听过那些传说，只是冰婶喜欢阿公陈团结的事从来就没有什么证据。十三岁那年，陈乔峰第一次目睹阿嬷林雨果晕倒在莲雾树下。那时阿公陈团结刚刚去世，他的存折里还有一点钱，陈乔峰陪着阿嬷去镇上的信用社取钱。但信用社的工作人员说，要拿户口本去办理死亡证明，才能来取钱。于是阿嬷又带着陈乔峰去办证明。陈乔峰记得那天走了很长的路，有时候他走在阿嬷前面，有时候他走在阿嬷后面。等回到信用社时，已经临近下班，工作人员还让她填一张表。她拿着笔，先按照要求在第一个格子里写上阿公的名字：陈团结。接着第二个格，要写上"死亡"两个字，阿嬷却无论如何写不下去。她突然哭了起来，笔都拿不稳，颤抖着写字，纸却被不小心划破了。工作人员给

归潮

她换了一张表格，这次连名字也写错了。再换，她看着表格泣不成声，愣是一个字也写不出来。工作人员劝她说，下次再来吧，或者让个年轻人来。她点了点头，说了声："孬意思。"就走到大路上去。阿嬷往回走，陈乔峰在后面跟。阿嬷喃喃自语道："这死鬼，这死鬼……"她说葬礼上她没有哭，为什么填一张表还会出洋相。她认为是自己没用，走到一棵莲雾树下，看到一条长条石凳子，便说歇歇。话音刚落她便整个人趴倒在石凳上。陈乔峰叫了两声也没应。陈乔峰又急又怕，他不知道该怎么办才好，他对死亡没有概念，非常害怕阿嬷突然就这么死去，却又不敢离开，只能左右张望看看有没有人路过。但没有人，大雨初晴，小路上落满了被风吹落的莲雾和花蕊，却一个人都没有。好在过不了许久，林雨果便悠悠转醒。

那时候她才六十多岁，走起路来比陈乔峰还快，她人高马大，陈乔峰走在阿嬷后面，像跟着一匹巨大的骆驼。矮个子阿公陈团结去世的那天，阿嬷并没有哭，但消息传到村子另一头，有邻居听到冰婶在房间里号啕大哭，声音非常大。邻居后来说，冰婶反反复复说着一句话：神走了，神走了。

阿公去世以后，冰婶没有再"落老爷"，阿嬷林雨果也没有再帮人家针灸和接生。

那时候家里也不需要依靠阿嬷行医来赚钱了，母亲周小英靠着一支钩花针，家里的生活就有了保障。所以这个家，一直就是女人在挣钱，挣面子。男人呢？不知道在干什么，好像也没有人闯出什么天地来。

7

就比如阿公陈团结。

陈团结一共有三样挣钱的本事：第一是画画，第二是竹篾编春盛，第三才是木雕。他年轻的时候在兵荒马乱之中，竟然还能在中学跟老师正儿八经学了两年美术。老师也夸他有天赋，但后来造化弄人，他唯一能靠画画挣钱是帮别人画遗像。那时候，在照相机完全没得到普及的广大农村地区，家人逝去亲人的思念只能通过一张遗像来完成。但老是给死人画像，毕竟不吉利，按照小脚女人音姑的说法，再画下去，陈团结就找不到老婆了。于是陈团结第二个赚钱的本事是做春盛。在潮州，春盛是最为常见的器物，这种竹篮最适合用来装各种粿和祭品。时年八节拜祭神明祖先时，竹篾编成的春盛就成了家家户户必备的工具。而陈团结编春盛，优势是春盛上的图案可以独一无二。别人只能在春盛上画石榴和牡丹，但这个矮个子男人能画鲤鱼和猴子之类的动物，简直栩栩如生，非常讨人喜欢。至于木雕，陈团结的父亲陈雄振就是碧河有名的木匠，是陈氏宗祠的重建修缮的主力，陈团结耳濡目染，自然而然习得这些木工手艺，他自己也不知道有一天他的木雕手艺作品能出国展览，不过这都是后话了。

现实的情况是，矮个子男人陈团结，在很长时间里只能按照生产队分配的任务，到梅山后面另一座大山里去守山林，成为一个护林员。那些年，莽莽苍苍的大山压得他透不过气来。深夜里，他常常听到木屋外面山坡下的溪流里有小孩在游泳戏水，但举着手电筒出去又什么都看不到。据说就是在那段时间里，陈团结吓破了胆，从一个大大咧咧的小矮子，变成一个畏首畏尾的老矮子，头发凌乱，一脸沧桑。

陈团结从深山里出来时，以为林雨果看到他一定会骂他。但他没有等来一顿破口大骂，林雨果什么都没有说，她到水缸去打水，用浴布给陈团结洗脸，帮他刮胡子，整个过程没有说一句话，直到她把脸盆里的水倒到门口的臭水沟里，才说："我要去暹罗，我们的日子不能这么过。"

事实证明，她去暹罗也只是一时意气的话；对于林雨果来说，关于暹罗的童年记忆已经所剩无几。一直到陈团结去世，林雨果才下定决心开启她的暹罗之旅。

8

陈乔峰一直认为，他对阿公缺乏了解。他只记得小时候，阿公坐在椅子上，他喜欢坐在阿公的脚背上，抱着阿公的小腿荡秋千。阿公的腿又粗又短，但非常有力气，玩多久都不嫌累。阿公右手的小指被舂米的石臼砸断，剩半截，断口处摸起来非常光滑。后来阿公就背着手走路，但他放在背后的双手，有时候会带饼干，有时候会带冰棍，记忆中有很多次，阿公就像个魔术师，总能给他带来惊喜。

而阿公陈团结的去世，是他人生第一次见到死亡。

原本会大笑会说话的一个人，突然就躺在床上一动不动，也看不到他的脸。大人们不让小孩靠近。家里也突然来了很多人，都小声说着话。阿嫲林雨果在大厅角落里坐着，几个女人陪着她，却并没有说话。那个绰号秀才的猪肉佬也来了，秀才挽起了袖子，开始指挥，启动程序。按照秀才的安排，让人按照亲疏远近去给亲戚报丧，又让人去购买一应必备的物品，然后再让父亲陈纯钢披麻戴孝，手持陶水壶，到碧河边去"报地头"和"买水"。陈纯钢"买水"回来，秀才亲自上阵给阿公换寿衣，他口中低声念着诗句，陈乔峰

归潮

没听清,只看见白被子和红被子先后盖上去,床尾点上了煤油灯,然后秀才便问:"孝子贤孙都到齐了吗?"

于是母亲周小英开始帮陈乔峰穿上奇怪的衣服,戴上由生麻制成的帽子,腰上系上麻绳,接着从陈纯钢到陈乔峰,排成一列,按顺序给阿公"饲水"和"饲生"。"你饲我到大,我饲你到老。"秀才教大家念了一遍,大家就跟着过去做。这个时候父亲陈纯钢突然呜呜大哭起来,这让十三岁的陈乔峰也鼻子酸酸,不知道为什么跟着啜泣。对于死亡,他并没有太直接的悲伤,亲人离去的难过在烦琐的程序之中被消解,要等到许多年之后,陈乔峰逐渐长大,他才像牛反刍一样想起从前,想念跟阿公有关的一切。而此刻,他只是看着阿公被放进棺材里。这也是他第一次近距离看到棺材。秀才指挥大家往棺材里放钱纸,接着盖上棺材盖,先封上榫卯楔子,再钉钉子,秀才开始喊:"安头钉,万事兴。安二钉,仔孙①昌盛。安三钉,三朝元老。安四钉,四季平安。安五钉,五代同堂。安六钉,安到圆,内外仔孙富贵万万年。"

棺材被放在大客厅的右侧两条木凳子上面。秀才开始安排人在门口管理钱物,登记礼仪白金。这时候路途遥远的亲戚朋友也都来了,他们有的进门便跪拜,有的还没进门便开始哭泣,有的人则默默参与干活儿。院子里很快坐满了人,他们抽烟冲茶,秀才已经开始让人烧火做饭。当天晚上,陈

---

① 子孙。

纯钢和其他几个伯伯叔叔在客厅里守灵，陈乔峰早早就上床睡觉。第二天一早出山，起柩时抬棺人用力将摆放棺木的长条木凳踢翻，此时家眷同时放声大哭，一支哭丧的队伍穿过碧河大桥，往山里面去了。按照村里的风俗，女眷只需要跟到桥头即可返回，不用过桥，她们跪拜，然后返回准备祭拜事宜。

多年以后，陈乔峰还会梦见阿公下葬的情景，秀才还是那样胖，他挥一挥手，大家就往土坑里填埋石灰，用长长的木棍夯实了，这才开始填土。离开的时候，他们在土堆上撒了很多草籽，以确保坟头草茂密好看。"种籽放坟山，仔孙做大官。"下山的时候，一群白鹭跟着他们在田野里盘旋，他父亲陈纯钢看到白鹭翻飞的情景，不知道为什么又呜呜哭了起来。只有他在哭，其他人都只是抽烟，没有说话。

9

　　林雨果一直觉得，陈团结是洪礼伯父送给她的礼物。自从母亲在遗书里将她托付给小脚女人音姑，一切便已经注定。

　　二十二岁那年，她才第一次见到陈团结，之前所有的想象被这个男人的身高击得粉碎。小脚女人音姑口中那个聪明绝顶、才华横溢的少年才俊，竟然比她矮了一个头。在井水边，这个男人正站在自己的对面傻笑，并目不转睛地看着她。这是人生初相见，本该羞涩而美好，如今竟似一个晴天霹雳迎面炸开。虽然心中已经惊涛骇浪，但她也只是不动声色地将眼睛移开，看向别处。所谓的别处，无非一口水井，而她这时才想起自己是来水井边打水的。陈团结伸出手说："我来帮你。"就要去拎她的水桶。但林雨果灵活着呢，小手一拍，就把陈团结的手拍开。她用井桶打水，倒到自己水桶里，反复打了两桶半，才装满，拎着一桶水，迈着小碎步往家里走。

　　从井水边回来，林雨果的心比井水还凉，但陈团结的内心燃起了熊熊烈火。

陈团结在迎接死亡的最后一段时间一直躲在阁楼上，也不知道他为什么需要如此忙碌，那里是他做木雕和画画的工作室，林雨果很少到阁楼上面去。直到陈团结去世之后半个月，陈乔峰爬上阁楼，下来告诉阿嬷，上面有阿公的一件木雕。林雨果随口问雕的是什么，陈乔峰说太暗了看不清，好像是雕刻了一个游泳圈。林雨果骂骂咧咧，说老家伙生病不休息雕什么游泳圈，她的口气就好像陈团结并没有死去，而是一直就在阁楼之上。她爬上杉木梯子，木梯子年代久远踩上去发出熟悉的吱吱呀呀，在此之前陈团结上楼下楼就会有这样的声音。阁楼昏暗什么也看不见。六十四岁的林雨果打开阁楼的木门和木窗，阳光从外面涌入，打在那件铺满一面墙的木雕上，这样突如其来的画面让林雨果险些没有站稳，她的眼泪不听使唤夺眶而出，悲伤在阁楼上落地生根，林雨果感觉心里有什么东西破碎并死去，只是无法言说。这件木雕上面并不是什么游泳圈，也没有人，只有龙眼树下的一口水井，井沿上放着一只红色的桶，地上一排湿漉漉的脚印延伸到花丛深处。林雨果一眼就认出那正是林厝围龙眼树下的那口老井，后来都被填平做成水塔，大概所有人都忘记那棵歪脖子龙眼树下面曾经有过一口水井，但将死的陈团结记得，他用他人生的最后一段光阴，一刀又一刀将这个情景重新雕刻出来。木雕上面没有任何文字，仿佛是一个不会说话的哑巴，静寂里，林雨果的眼泪又止不住往下流。

不过这都是四十年后的事了，那时候提着水桶离开水井之后的林雨果,在内心咒骂远在泰国的陈洪礼,骂这位父亲的八拜之交瞎了狗眼,竟然说这么一个小矮子可以来做她的丈夫。

陈团结那时并不知道林雨果的心里在想什么,他只是单纯地觉得高兴。此后两三年的时间里,他频频往林雨果所在的林厝围跑。林厝围其实不能算是一个村落,就那么几十户人家,势单力薄,经常会被欺负和刁难。有一回,因为一市尺布票,林雨果跟供销社的人起了争执,刚好陈团结过来,他啥也不说抡起拳头便打,结果两个回合就给人拿住后颈按在墙上动弹不得。

这下可真把林雨果惹火了,她人高马大,抡起旁边的铁锹便打,竟然把三个汉子逼得连连后退,一直退到晒谷场外面。晒谷场的人很快围过来,于是林雨果单手叉腰站在巷子口,指着他们骂,留下了那句流传甚广的话:

"我碧河林家打鬼子拼尽了七条人命,满门忠肝义胆,你们算什么狗东西!"

此话一出,对方气焰全无,低头悻悻离去。

在说这句话之前,林雨果在大家眼中就是一个二十四五岁还不愿出嫁的老姑娘,而说出这句话之后,大家对她都多了几分敬意,那些之前爱对她扮鬼脸的孩子也挨了家长的揍。人们掐着手指开始计算是哪"七条人命",从林雨果在泰国曼谷为抗击日寇残酷行径而自刎的亲爹林汉先算起,林汉先的父亲老林、林汉先的三个弟弟也先后在抗击日寇的战斗中罹难,在抗日战场上作为医护人员的六妹汉萍,还有她的母亲林阿娥……还真的是七条命！那些并不遥远的往事开始被人们重新记起，从这个时刻开始，关于林雨果的传奇故事在人们口口相传中不断发酵，曾有报社记者来到林厝围想做个深度采访，却被林雨果婉言谢绝了。

上篇　心安随处家庙

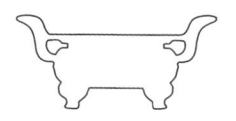

归潮

第一折　大风

1

1922年的那场风灾改写了潮汕地区很多家庭的命运。如果重新翻开那时候的报纸，从许多赈灾的报道中，我们大概也能够想象"八二风灾"之惨烈。根据相关史料的记述，台风让许多田园被淹没，大水漫灌，河堤崩溃，船只被打翻，人和家畜在江河里飘荡，衣服被褥被风刮到树梢上。在海上，巨大的轮船被刮到山坡上，载有货物的船只也被刮到岛屿的另外一侧。受灾严重的澄海外砂，有的村子整个被夷为平地，损失无法估量。至于死亡的总人数，有很多版本，有说是两万多人，后来又有国外报纸说死亡达十万人之多，综合各种数据，结合当时人口分布情况，有专家评估，死亡人数超过八万人，而真实情形毕竟无人能够知晓。台风让当地房屋倒塌，百姓流离失所，尸横遍野，田地因为海水倒灌的缘故此后好几年都长不出庄稼，人和动物的尸体成为细菌滋生的温床，死亡、贫困、饥饿、传染病这些人世间最坏的东西在这里聚齐，乡野尽是末日景象。

北洋政府财力分散，入不敷出，根本无暇顾及岭南边陲之地的灾情。所幸当地的头面人物、富商巨贾开始自发组成慈善机构，各地大大小小的善堂也成为民间自救的重要力量。海外侨胞更是心系家乡，听闻风灾的消息之后捐钱捐物。在多方力量的作用之下，灾区很快搭建临时医院救治伤员，来自不同地区的救生队积极进行赈灾。

非常时期总会出非常人物，在碧河善堂组织赈灾活动中，有两个年轻人显得与众不同，他们一个叫陈洪礼，一个叫林汉先，从小学便是同班同学，亲如兄弟。陈洪礼来自碧河梅花村，归属于陈家二房头嫡孙。林汉先来自碧河林厝围，一个三面邻水的河边沙洲，是个渔村。林家有个亲戚，林汉先叫他英顺伯，他早年去了暹罗发展，运气好，成了船业翘楚，两年前返回碧河镇，竟给林汉先捎回来一款形状怪异的相机。于是在此次风灾之中，他们两人的工作不是救死扶伤，而是到处记录拍摄。他们拍摄的照片不但刊登在国内报纸上，更是通过各种方式在世界各地的华侨之中传播。关于灾区的情况不再只停留在文字描述，而是真实可感的相片。当海外华侨看到自己熟悉的家乡在台风过境之后面目全非，没有人不揪心动容。在资讯流通欠发达的年代，能够如此迅捷记录并传播灾区实时画面的行为，无疑极大推动了国际华人对"八二风灾"的关注。

陈洪礼和林汉先这个二人组，白天拍摄和记录，晚上回到倒塌了一半的祠堂里，还得帮不识字的农民写信给亲人。"你就个伊咀只内个厝倒去，一家人无地方好去，企在破庙，一夜恰落雨通身濑去。"①赤脚的大嫂子浑身是泥巴，边说边哭。林汉先只能拧一下煤油灯的灯芯，用毛笔翻译她的话，写下："唐中房屋尽毁，家人居无定所，流落荒庙，夜雨如注，屋漏浑身湿透。"辛辛苦苦总算写了一封信，念给大嫂子听，结果她突然不哭了，说："算了，把前面都删掉吧，就说全家都活着，大小平安，让伊这个无良心的在外照顾好自己。"说完接着哭。

两人交替执笔写信，常常写到半夜。林汉先对陈洪礼说："再这么写下去，我怕得大病一场。"陈洪礼说："如果遇到家里太惨的情况，你就把我叫醒，由我来写，你这样边写边陪人家流泪，这哪里能受得了，不生病才怪。我神经比较大条，由我来写凄惨事，可能好一些。"林汉先凄然一笑："要不明日我们给自己放半天假，不拍照了，也不做事，回碧河书楼看看孟先生，不知道先生的病情如何。"孟先生是他们在金中的老师，退休后就住进了碧河书楼，开班讲学，招收穷人家没钱

---

① 你跟他说，家里的房子倒塌了，一家人无家可归，住到破庙里，整夜下雨全被淋透了。

上学的孩童，并给自己的私塾取名"觉醒斋"。潮州人向来尊师重教，对孟先生的胸怀更是多了一分敬意。

陈洪礼也觉得应该回去看看孟先生："从两个月前江东弟洪伦修来跟孟先生辞别那次，见了先生一面，便未曾再去拜访，着实不应该。"洪伦修考上了国立广东高等师范学校英文科，孟先生从省立潮州金山中学校退休之前曾是他的国文老师，故此他专程到碧河来辞别自己的老师，听听老师的教诲。洪伦修比他们还小一岁，迟一年读书，算是学弟，陈洪礼给他取了个外号叫"江东弟"①，但其实这个学弟洪伦修比他们学业成绩都好，也更聪明。

两个月前的那次小聚太令人难忘了。

那时天气已经开始热了。师徒四人在碧河书楼吃午饭，孟先生煮了白粥，煎了一条鱼，菜脯煎蛋，还有一盘咸菜，一碟榄角边上放着一撮薄壳米②，半斤米酒，两把煮熟的花生，堪称丰盛。洪伦修问起两人为何读完中学便回乡，林汉先只能坦言以告，说两人正在计划去过番。所谓过番便是漂洋过海，旧时坐着红头船，由碧河转入韩江出海，如今则是火轮船，到暹罗等东南亚国家去讨生活。没想到洪伦修对两人过番的想法竟然表示赞同。

"子常兄莫要见笑，你我虽皆出身贫寒，但兄志存高远，我等只能苟且求存。"林汉先长叹一下。子常是洪伦修的字。

---

① 江东是潮州另外一个镇的名字。
② 潮汕小菜，海瓜子烫熟取肉。

不想伦修闻言把筷子放下来，两只手掌交叉坐了一个否定的动作，然后朗声说道："兄此言差矣，如今之中华，有识之士无不求新求变，二位兄台愿以身冒险远渡重洋，日后无论眼界见识，应与此时此地殊为不同，有人流血，有人流亡，总比坐以待毙因陈守旧强上百倍，这与出身志向无关，却是匹夫之责。一个人的求存，与一个民族的求存发展，并无二致。"

听他这么说，陈洪礼不禁叫好，举杯便饮。林汉先也拍案叫绝，说子常说得好。伦修说："今天给你特权，允许你叫我江东弟，听着更顺耳。"汉先大笑。

陈洪礼和林汉先商量了好几个月，最后还是选择过番的原因，是因为英顺伯在家书中对他们发出邀约。碧河镇此前过番讨生活的人非常多，但多数是农民出身，甚至连自己的名字都不会写，只能做苦力。他俩不同，他们在省立潮州金山中学校念过书，虽然两人都没有毕业，但他们在村里人的眼中，已经算是文化人，即使不过番，大概还可以到城里谋一份工作。而事实是，过去这十多年间，各地公办学校如雨后春笋，在校学生也暴增三四倍之多，但社会上并没有太多容纳这个层次人才的就业岗位，他们又不愿意重新当回农民，干回体力活儿，高不成低不就，处境尴尬。这两年他们尝试过很多工作，最后都令人沮丧，家里人免不了唉声叹气，认为花钱读书到头来钱都打水漂了。恰巧这个时候英顺伯书信来了，十分客气邀请他们去干事创业，家里人竟然也表示赞成,更有具体例子说此前也有手艺人过番,后来都回来买地建房子。所以说这个时候他们选择过番,是选择了置之死地而后生的人生赌局,希望到新的世界去,创造新的奇迹。碧河上流传着太多过番之后开创事业的传说,所谓绝处逢生,人生若要有所改变,总得有人走出第一步。

他们三人碰杯喝酒时,孟先生捻须不语,良久才说:"伦修说得非常深刻,对老朽也很有启发,英雄不论出身,世事更在践行,也正是王守仁所谓'良知在我,操得其要,譬犹舟之得舵'。潮州人务实致远,心怀家国,敬神明而不虚妄,破风浪而不骄奢,方能成就一番事业。"

林汉先又拍案叫好。陈洪礼后来说:"我帮你算过,你一顿午饭拍了二十二次桌子,一说到激动就拍案叫绝。"林汉先只能一脸傻笑,的确,半斤米酒根本不够他拍案,很快就喝完了。

人生要吃很多顿饭,但没有一顿饭能像这个初夏午后一样令人痛快。孟先生和他的三名学生,喝完米酒就接着冲茶喝,从莎士比亚的《麦克白》到鲁迅的《狂人日记》,从"六三三"学制改革到《新青年》杂志,四人一直聊到西侧窗户的天色开始暗下去,才只能十分不舍地散去,因为他们知道孟先生家中没有酒菜可以招待他们再吃一顿饭了。在此后异国他乡的岁月里,书楼午宴成为陈洪礼和林汉先在回忆往事时必定会提及的场景。而十二年后,洪伦修被杀害于南京雨花台,人们只记得他另一个响亮的名字:洪灵菲。

2

梅花村在这次风灾中算是损失比较小的,只压死了两头牛,并没有死人,但陈氏宗祠在大风之中塌了。四年前的那场地震,急水塔被震塌,只剩五层半。在韩江这边,倒了不少房子,陈氏宗祠有一面墙错位开裂,连接横廊的两根柱子也歪了,今年狂风一吹,岌岌可危的陈氏宗祠终于在风中完全倒塌了。人们反而松了一口气,说祠堂塌了没有砸到人就是祖宗福气,此前在拜祭时还常常担心祠堂的屋顶会突然塌下来,如若砸到人那会更加不吉利。陈洪礼和林汉先看到祠堂的断壁残垣,还是有点难过。陈洪礼说:"塌成这样,得花多少钱才能重修起来?"林汉先一击掌说:"所以才要过番,食到无,过暹罗,番畔钱银唐山福,赚到钱我就回来帮你修祠堂。"陈洪礼向他竖起了拇指,然后说:"赚到钱不用先给家里,那阿娥怎么说?"阿娥是林汉先的未婚妻,去年才出花园,要到十年以后,她才生下女儿林雨果。林汉先说:"我不害她,她还小,没有办婚礼,让她嫁别人。"陈洪礼笑。林汉先又说:"你别笑,你过番,嫂子的目汁要哭干了吧?"陈洪礼叹息一声:"是啊,去时小生弟,返时留白须，但有什么办法呢？"林汉先不禁唱起歌仔："一船目汁一船人，一条浴布去过番。钱银知寄人知返，勿忘父母共妻房。火船驶过七洋洲，回头不见我家乡。是好是劫全凭命，未知何时回寒窑。"

两人正为过番之事浮想联翩患得患失之时，陈洪礼突然看到废墟中有个香炉，样式很精致，倾覆在淤泥里，他不禁弯腰将香炉捡起来，没有想象中重，却也沉甸甸的，细看才知道不是生铁，是青铜，从款式纹路和表面铜锈看应该有一定年头了。但这个香炉如何处置令人为难——如果放在这废墟之中，怕是给谁顺手就捡了去，或者是被小孩拿去卖废铁，但现在捡起来，不知道放在哪里才好。林汉先看到他的不知所措，便说："你遇事就是想太多，我们这不是要去碧河书楼找老孟，顺路把它寄放在书楼那边；等你过番归来，有钱修祠堂，再取回来便是。"陈洪礼笑，觉得有理。

与陈氏宗祠相比，碧河书楼看起来更坚固，据说从前闹土匪时，书楼还曾经作为对抗土匪的防御设施。所以这次书楼并没有在"八二风灾"中遭受太多损失，仅仅是被掀掉了一些瓦片，东北角漏雨，用一只水桶便可暂时应付。书楼平安，但看守书楼的孟先生，病得不轻，高烧退去一个星期了，咳嗽却不止。

陈洪礼和林汉先二人走进书楼的大门，院子里显得更加荒芜。在走廊尽头孟先生卧室的门口，已经有一个身穿长衫的人挨着门框坐着，看背影并不认识。二人觉得奇怪，他为何要坐在门口。林汉先喊了一句"先生",报了名字,伸头从门口看去,但见孟先生背靠床上的被子斜躺着,挥手让陈洪礼和林汉先就在门口的椅子上坐下说话,不要靠得太近,免得传染。二人这才发现门口早就备了好几把椅子,只得依言坐下,并跟长衫男子点头问好,这才发现他看起来很熟悉,只是叫不出名字。长衫男子自动介绍自己:"小弟我叫戴平万,也是洪灵菲的同学。"他拜见二位学长,说在学校应该碰见过,只是不熟悉未曾详谈。林汉先说:"戴平万这个名字也并不陌生,听伦修提起过,记得是给我们读过你写的诗。"戴平万说了声:"惭愧!"然后说,"不过我们都是孟老的学生,仰慕先生才学品格,听闻先生抱恙,特来拜访。"

"老朽残躯如风中蜡烛,没什么要紧,况且自古大灾之后必有大疫,免不了。"孟先生声音很小,显得有气无力。

孟先生那天很奇怪,先是问起陈洪礼和林汉先二人过番的行程会不会因为风灾受阻,听说他们中秋过后就出发,点了点头说中秋后海上就不会有台风,风平浪静好行船。孟先生伸手摸到床头的水壶,喝了一口水,然后说要跟他们三人再讲讲一段历史。他也不管这三个学生是何反应,便开始谈起1653年的"潮州之屠":"永历七年,清军屠城,潮州城内血流成河,纵兵屠掠,十多万人死于非命……"

孟先生又说起葫芦山上普同塔对联"掩之诚是也,逝者如斯夫",并耐心做了解释。孟先生说,灾难的发生和消解，有时却更能让人明白什么是家国情怀，又是什么让潮州人虽九死其犹未悔，愈艰难愈团结，一场风灾，有人寄钱寄物，有人赶回来救灾，便可见世界潮州人，人心归潮："历尽千劫，只为归潮。潮州人从未忘本，更不敢愧对祖宗神明，守住这一点，就守住了处世为人的底线。"

这段历史陈洪礼和林汉先很熟悉，但在目睹风灾惊心动魄的惨状后，再重新听这么一段历史，窗外时阴时晴，偶尔还刮起一阵大风，此情此景却别有一番滋味。

3

　　万利商船是在中秋之后的第十二天才靠岸的。但陈洪礼和林汉先结伴过番的消息，早就在梅花村传遍。于是中秋前半个月，陈洪礼家的亲戚来来去去，甚是忙碌。亲戚有送甜粿的，有送番薯的，有送茶叶的，有送橄榄散菜头口等杂咸的，但最重要还是托付信件物品转交暹罗亲人的。有的人什么都没有，则拜托带句话，陈洪礼生怕忘记或对不上号，只能用本子小心记下来。

　　在林厝围老林家，却有一种奇怪的安静，只是在中秋的前一天，林汉先的父亲在天井里杀了三条鱼，宣布今天吃鱼生，家里人闻言都露出了笑容。本来在中秋当天吃鱼生拜月娘，是惯常的做法。但此前一直说火船是中秋节到港，老林犹豫再三，怕中秋当天儿子就出发了，故此提前了一日吃鱼生。

　　在碧河镇，从前几乎是家家户户都能做鱼生，而不必到店铺去吃。秋风起，食鱼生，是自然而然的事。中秋前后的溪鱼最为肥美，去鳞开膛，撕掉鱼皮，将鱼脊两侧的肉取下拔掉鱼刺，吊在横杆上自然晾干，顺着肌理切片，鱼肉薄如蝉翼，再辅以花生酱，以及萝卜丝、杨桃片、辣椒丝、蒜头片、花生米十多种小料，入口清爽，肥而不腻。当然很多酱料家里可能不齐全，竹篾圆托盘也只是鱼生店铺才会使用，但即便如此，当父亲老林将热油和花生酱搅拌在一起时，香气四溢，大家还是忍不住吞口水。林汉先和三个弟弟、两个妹妹围坐在一起，最小的妹妹汉萍还不到两周岁，在靠墙的母仔椅里坐着，大家急不可待地看着父亲把食物一样一样端上桌来。以往家里人多，吃饭都要分两批，多数时候林汉先会带着三个弟弟自觉端着碗到边上，坐在门槛上吃。但今天老林早早就去邻居家借了大餐桌，并说今天由他做饭，其他人都不用来帮忙。林汉先想到灶台打打下手，父亲命令他们都坐好。这是仪式感很强的一餐饭。听姑姑说过，伯父那一代人过番时，别说火船了，红头船都坐不上，很多人也就是竹排到海边，在海岛上等待红头船过番。那时阿公也是这样，亲自动手给家里人做了一桌饭。佐料先上桌，五妹汉莲忍不住用一支筷子去蘸花生油，放在舌尖上舔，露出满意的笑容，却也遭到二兄汉忠的呵斥。老二汉忠生得一身蛮力，汉厚和汉孝都怕他。林汉先却示意老二不要这么凶，汉莲就是馋嘴；五妹汉莲朝老二吐了吐舌头；老二汉忠说："大兄，你就是袒护细妹。"林汉先笑，摸了摸汉忠的头，说："你还会长个子，以后就由你来保护他们了。"林汉忠说："不听话我还是会打。"看林汉先瞪着他，接着说："替大哥打。"林汉先说："那要是别人来打你的弟妹呢？"林汉忠说:"有我在,没人敢。"

其实林厝围谁都知道今天老林在家里煮大餐。老林一早多买了一斤半猪肉,不像平日要最便宜的肉,而是选了最好的肉。他还买了三条鱼,买了花生油,买了胡椒粉和白糖,顺路还理了发。这个不苟言笑的男人,今天走路也比平时更快,他一条腿有点不便,以往下台阶时都走得很慢。路边卖咸水粿的笑他,老林今天走路像弹琴。他没搭理。

满满一桌菜,父亲坐下,却没动筷子,其他人也不敢动。父亲让林汉先再搬一把椅子过来,放在他旁边,又吩咐多拿一副碗箸、一只酒杯。他给林汉先倒了一杯酒,又给空座位的酒杯也满上,才说:"你母也爱食酒,只是穷,无酒食。"林汉先这才明白父亲的意思,这一餐,一家人要团团圆圆。前年,最小的妹妹汉萍出生时,母亲难产死了,这个多子之家突然之间变得更加暗淡,大家明白接下来的日子就更难了。

林汉先的母亲在四十岁的高龄突然还怀孕了,在那样一个缺衣短食的年代,左邻右舍都非常惊叹,觉得不可思议。但母亲从怀孕之后,便突然变得非常沉稳,又似乎满腹心思。她开始准备很多东西,争分夺秒缝制衣物,将还在肚子里的六妹在三岁之前的衣服都准备好了。老林笑着问她:"你就知道是个女孩。"母亲点点头说:"是个女孩。"

就在老林刚举起自己酒杯的时候,那扇虚掩的木门吱呀一声被人推开了,一个女孩闪身而入,她在大家无比惊诧的目光里走过来，对老林说：

"阿叔，我在门口听了半天了，阿姨在时最惜我，这杯酒我替伊食可好？"

她显然不是在征询意见，拿起酒杯一饮而尽。喝完酒，她跪地对着老林一拜。老林说了一声"散来"，面有愠色，她却已经改口叫了声"阿爸"。然后对着林汉先说："我给你五年时间，五年后你不来找我，我就去暹罗找你。"说完便出门去，老林一家人都愣在原地，面面相觑。林汉先也不知如何是好，他见大家都看着他，就让大家吃饭。老林指着门口对他说："食什么食，我们来食，你去送阿娥回家。"林汉先走出门去，老林连说了两声"胡闹"，但嘴角笑起来。老二竖起拇指说："我们这个嫂子真牛。"

这就是林汉先的未婚妻林阿娥。二十年后，林阿娥在最艰难的日子里跟女儿林雨果谈起这一顿鱼生，十岁的林雨果当然还没见过鱼生，但她说了声："阿娘你真傻，不过，长大后我要跟阿娘一样勇敢，又傻又勇敢。"

第一折　大风

4

陈洪礼的妻子这些天常常对着窗户发呆,夜里还会偷偷抽泣。她把附近该拜的神明都拜了一遍,几座比较远的妈祖庙也不放过。她又到青龙古庙拜祭,专程在韩江水里取了一撮泥土,和香灰符咒一起,用绣着福字的布包裹严实了,叮嘱陈洪礼一定得带上,保平安;说到了暹罗要将这泥土放在当地的水里,才不会水土不服。陈洪礼看着妻子忙忙碌碌,完全没有停下来的意思,忍不住说出了那句有点儿戏的话:"要不一起走?"话出口,他自己也感觉到不可能。果然,妻子摇头,她幽幽地说,小时候有个道士给她算过命,说她活不过二十九岁,到暹罗去,不是给陈洪礼拖后腿?妻子的身体确实不太好,三天两头发烧咳嗽,过门快两年了,肚子也不见动静。陈家亲戚多,嘴也杂,大家你一言我一语说东说西,妻子不免也听到了,常常不开心,心情郁积又加重病情,身体便更加不好。妻子说自己死去也没什么,可怜老母亲是个小脚女人,也干不了重活儿,怕没人照顾。陈洪礼的岳母是一个倔脾气的中年妇女,抽水烟,谁惹她,她就骂谁,人称小脚女人音姑。音姑在暹罗也有亲戚,每年都会有侨批到,给她寄钱。她几乎不回信，但她有一枚印章，上面就刻着"平安"，每次回信就只是一张白纸，上面戳了这个印，什么话都没有。妻子特意让陈洪礼去问她娘音姑，有没有什么话捎给暹罗的亲人，陈洪礼去问了，音姑只回答了一个字："无。"

林汉先问过陈洪礼，他对妻子到底有没有感情。陈洪礼说："感情这个事情，可不能像书里写的，戏里演的，而是一天天的日子过出来的。"林汉先说："你就会闪烁其词，就说你们夫妻到底有没有吗？"陈洪礼说："有亲情，就是可以对彼此好。"其实他心里也很含糊，但他的感觉也很真实，村子里大部分人也是这么过的。林汉先说："那就没意思。"陈洪礼说："等你结了婚就明白有没有意思了。"

但林汉先的未婚妻，看起来可不像那种没意思的女孩，她古灵精怪，意思多得很。别人给过番的人都是送甜粿送顺风，结果这个林阿娥倒好，她拿了两小包一模一样的东西，一包递给林汉先，一包自己收好。林汉先问她这个是什么，她说是毒药。林汉先说："你不要讲笑。"她却认真地说："没有讲笑，你要是不要我，我就用这包药毒死我自己；你要是对不起我，我就用你身上这包药毒死你。"林汉先笑着说："这听起来倒是挺公平。"第二天见到陈洪礼，林汉先不禁说起这件事。陈洪礼倒觉得有趣，让他把毒药拿来看看。林汉先翻找了口袋，递给他。陈洪礼闻了闻却说："这闻起来应该是咖啡粉吧，不信你闻闻。"林汉先接过来仔细闻了闻，确实有股咖啡的味道。但又有点迟疑，万一是加了老鼠药的咖啡粉呢？以她的性格来说："没有什么是不可能的。陈洪礼眨了眨眼睛对他说，我看你这个青头鬼，毒药呢肯定是不会吃的，但这次啊，你是被这个女人拴得牢牢的，拿捏得死死的。"对陈洪礼来说，林阿娥这种随时可以爆炸的性格简直比炸药桶还可怕。

船总是要来的，出发的日期就这样定下来了。碧河地区一共有五六个人会乘坐万利商船，他们约到当日后半夜出发，大家预计从碧河先坐小船进入韩江，还得上岸走路，第二天下午就能到达汕头港口。其实樟林古港更近，也曾是红头船出海的重要港口，但樟林古港在汕头港开埠以后就逐渐废弃不用，因为火船逐步成为运输的主流。火船速度可控，载货也更多，但吃水深，需要深水港才能停靠抛锚。英顺伯在来信中反复交代必须坐火船，船大安全。

林汉先提前到陈洪礼柚园门口等他，陈洪礼的妻子在他最后离开卧室的时候，又紧紧抱住了他。她从来没有这么大胆主动。她像一只温顺的猫在陈洪礼将整个脸埋进他胸口的衣服里，深深吸了一口气，说："我要记住你这个味道，没有闻到这个味道我睡不着。"陈洪礼内心难过，却不知道说什么好。母亲在天井里催促说，汉先已经在门口等了很久，妻子这才不得不松开她的手臂。陈洪礼也明白这一别，对许多人来说便成永诀，但他没有料到妻子在他走后半年就病倒了，一病不起，第二年便走了。只是家书寄到曼谷时，已经是第三年的春天了。

5

这天夜里满天星辰。水流的声音，蛐蛐鸣叫的声音，夜里的青草味道，夜风中带着水汽的凉意，都突然变得如此新鲜可感。陈洪礼想起妻子，于是也学着妻子那样深深吸了几口气。林汉先问他在干什么，他说在把家乡的味道吸进身体里。林汉先说："我倒有点想哭，只是男子汉大丈夫，哭不出来。"陈洪礼说："那就憋回去，敢这个时候哭我弄死你。"

他话音刚落，旁边有个人呜呜哭了起来，陈洪礼循声看去，是个瘦小单薄的男孩，看起来应该刚刚出完花园，十六七岁的样子。

"多少岁了？胡子还没长出来就过番了？"陈洪礼走过去拍了拍他的肩膀。

"下个月满十八岁。"他答。

"叫什么名字？"

"翁如棋，隆都人。"

于是三个人聊天。隆都弟翁如棋在互相的攀谈中情绪逐渐平复，他听说二人在金中读过书，羡慕不已，说他们是人中龙凤。林汉先也很喜欢这个瘦弱的小兄弟,说他连恭维的话都说得太像在恭维人,真是惹人喜欢。

翁如棋说:"话是这么说,但只要我穷,就不会有太多人喜欢我的。没有人喜欢跟一个穷小子做朋友,如果不是如此,我也不必离开老家。我刚才哭,就是想到从此以后,我的小孩可能会将暹罗当成他的家乡,而忘记潮安才是老家。"

这一番质朴的话让陈洪礼和林汉先都陷入沉思。林汉先说:"我们可以约定,日后有了儿女,我们要他们回到老家来,学潮州话,拜老爷,在祠堂里拜祖。"翁如棋长叹一声说:"我们的想法当然是好的,但看了太多的事,总是觉得很悲观。"林汉先笑:"你这小子,人小鬼大,说起话来还老气横秋,我倒以为很多事也不必如此悲观,事在人为,大丈夫说到做到。如果最后我们的孩子认了别人做祖宗,数典忘祖,我们也枉自为人。"陈洪礼却说:"我不认为你们很悲观,这还没出海呢,你们就开始考虑儿孙的事,乐观得很嘛。"三人都笑。

到了汕头港口,火轮船冒着黑烟,远看不大,近看却有点吓人。日程其实并不紧张,并没有如他们所想的那样着急忙慌马上登船,而是还需要等待。"等多久呢?"林汉先问。"不知道。"陈洪礼和林汉先二人正茫然不知该如何是好,在陌生环境之中终于看到一张熟悉的面孔。邓八,大埔人,会说潮州话和客家话,是当地有名的客头。邓八对着他们俩笑，说："以为你们会穿西装，没想到还是穿着长衫。"陈洪礼和邓八更熟些，于是接话说："西装穿不习惯，我们还怕番畔没有长衫卖，多带了两套。"邓八说："以后你们就会习惯西服，番婆也必定给二位阿舍安排妥帖，还用说这个，没什么买不到。"邓八将他们安置在一处小巷的二楼，房间里有四个床铺，看来经常有人在这里过夜。隆都弟翁如棋就没有这么好的待遇，他说："天气不冷也不热，我随便找个地方将就一晚即可，反正听说上船也是睡甲板。"林汉先这才猜到翁如棋的船票虽然不是绿色的猪仔票，但也应该是最差的那一种。

巷子就通向码头，总是能够听见火轮船的声音。林汉先说："泰国的大象是不是也是这样叫？"陈洪礼说："我又没见过大象。"

邓八第二天下来找他们，照例在房间里喝了两杯茶，邓八皱着眉头说："咦，这茶不行，跟他们说过不能放这么差的茶在这里。"然后又说，"我们差不多收拾东西到码头去，太阳下山之前就可以出发。"邓八又说了很多英顺伯的好话，然后问林汉先说："他是你伯父还是舅舅？"林汉先推托说自己对家里宗族辈序没太搞得清楚。邓八见没打探出什么来，便嘻哈说："英顺伯人太好了，热衷慈善，接济了很多来自唐山的穷人。"

"见着伊，你帮我问个好，提一提我邓八，伊应该还记得。"邓八说。

归潮

　　林汉先点头答应,但心里也是虚的,很多事情并不确定。英顺伯在信中也并未说清楚这次要让他们到暹罗是做什么,只是言辞恳切谦逊:"二位青年才俊,前信所附诗文已拜读,胸怀家国更令人击节赞叹,某钦佩之至。此次若能来暹,当不负所学,大展宏图。"

6

火轮船在一群海鸥掠起之后开始动起来，岸上的楼房草树也开始动起来。船上的人都拥上甲板眺望，船员用不同的方言呵斥着。林汉先最开始非常兴奋，看到霞光满天，他激动地对着陈洪礼喊："等我们兄弟俩大展宏图以后，洪礼，我要回来建祠堂，捐学校。等你死了，我要让整个碧河都知道我们的人生故事，我要在你们陈氏宗祠里给你立雕像。哦不，我现在就给你拍照，你不要动，就以这满天霞光为背景！"

"你别咒我，刚起航，你能不能给我说点好话。"

林汉先开始鼓捣他的相机，破天荒给陈洪礼连拍了三张照片，然后又对着晚霞和汕头港拍了两张，边拍边计算着胶卷的数量。但很快，这个激动不已的人就开始黯然神伤起来，对着家乡的方向跪下去，眼泪夺眶而出。陈洪礼把水布递给他，让他抹一把脸。林汉先看了一眼，嫌他的水布不干净，用自己的水布抹去眼泪，站起身来。他们这才注意到甲板上都是抽泣之声，特别是那些平日里干粗活的汉子，此刻也如同一个孩子，抱着膝盖，蜷缩在角落里显得十分难过。

归潮

霞光开始暗淡下去,云彩慢慢变成暗蓝色,海风逐渐增大,海水击打着船板的声音清晰可闻。火轮船开始摇晃起来,船上有人开始惊慌,有的趴在地上跪拜妈祖,有的双手合十祷告。有的人则高声炫耀自己的经验,说已经来回多次了,这才哪儿到哪儿,船刚开出来会晃得厉害,若没有遇到大风,真正远离海岸反倒会开阔平静。

林汉先在船开始晃动时就扯了扯陈洪礼的衣袖,说要不我们回房间。他脸上煞白,扶着墙壁慢慢走,刚进小隔间里就开始吐。幸好每个隔间里都早就放置了一只水桶。陈洪礼问他怎样,林汉先说别跟他说话,他抱着水桶靠墙坐着,再没有刚才在甲板上大喊大叫的神采。陈洪礼打趣笑话他,他像条死鱼一样翻了一下白眼,一句话都说不出。

等林汉先睡下,陈洪礼才又独自回到甲板上。他眺望远方,天与海的分界线变得如此模糊。船在前进,劈波斩浪,原本在港口看起来巨大无比的火轮船,此刻变得如此渺小,所谓沧海一粟,大概就是如此。天上的星星又重新亮了起来,此刻只有陆地上多变的天空才是唯一不变的。他能看见北斗七星,还有一些熟悉却叫不出名字的星座。海风呼呼吹着,就对着耳朵吹。大海原来可以如此不确定,不确定的颜色,不确定的形状。风会将海浪高高扬起,拍打在船头上。海面有时平静如镜,但更多的时候就如一碗被搅动的豆腐花,依照某个看不到的韵律在跳动。

林汉先在床上整整躺了一整天,他晕得快,恢复得也快。只要船没有遇到激浪，平稳前行，他便又生龙活虎起来，嚷着要去看看翁如棋。转了一圈之后，林汉先慢慢就明白，他晕船不算什么，船里的猪仔，条件更为恶劣，晕得比他更厉害。所谓猪仔，一部分人是跟客头或劳力公司签订了协议，俗称卖身契，一般都要工作三年以上，以劳力来支付船票或提前支取一部分工资给家里救急。也就是说，上船之后，他们便成为别人的资产了，所以船上能给他们容身的地方，条件可想而知。

他们最终在餐桌旁边找到隆都弟翁如棋。他以免费给船员写信换取了一个靠窗的位置，这会儿一群人正围着他，看他写字。陈洪礼和林汉先二人正诧异写字有什么好看的，悄悄走过去在旁边看，这才知道大家围观还是有道理的。这家伙练就一手好字，而且走的是那种馆阁体的典范写法，这在行家看来可能过于拘谨，离真正的书法艺术甚远，但每一笔都落在眼睛的审美之上，华美圆融。对于船上的普通民众来说，他们才分不清什么是苏体什么是米体，他们只希望收信的人看到的字端庄大气就好。故此翁如棋这样近乎标准的书写，雅俗共赏，大家是发自内心喜欢，围观的人啧啧称奇，说这样一手好字，不知道得练习多久。他们的惊奇在于，轮船的左右摇晃，竟然丝毫不会影响翁如棋的运笔，他的手肘好似是从桌子上长出来一样，笔尖从容地在纸面上游走，就如优雅的舞蹈。

归潮

"断柴米，等饿死。无奈何，卖咕哩①。"自古过番的人里面，八九成都是做苦力。各地过番的人才各不相同，其中也有一些技术人才，最常见的是三把刀，也即菜刀、剪刀、剃头刀，三刀闯天下。但是潮州人过番，最终目的还是希望能做点小生意发家致富。只有小部分人可以过番便直接从商，多数是去做苦力，比如到种植场、矿山或码头当劳工，赚到一些积蓄，再想办法做生意。但像隆都弟翁如棋这种能写字的，也是非常特别。

陈洪礼是在看到一个尸体被抛入大海之后，才开始晕船的。夜里舱底死了一个猪仔，这么闷热，只能将尸体抛入大海。第二天经过商量，抽签让四五个人将尸体拖上甲板，刚好和陈洪礼撞个正着，一股尸臭扑面而来，陈洪礼感到一阵反胃。等到看着尸体在海面上，很快引来鱼的吞食，陈洪礼更受不了了。经常往返的水手告诉他这没什么，那些鱼知道跟在船后面，总会有的吃。陈洪礼看起来比林汉先稳健，但生起病来比林汉先更猛烈。船上的大夫过来看过，给了一点药，说了吃就没事，然而第三天，陈洪礼已经开始出现幻觉，念叨很多在碧河死去多年的人的名字，把林汉先吓得够呛。幸好第四天船又重新变得平稳，陈洪礼悠悠转醒。只是和林汉先不同，大海带给陈洪礼的是一种持久不断的恐惧，以致在此后许多年里面，对于时间稍长的旅程他能拒绝便拒绝，摇晃的船是绝对不上的，短途的汽车可以，长途汽车最

---

① 卖苦力。

好不要，他最能接受的是火车，而飞机是想都不敢想的了。所以当别人说他性格和举止越来越稳重时，他的回答都是："见笑了，身体问题，人若生病了，反应自然就会变慢。"

唯一令人难忘的是深海之中的星空，以及无比清晰的日升月落。在一无所有的地方，摇动的水夹杂着风，到了夜里，这些莫测却又神秘地融合在一起，这时，唯有头顶的星空是确定的。一直到陈洪礼晚年，黑夜之中大海之上的那璀璨的星空还常常入他的梦来。

第一折　大风

7

船进了曼谷湾,那是一个清晨,深吸一口气,一种清爽的气息沁人心脾。

陈洪礼和林汉先上岸之后,英顺伯让人到码头来接。来人是个胖女人,她手里拿着照片,笑吟吟向二人走来。她的头发又黑又密,盘起来显得巨大。

"两人都比照片里帅。"她说。然后介绍自己,让他俩叫她白菜姐,老家是揭阳牛路头,一直在英顺伯的厨房帮忙。后来才知道白菜姐可不只是在厨房里帮忙这么简单,英顺伯家中一切的饮食起居,都是白菜姐在打理和调度。白菜姐说英顺伯去了马来西亚,要过些日子才能回来。

"你们俩,哪个是摄影师,哪个英文好?"白菜姐问。看来英顺伯是这么告诉她,要用特长来区分这两个人。

林汉先连忙说自己的照相机就是英顺伯回乡时送的。白菜姐一顿夸,说这次从善堂那边拿了很多他拍摄的风灾照片,还刊登在泰国的报纸上,这边的华侨读了之后都非常感动,很多女人更是"哭到目汁流目汁滴"。然后转头对陈洪礼说:"英顺伯也常常夸你,说你英文好,文史知识也扎实,搁在以前,不是进士也得是个秀才。"陈洪礼连忙说:"只是从小记性好,英文只是学了个皮毛,汉先的英语也不比我差。"

这时隆都弟翁如棋扛着他的行李终于也过来了。他老远就喊汉先和洪礼的名字,然后十分礼貌地向白菜姐点头问好。林汉先连忙介绍,说是在船上认识的老乡,并大略将船上发生的事说了一下。白菜姐便笑着说:"既然是老乡啊,来了便是自己人,以后得互相照顾。"又问翁如棋多大年岁、老家何处等等,接着问,除了做苦力之外,他有什么个人专长吗?

翁如棋被这么一问,顿时也不知道怎么回答。旁边的陈洪礼帮他回答说:"如棋写得一手好字。"白菜姐竖起拇指:"识字就好办,这里天宽地大总能够找到适合自己的行当。"她略一沉吟又说:"你如果没有落脚的地方,离这儿不远,有一家侨批局的头家是我的好朋友,从这边过去四五条街就到了,他们那边经常得抄抄写写,或许可以找到事做。"

说着白菜姐从左手口袋里掏出一个笔记本来,撕下了一页,垫在笔记本封面上,又摸出一截短短的铅笔,开始写出地址和人名,又写了两句话,将纸条递给翁如棋,然后才说:"你就找这个人,叫他板兄,跟他提起白菜姐,他一定会照顾你的,有什么困难,也可以随时来找我。"翁如棋自然千恩万谢,他给白菜姐鞠躬,说自己命好出门遇贵人,说着眼圈都红了。

隆都弟翁如棋走后,白菜姐才带着他们二人进入另外一条街道。车上来来往往,除了人力车,还有汽车。陈洪礼说一辈子都没见过这么多小船,也没见过这么多车。这话刚说完,他们便在一片椰林中看到大象,大象缓慢地移动,让二人惊讶得说不出话来。

白菜姐安排他们先在三聘街住下。白菜姐说:"这边华人比较多,你们先适应几天,到处转转,出来过番就是来见世面。南线铁路也通车了,我听英顺伯临走时的意思,接下来这段时间,你们两个先到华欣去。那边刚刚建成一座酒店,就在铁路对面,还有高尔夫球场,他希望你们先过去帮忙干点活儿。回头会有人来告诉你们,具体安排的是什么工作,我也不懂。"

陈洪礼连忙表示服从安排,一定竭尽所能。林汉先性子急,他说要不就现在直接去,如果那边忙不过来,何必在曼谷浪费几天时间。白菜姐笑了,林汉先也在她的笑容里发现自己刚才说话不太得体。白菜姐说:"休息几天也是必要的,你们也得写个平安批,给家里报个平安。"她掏出一个信封,里面是英顺伯给他们的一些钱。她说在这边会说潮州话几乎可以正常生活,也不用专门让人陪你们,明天可以上街购物,先把衣服也换了。

既然白菜姐这么说,陈洪礼和林汉先二人也只能说没问题。过河卒,没有回头路,只能勇往直前。第二天他们先到了批局去，见里头排着队，都是潮汕人，讲着潮汕话。他们在一个队伍的尽头看到了隆都弟翁如棋，他换了长衫，端坐在桌子后面，手握毛笔，正根据来人的陈述，认真写着信。他眉目清秀，这时候看起来也没有那么瘦小。桌子旁边有些人写完书信，也不走，就站在旁边看他写字。陈洪礼和林汉先也探头观看，现在的书写条件当然比船上更好，写出来的字也更放松，虽有刻板之嫌，但看来依然赏心悦目。

翁如棋认真写完一封回批，抬头才突然见到二人，大喜，就如同见到亲人，站起来高声喊着："板兄，这就是我跟你说起过的陈洪礼和林汉先！"

一个驼背且留着山羊须的男人慢慢走过来。林汉先心想，这个人年纪这么大怎么叫板兄，叫他阿叔阿爷还差不多。还是陈洪礼沉稳，他作揖行礼说："板兄先生好。"林汉先也跟着作揖，心想洪礼怎么这么聪明，后面加上先生二字，称呼马上就变得雅起来。

板兄咳嗽了一声，说入内用茶。在大厅的左上角有一个小房间，里头很简洁，两张桌子，一张桌子上面是工夫茶具，另一张桌子稍长，上面摆放着笔墨纸砚，以及信封糨糊等用品。板兄泡茶，说自己过番已经将近二十年，前些年后脑勺都还留着一条小辫子。他笑着，将茶杯推到二人面前。听说他们是英顺伯亲自写信让二人来过番的，板兄的眼睛从他的眼镜框上面露了出来，端详着二人，然后才说："那不得了，是贵客，以后可要仰仗二位了，我得换茶叶，让你们尝尝今年的凤凰乌䔲的春茶。哎呀,跑船的朋友有心专门带来送我,平时藏起来,舍不得喝。"

板兄自我介绍,说自己是陆丰人,口音比较重。他跟他们聊了一些趣事,也介绍了这里的食物,问他们是否吃过早餐,他们说吃过,这里的粿条汤是浓汤,偏甜,但毕竟还是家乡的食物,能吃到粿条已经非常满足了。

"蹲着吃完?"板兄问。

他们俩点头笑起来。板兄说这边的人都不明白我们会蹲在长条木凳上吃东西,特别是外国人的腿,他们蹲不了。这时有伙计来叫板兄出去有事,板兄指着另一张桌子说:"我得失陪,这小房间安静,你们应该也急着给家里写封平安批,一切请自便,有什么需要就找隆都弟说。"

8

华欣是度假胜地，历来被视为暹罗王室的后花园，风景秀丽，海风迷人。陈洪礼和林汉先二人跟着一个叫刀哥的人在酒店干了一个多星期的体力活儿，主要工作是帮忙铺设一条通向泳池的水管。一个多星期之后，白菜姐来到华欣把他们接走，送他们到四色菊府去。英顺伯在四色菊府有一间碾米的米砻，还有两间五金店。接下来两个月里，他们并没有见到英顺伯，而只是成为搬货做苦力的劳工。按照白菜姐的安排，他们白天在店里帮忙，扛米，走街串巷送货，卖五金配件；晚上，则有一个矮墩墩的金鱼眼女老师，来教他们学暹罗文，说暹罗话。金鱼眼老师有一种理论，说是必须完全融入新的语言环境，暂时抛弃母语，才能快速突破语言学习的关口。就这样，白天累得汗流浃背，晚上金鱼眼老师拿着教鞭就出现了。她长得圆润，但一脸严肃，从来不肯笑一下。陈洪礼有一天搬运了三个小时的大米，腰酸背痛，脾气就上来了，问林汉先："你说的不负所学大展宏图呢？我们就在这里扛米学别人的语言，是准备十世为奴吗？"这次轮到林汉先沉默了。这个容易激动的人，这时候突然变得十分有韧性,他说:"既来之则安之,情况不明,我们只能选择相信。"陈洪礼还想说什么,林汉先却说:"明天我帮你多扛十袋米,让你多歇歇。"他的话果然起了效果,陈洪礼瞪大了眼睛说:"你看不起谁?本大爷还需要你可怜?"林汉先笑。

过了两天,白菜姐给他们买了很多水果。这里的水果是真好吃,即使现在季节不对,但品种依然非常丰富。按白菜姐传达来的原话,英顺伯要他们在一年之内通过暹罗文字的考试。

"考试?"

"不通过暹罗文的考试,你们就当不了教师。"

"教师?"

"英顺伯信里没跟你们提过吗?"

"没有。"

见他们一脸茫然,白菜姐笑着说:"我跟英顺伯说没那么容易,最少也得给你们两三年的时间;英顺伯还跟我打赌,说你们一年应该可以。"

这番话给陈洪礼和林汉先打开了一扇窗口。"教师"两个字,更让他们见到了光亮。在此后数个月的时间里,他们几乎是拼尽全力在进行语言学习,白天送货的空当找本地人攀谈,晚上熬到深夜,自言自语,背诵文章。两个月后白菜姐过来接他们去曼谷时,金鱼眼教师给出了她的结论:这两个小伙子又聪明又拼命,按他们的速度,再过半年,通过考试完全没有问题。

重新回到曼谷,他们再看这街上的路名指示牌和店铺招牌,一切忽然明亮了起来。只因为他们看得明白部分文字,这座城市不再是冷冰冰的,而是变得清晰了起来。

英顺伯是在家里接待他们的。陈洪礼从没有见过如此礼貌周到的人,他到一楼大门口迎接他们,握手寒暄,他穿着宽松的白色衣服,说刚陪客人打球回来。英顺伯说话不紧不慢,非常纯正的潮安口音。他们一起进了家门,脱鞋,赤脚在地板上走路。三人先进了佛堂,拜佛,英顺伯非常虔诚,每个动作优雅而缓慢。他看起来很瘦,显得鼻子和颧骨很高,头发几乎都白了,双手合十时宝相森严。林汉先不禁对陈洪礼说,看到英顺伯举止如此儒雅,让他不禁想起孟先生。

"老孟吗?他身体还好吗?他是碧河镇最有学问的人了,我岂敢跟他相提并论。"

他们上楼,在茶室里冲茶,用人送进来水果和点心,角落里焚着檀香。

英顺伯先谈起"八二风灾",又夸林汉先的照片拍得好:"关键是你们年轻脑子活,一张照片抵得过任何语言。所以这也给我一个启发,得专门物色一些有文化和专长的年轻人到暹罗来。"英顺伯开门见山,他说此前他们这代人,来过番都是为了过来讨生活,做苦力,包括他自己。但是现在不同,华人想要在外面立足,光有力气是不行的,还得有头脑,还得有学问懂是非,最重要,还得不能忘本。

"不能忘本"这四个字让陈洪礼和林汉先对视了一眼,然后说孟先生在他们临行之前也叮嘱过他们不能忘本。

"老孟和我是好朋友、好兄弟,我们想到一块儿去了。"英顺伯说,"一个人不能忘本,我们要拜祭祖宗,祈求老爷保佑;但一个潮州人如果要不忘本,那他最不能忘的是什么?是我们的文字,我们的潮州话,我们的传统文化,这些子子孙孙都不能忘。"

英顺伯的每一句话,都说到两个人的心坎里去,他们也正是这样想的。

英顺伯继续说:"我们潮州人还有另一个特点,每个人都是行动派,知行合一,从不停留在夸夸其谈上面。所以你看这些年在外面赚到钱的华侨回乡,做得最多的是两件事,一个是修祖祠,一个是建学校。但是,我们慢慢发现,我们留在暹罗的这些人也有孩子,我们的孩子也需要学习,他们不能反认他乡是故乡。所以从好些年之前,我和在曼谷的几位老乡,当然也不是一般的朋友,他们都有产业也有眼界,我们达成共识,至少要让我们的孩子学习我们的方块字,读古诗,背古文,要能说潮州话,所以我们成立了新南读书社。开始也没有人管,后来政府干预了,我们又成立了新南书刊社作为掩护,最后干脆成立了新南学堂,也就是现在的新南学校。几年前,政府对华人在暹罗办学提出了新的要求,要求必须暹罗人来当校长,我们也照做,只是在校长之外还得有真正懂中华文化的人来主要负责管理。但在数月之前，政府又有新的规定，要求越来越严苛。之所以非常关注这方面的进展，是因为我和朋友们有一些共识，希望华文学堂必须办得更好更专业，所以我们需要人才，真正能够将中文的魅力传授给孩子们的人才。加之当下各方压力，又需要懂变通能学习的人才，不能是老学究，故此第一时间想到就是二位。"

谈话进行到这里，白菜姐突然敲门探头进来，对英顺伯说了一声："是羽先生的电话。"

英顺伯说了一声："你们自己冲茶。"便匆匆出去接电话了。门没有关，隐约可以听到英顺伯接电话的声音："是……见到他们俩了……对，非常优秀……是，放在四色菊府，不会太惹人注意……羽先生，你要明白我处事的原则，八方楼潮州茶馆风险大。汉先是我亲戚，更应该放在危险的地方，洪礼去学校，如果反过来，那么别人就会认为我偏袒亲人……"

听到这样的话，陈洪礼和林汉先两人又对望了一眼。陈洪礼低声说："汉先，等一下英顺伯回来，我要跟他说，我性格比你稳重，更适合有挑战的工作，你到学校去，你……"林汉先不让他说下去："我们都必须服从英顺伯安排，你知道我的脾气，这个你争不过我，好好当你的教书先生。"

英顺伯重新推开虚掩的门进来："最近我要在四色菊府

捐建一座梅山公祠，事情比较多。"英顺伯耐心解释说，梅山公祠不像碧河镇的祠堂都是单一姓氏，比如陈氏宗祠就只供奉陈家的先人，而是多个姓氏共用，甚至有一些客死他乡的华侨连名字都没有，也会被安放在梅山公祠里。但他看到他们俩脸上的表情，又回头看看门，突然意识到刚才打电话时说话的声音太大，说："看来，刚才你们都听到了？"

英顺伯重新坐下来，轻轻叹了一口气说："听到了也好，免得我重复再说一遍了，你们就按照我的安排，分头行事。汉先去八方楼，八方楼对我们的生意非常重要；你们也应该明白，当下国内民心思变，这个时代需要觉醒者，需要有社会精英也参与到超越个人利害的事业中来；洪礼去新南学校，那里有一百多个孩子，期待有人传道解惑，他们就拜托给你了。学校现在的校长是个普宁人，还有半年就退休了，你这个时候过去刚刚好，有半年时间熟悉业务，以你的才干，相信很快可以胜任。"英顺伯轻轻抱拳，一个十分自然的动作，既是强调，又没有特别隆重，分寸让人舒服。英顺伯说："刚才跟我通电话的这个羽先生，以后你们会经常见到，是个不得了的人物，在海外华侨中间口碑极好，他人在暹罗，心怀天下，在很多方面都值得你们学习。我之所以动念将你们从唐山不远万里招至此地，也是因为羽先生的一番话。羽先生说未来之中国，希望在于青年，你们都是潮州后起之秀，只要愿意拼搏，愿意付出，我和羽先生必定提供一切力所能及的帮助。"

第二折　危局

1

　　林阿娥是在五年之后登上前往暹罗的火轮船的。她给林汉先的信，没有"敬禀者"，没有任何客套和文绉绉的话，只在信纸的中间写着："五年了，林阿娥说到做到。"

　　接到信时，林汉先头都大了，连续写了两封信让她"万不可贸然来暹"，然后他跑到新南学校去找陈洪礼，跟他商量对策。陈洪礼说："你这个时候还来跟我说什么，你们夫妻俩就是一个性格，都容易冲动，说不定她这会儿已经在来曼谷的船上了。"

　　陈洪礼真的猜对了，林阿娥真的是说到做到。秋风起时，就拜别家人准备去暹罗。她的父亲太了解自己这个女儿

归潮

了,知道拦不住,于是只能写信联系她的姑姑。姑姑在广州做香料生意,也是全家唯一一个降得住林阿娥的人。但写信毕竟太慢了,姑姑收到信往回赶时,林阿娥已经偷偷乘船离开,而林汉先劝阻她的信也才刚刚到达。

这一路,林阿娥也没少遭罪。她跟林汉先一样,也晕船,而且更严重,吐得不成样子,发着低烧,好些天粒米未进。等到脚踩到暹罗的土地,她整个身体依旧不听使唤,甜粿一样软,大地依旧在晃动,周围都是模糊的。她只是浑浑噩噩往前走,等她慢慢清醒过来时,已经是在一个街角,周围人来人往,人们向她投来异样的目光。她伸手摸了摸身上的衣服,又看了看脚上仅有一只的破鞋,干脆将另一只也踢掉。这时她才明白一件事:她的所有行李都被人拿走了。她回港口去找,但发现路上迷迷糊糊,连哪艘船都认不得,也没有一个认识的人。更可怕的是,她连林汉先住在哪里都不清楚,脑袋里一片空白。

就这样,碧河林厝围的林家大小姐,在当地即使不能算钟鸣鼎食之家,怎么说也算是生活无忧,加之又是家中的独生女,老父亲视为掌上明珠,如今却因为一时冲动,在曼谷流落街头。她回头看了一眼大海,又看见穿梭在大小河道中的小船,以及路边的乞丐,她悲从中来不可断绝,终于明白什么是异国他乡,什么又是举目无亲。

天偏偏在这个时候黑了,本来便陌生的人影这时候变得更为模糊,恐惧像涨潮的海水淹没了她。她记得路过一个菜市场,她闻到了饭菜的香味,她听见有人说着一些她听不懂的话,她仿佛穿过了一个无边无际的梦境。在视线变得迷离之后,她只能跟着灯光走,摔倒,她便爬起来,往前走。终于看到了一点光点,她只能跟随着亮光挪动脚步。终于光亮变得越来越亮,但她的眼睛也越来越迷离。她靠着一堵矮墙坐了下来,黑暗笼罩,她无法确定自己是否已经发烧了,持续耳鸣,潮水涌动的声音在耳边一阵接着一阵响起。她昏昏沉沉睡过去,像有一只大手将她往大海深处按下去。黑暗之中她醒过来一次,鼻子旁边闻到食物的味道,她伸手一抓,十分本能放在嘴巴里咀嚼,只是不知道吃的是什么。

日近中午,她才悠悠转醒。映入眼帘的一切让她吓了一跳,身边高高低低都是坟墓。这才发现昨夜的矮墙其实是一块墓碑,她在坟头睡了一夜,吃了坟前的祭品。她对着坟墓磕了三个头,心中慌乱只想逃离。这应该是一处华侨墓园,是潮州常见的椅子坟。终于找到了一条小路,她稍微整理了一下自己的衣服,伸手一摸自己的头发,因为粘连了泥土和污水,头发已经结成饼状。一种恶心的感觉袭击了她,但有什么办法呢,理性告诉她,应该还是到人多的地方去。又走了一阵子,果然听见了人声,她努力辨认,像听一听有没有熟悉的老乡。但午后她的体温又升高了,浑身开始发冷。她只能找到一个墙角,蜷缩起来休息。

在流落街头的第三天,曼谷的一场大雨把她淋醒。雨水入喉,顿生凉意,她的神志逐渐复苏,猛然想起林汉先刚

归潮

到暹罗之时写给她的第一封信,那封信写得很长,叙述也格外耐心详细,里面提到了一家侨批局,有个朋友在那里写信,名字也好记,就叫如棋。她心中一亮,但身体完全没有力气。也是她运气好,造船厂的伙计李浓眉这天雨后路过街头,看到有个女人靠在墙角发抖,递给了她一只小杧果。李浓眉是普宁人,潮州话和客家话都会说,见她的衣服打扮,便先用客家话问她是哪里人,又用潮州话问了一遍,才听林阿娥用游丝一样的声音说:"潮安人。"

人生如戏,人生也如棋。就因为如棋这个名字不容易忘记,林阿娥甚至都不知道如棋姓翁,在李浓眉的帮助下一路打听过去。只用了一个上午,她便见到隆都弟翁如棋。这个瘦小的写批先生,正低头奋笔疾书,突然发现肩膀一紧,有个女人一把揪住他的衣服,把他吓得毛笔都掉到地上。

"你叫如棋?"

翁如棋说:"是。"

"救我。"说完林阿娥就晕倒在桌子旁边。

她再次醒来,已经在医院里,旁边有穿蓝衣服的护士走来走去。低头一看,那个她朝思暮想的杀千刀的林汉先,正趴在床尾睡觉。她怒从心头起,抬脚一踢,就把他踢翻在地,然后破口大骂。附近的人都伸头过来看,但看她这么凶,不敢多话,各自做各自的事去了。

林汉先从地上爬起来,拍拍屁股上的尘土,一脸苦笑,他说:"医生说你是因为饿,你先喝点粥。"说着他弯腰到桌子上去盛粥，林阿娥从身后抱住他的腰，哇哇哭了起来："你唔想要我了，你唔想要我了……"

林汉先扭转身子将她拥入怀中，他用食指第二指节刮了一下她的小鼻子，说："你的咖啡粉呢，不带过来毒死我？"

"带了，下船时连同行李钱物，给坏人拎了去。"

第二天一早，林汉先提着礼物去感谢隆都弟翁如棋，翁如棋却说不应该感谢我，应该感谢李浓眉，那个造船厂的伙计。于是翁如棋陪同林汉先来到造船厂。听说是八方楼的林先生来访，船厂的厂长很快赶过来，非常热情，自我介绍姓张，是澄海人，又说羽先生是他老板的老板。"去年除夕，我跟羽先生握过一次手。"他亲自给林汉先倒茶，又说这里的茶一定没有八方楼好，让他多担待。过于客气让林汉先不太习惯，他问李浓眉在哪里，张厂长说马上就来。"早听说八方楼来了新掌柜，没想到能在这里见到了。"他问翁如棋的名字，便说早就听说翁先生书法写得好，没想到这么年轻。翁如棋有点拘谨，说叫我隆都弟就好，汉先兄他们都是这么称呼我的。这时候李浓眉从外面进来，果然浓眉大眼，人虽不高，但壮实，进门后站在那里却有些慌张，不知所措。林汉先起身，脱下帽子，躬身作揖行礼，说了很多感谢的话。李浓眉才知道自己那天救的人竟然是八方楼新掌柜的老婆，拿茶杯的手开始发抖。当林汉先递给他礼物的时候，他摇头不肯要，然后竟然双膝跪地，求林汉先把他带到八方楼："船厂太苦了,我也不要什么礼物,把我带到八方楼帮忙做事吧,端茶倒水,做什么都行。"林汉先看向了张厂长,张厂长的脸上略带尴尬,但他很快帮李浓眉说起了好话来,说他如何能干,又说无论船厂还是八方楼,都是羽先生的产业,去哪里都一样。林汉先点了点头,把李浓眉从地上扶起来,然后说:

"从今以后你就是八方楼的伙计了,记住,任何时候不要跪下求人,男儿膝下有黄金,这是第一条规矩。"

2

安顿林阿娥回家住下之后，林汉先也将妻子到来的事分别告知了羽先生和英顺伯，二人听说林阿娥性子如此直爽刚烈，都击节赞叹，说约个时间过来八方楼看看林阿娥。

这一天，林汉先早早就让李浓眉带着两个伙计在门口等候，二楼楼梯口照例挂着"三楼不营业"的提示牌。喝茶看戏的人们一般是在下午和晚上比较多，早晨显得非常安静。英顺伯比约定的时间提前半小时到达，上楼见到林阿娥出落得如此高挑好看，说林汉先捡到宝了，哪儿来这样的福气。他给阿娥带来了见面礼，是一只玉手镯，又夸她是奇女子："潮州女人给外人的印象是温良贤惠，但其实也有柔弱胜刚强的一面，很多潮人家庭都是女人当家，我看汉先也逃不开这样的命运。"说完大伙都哈哈笑了起来。

英顺伯又对林阿娥说："按辈分汉先算是我侄子，所以你也就是家里人，后面生活上有什么困难，你随时可以跟我说。当然，生活小事你可以直接跟白菜姐说，她处理起来比谁都利索。"

接下来英顺伯和汉先、洪礼谈起了国内最新的一些时局变化。英顺伯特别谈到今年四月十二日之后,许多进步青年遭到捕杀和迫害,其中不少人也到东南亚来了,可惜他们这边能做的也十分有限。这里面也包括汉先和洪礼的好朋友洪灵菲和戴平万,他们先后到八方楼暂避,又躲进新南学校,但大家很快也明白不是长久之计,他们匆匆离开。羽先生是非常喜欢洪灵菲的,他们通宵聊了一个晚上。

"所以,阿娥,"英顺伯突然转向林阿娥,"今天我提前来八方楼,也想顺便替汉先跟你当面解释一下,今年上半年,为什么汉先没法儿及时给你回信,是因为有更重要的事要做,让你遭罪了。"

林阿娥十分认真地听着,她并不知道四月十二日发生了什么事,但大概也明白这是大事。她给英顺伯奉茶,并说:"阿娥明白,现在不会怪他,只是山海两隔,书信不通,我心里着急。"

"着急就对了,"英顺伯又笑,"只是让你受委屈了,所幸没有酿成大祸,平平安安,就是好福气。"

林阿娥忙说并无大碍,就是饿两顿饭,能算什么事,在碧河乡下,这都是常有的事。这应对也十分得体,英顺伯连连点头,说汉先命好,前世积德行善才能娶到这样的老婆。

"准备什么时候摆酒请人呢?"

"我看过几天刚好是水灯节,日子不错,还有大月亮。"楼梯口一个洪亮的声音说。

羽先生第一次并非为了要客会谈来到八方楼。他像往常一样穿着西装，身材魁梧，快步走上楼来，有点气喘。他拍了拍英顺伯的肩膀说："老林啊，这一点我非常羡慕你，你看，汉先、洪礼，都这么能干，我看你这个侄媳妇，迟早也是左膀右臂。"

"羽先生见外了，汉先是我的侄子，也就是你的侄子。还有一点你不知道，我更看好洪礼，人家稳，如果当官，洪礼的官一定比汉先大。"英顺伯在开玩笑间，把话题引向旁边的陈洪礼。

陈洪礼当然明白这是英顺伯的周到。这几年的历练让他成熟了不少。一方面新南学校看起来很小，但其实里面也是千头万绪，五年来学生人数也从一百多人上升到两百多人。其实还有很多穷苦家庭的孩子也希望能过来读书，陈洪礼只能多方筹措获取支持，能收一个是一个。另一方面，华文学校又受到《钦定民立学校法》《国民小学条例》两个新法律文件的限制，不但规定教师必须通晓暹文，否则必须辞退；另外还强制学生必须学习暹文，不能只学中文："要能通晓暹文，以暹文教授学生，并训督学生使忠爱暹国，及通晓暹国地理，如本律规定。"暹罗民族意识的不断崛起，让陈洪礼感受到了一种看不见的压力。他经常对林汉先说："你风险高，但我压力大，我们彼此彼此。"

"英顺伯，你就饶了我吧，我哪里是当官的料。小时候我阿公就跟我说过，一世做官九世绝，我勿，"陈洪礼道，"不过如果有机会做大官，我一定第一时间让学习中文成为暹罗学校的必修课。"

林汉先说:"你小子野心倒是挺大。"陈洪礼说:"我也只剩下吹牛的野心了,你是实实在在的软玉温香啊,千万别掉进了温柔乡出不来。"

英顺伯看着他们打趣,便对羽先生说:"这些人日后还能帮你不少忙,我是整天想着老了回碧河乡下住着,越来越干不动了。"羽先生说:"英顺兄这话可说早了,我们这些做生意当头家的,从来就没有退休之说,所以老船长也得掌好舵。"

林汉先冲茶,阿娥给大家端茶。羽先生夸陈洪礼的衣着,几年下来确实越来越像校长了,又说:"洪礼啊,我去年还去了一趟上海,见到不少来自家乡的年轻人,他们从韩江到黄浦江,坐船出行,非常方便,也就比去广州远一点点。我就一直想问你们,在被你们英顺伯'骗'来暹罗之前,你们怎么就没想去上海闯天下呢?"

陈洪礼说:"如果没来暹罗,我们应该就去上海,一上二香三叻四暹,都是大港口,确实方便,好多朋友和同学在上海,他们也组建了读书会,好不热闹。"上海那时确实聚集了不少潮州人。

羽先生说:"不过上海现在你们这些文化人是去不了了,这个世界越来越不太平,我们还是得未雨绸缪。"谈话中羽先生说到鲁迅先生今年也来广州了。但他不知道的是,他们说话的时候,鲁迅先生又乘船回到了上海。

"是啊，汉先，"英顺伯顺着羽先生的话说，"现在时局复杂，做事艰难，即便人在暹罗，也需要低调谨慎，所以你们的婚礼也不能像家乡一样大操大办，只能是私下宴请，一切从简。又要委屈阿娥了。"

林阿娥说："英顺伯，我来暹罗，内心只有一个想法，只是想跟我的男人在一起，生在一起，死也在一起，并不是来享福的。从唐山到暹罗，这一路我也见了太多让人流目汁的事情，我们唐山人也没有什么特别的，如果有，那就是特别能吃苦。"

羽先生竖起来大拇指："说得好，特别能吃苦，说得好！"

3

二弟汉忠和三弟汉厚来到暹罗，并没有事先告知林汉先。

这一年经济危机席卷全球，但羽先生的生意似乎没有受到影响，他的橡胶厂、甘蔗园扩展到马来亚和安南，还在老挝开设了柚木园。林汉先跟着羽先生去了很多地方，几乎将东南亚跑遍了。羽先生作为侨领备受尊重，很多更为具体的生意不好出面，便让林汉先代为洽谈。有时候羽先生太忙无法外出，则由林汉先带着李浓眉跟进生意往来。林汉先敢说敢干，大胆采用新机器，显露出过人的生意头脑，羽先生每次说起他便赞赏有加。而八方楼则作为一扇窗口，在华侨之中享有盛誉，来到曼谷的华侨，也都会来八方楼喝一杯茶，潮州头家以能拜会羽先生为荣耀之事，如果能够与羽先生合影留念那更是开心。

华文学校办学环境也在改善，曼谷的华文学校从原来的不到五十家发展到近两百家，英顺伯已经不怎么管具体的事，陈洪礼则忙得飞起。他的新南学校又开了两家分校，学生多了，杂七杂八的事也就多了，于是学校的教职工又紧缺。陈洪礼并没有因此降低对教师教学的要求，他依然坚持诵读经典，要求学生背诵古诗。

年底，羽先生在唐山捐建的小学落成，他应邀回去参加典礼，于是邀请英顺伯同行。英顺伯欣然答应，一同回国。一路上羽先生所到之处，不断有新闻报道，但新闻中少有出现英顺伯。对此陈洪礼有自己的见解，他对林汉先说："现在你我也是如此，像一枚硬币，总有阴面和阳面。羽先生在阳面，英顺伯在阴面，汉先你在阳面，我则在阴面，你需要抛头露面，凡事务必谨慎小心。"

林汉先明白陈洪礼的说法，但他也说，并不是阳面和阴面，而是对于潮州人来说，经商和读书向来是两条并行不悖的路线；羽先生负责赚钱，英顺伯负责育人。陈洪礼和林汉先兄弟二人常常交谈至深夜，内心都渴望着有朝一日也如羽先生和英顺伯那样一起回到家乡。

英顺伯在和林汉先告别回国时说，羽先生去剪彩，我这是去物色人才。果然，那一年，英顺伯又从唐山带回来一些人，林汉先的两个弟弟便在其中。

碧河的人们也才从英顺伯口中得知，仅仅七八年时间，陈洪礼已经成为陈校长，而林汉先便是赫赫有名的八方楼掌柜。

汉忠和汉厚到了曼谷，按照英顺伯的安排，到陈洪礼的新南学校去学泰文。但他们两个笨拙，半年过去不单不会写，简单的对话也几乎无法完成。刚好周末，英顺伯让白菜姐过来邀请林汉先夫妇，一同去拜佛，在路上林阿娥给出了她的建议,她认为这两个小叔子生性好动,应该让他们多动手,可以让他们两人先去汽车厂学习开车和修车。这个建议可把汉忠和汉厚高兴坏了,他们第一次见到嫂子林阿娥时,她正从汽车上下来,他们为她行云流水的停车技术所震撼,半天说不出话来。林阿娥却有点不高兴:"怎么啦?女人就不能开车?"他们俩也不接嫂子的话,两个人围着那辆汽车前后左右转了两圈,交头接耳讨论了很久。

两个弟弟到曼谷来,林汉先表面佯装生气,说他们先斩后奏不请自来,但内心无疑是喜悦的,私下和李浓眉商量带他们去什么地方吃特色小吃。汉忠一脸坏笑狡辩说:"也不算先斩后奏,我们跟父亲上奏过了,父亲大人批准了。"汉忠汉厚也带来了家里的消息,五妹汉莲已经定了亲,过几年就嫁到兴宁。林汉先表示惊讶,为什么要嫁到客顶去?林汉忠说,刚好有亲戚介绍,另外更主要的原因是父亲的执念,他希望两个女儿都远嫁,别留在身边,为此汉莲跟父亲吵过好多次。但也正因为这样的争吵,也就更坚定父亲把女儿远嫁的想法。林汉先听了这样的话,大概明白父亲的想法。一个多子而贫困的家庭,在林厝围必定得不到亲戚太多的照顾,更多的是嫌贫爱富的势利眼。再加之母亲去世得早,父亲性格变得更为孤僻。他总是认为远方的风景更美,希望子女都离开碧河,开枝散叶到外面去发展。林汉先没有办法告诉他,即便在暹罗,经济不好的时候也有太多来自唐山的华人找不到工作,流落街头,凄惨无比。

"汉孝呢？"四弟汉孝和五妹汉莲是双胞胎，掐指算算，他们俩都十五岁了。

"汉孝说等汉莲出嫁，他也要过番来找大兄。"

英顺伯给林汉先带来了两个弟弟，给陈洪礼却带来了孟先生的礼物。英顺伯说，他跟孟先生一起到碧河边钓鱼，聊了一个下午，非常愉快。他说如果不是老孟身体不好，怕吹风，都想通宵对着梅山碧河了。英顺伯返程时，孟先生专门嘱咐要过去一趟，然后就给了这么一个东西。英顺伯将一只粗布袋放到桌子上，袋口用绳子捆了好几扎。陈洪礼小心翼翼地打开布袋，里面用报纸和旧衣服裹了一圈又一圈，打开却是当日台风天在祠堂废墟中捡起来的那只青铜香炉。香炉里还有一张宣纸，正是孟先生的字体，笔画质朴带着金石之气：

"心安随处家庙，潮平四海归来。"

陈洪礼看着香炉，再看看纸上的字，他大概明白孟先生的意思。时局动荡，家国飘摇，日本侵犯中华的野心已昭然若揭，而海外的潮州香火也是香火，应该开枝散叶，传承文化。

其时陈洪礼新婚不过半年，娶的是学校的一个教师，大埔人，皮肤很黑，脸圆，名叫朱珍，学生开始私底下叫她黑珍珠，因为确实太形象，竟然连同事也这么叫她，都快忘记她的本名。黑珍珠挺着大肚子来推开书房的门，见丈夫把自己关在屋里，独自对着一只香炉和一张纸条发呆。她知道他

归潮

深夜不喝茶，端了一杯温水过来。她问丈夫这是什么，陈洪礼说老家送来的青铜香炉，刚好英顺伯在四色菊府捐建了一座梅山公祠，缺个香炉，正在琢磨着如何加个木头底座再送过去。黑珍珠知道梅山公祠的事，当然也明白这个回答只是丈夫的借口。她熟悉她的丈夫，这种她只是随口问了一句丈夫便说了很多话的情况，那只能是他什么都不想说，他在想着别的事。黑珍珠当然知道，丈夫心心念念的事是回碧河建祠堂。既然他不愿意说，她也不好说什么。她帮他将废纸篓里的垃圾顺手拎起，便退了出去，重新把书房的门掩上。

　　陈洪礼和英顺伯谈过陈氏宗祠在风灾之中倒塌的事，一直有意重建，英顺伯也非常支持，认为这是大事，不该拖到现在才办。此后半年，陈洪礼私下通过书信联络了碧河镇外海外的宗亲，他希望募捐一笔钱重建陈氏宗祠。这事得到了海内外陈姓亲友的支持，竟然进行得异常顺利。陈洪礼的堂兄陈雄振十分积极在梅花村具体张罗此事，那时他刚结婚，正是激情万丈的时候。他从半步村招来施工队，一砖一瓦在原址重建，并且尽量使用祠堂废墟中能用的砖头和木料，不单因为节俭，也希望尽量保留过去的样式和记忆。陈雄振本身也是个很好的木工师傅，他与陈洪礼频繁通信讨论修建的细节。两年以后，在八二台风中被刮塌的祠堂总算重新站了起来，而陈雄振的儿子陈团结刚好出生。双喜临门，之所以给儿子取名团结，是因陈雄振认为祠堂是在海内外乡亲团结一心的情况下才修建完成的。

4

林雨果是在第二年夏天出生的,刚好和陈团结生日差了一天。陈洪礼半开玩笑跟林汉先说,可以跟陈团结定个娃娃亲。娃娃亲在现在看来十足荒谬,但在当时却并不少见。林汉先说,让他自己去生一个女儿。这时陈洪礼的儿子已经两岁半,再过两年又生了一个儿子,他又跟林汉先提起此事,说自己生不出女儿来,还给林汉先看陈团结的照片,给他作揖叫他亲家大人,说如果同意,等陈团结稍大一点,就让他爹把他送到曼谷林府来。林汉先说,上门女婿吗?

白菜姐说林雨果太会挑季节,在暹罗,这个季节的水果最多了,吃都吃不过来。林汉先说那要不就叫林夏果,但林阿娥执意要叫雨果,因为她那一年来到暹罗是一场雨把她浇醒这才找到丈夫。而且她知道,丈夫喜欢法国作家雨果,最喜欢读他的《九三年》。这一年林阿娥才二十六岁,她觉得自己还能为林家多生几个孩子,言下之意是要生男孩,接续香火。但林汉先说不要,他就喜欢女孩。

"一个就好,她长大以后会像你一样漂亮,"林汉先用食指刮了一下妻子的小鼻子,又刮了一下小雨果的鼻子,

归潮

"你看,鼻子也这么像你。"

当然,关于生孩子,林汉先有一个小秘密没有跟妻子说。九岁那年,母亲还没有去世,他陪母亲去开元寺烧香,到了寺门口,有个乞丐伸着一条腿在乞讨。母亲弯腰将几个铜板放在他碗里,他还嫌少,说天气这么冷,他又瘸了一条腿,只给这么几个铜板怎么够过冬。母亲也没恼,又给了五枚铜板,然后说,身上身下的只够敬佛以及回家的车费。乞丐说骗人,明明后腰裤带里还有。母亲吃了一惊,她确实在后腰裤袋里又藏了两枚银元。出门在外,万一丢了钱,还有个应急。这个是在颠簸生活中养成的好习惯,随时留有退路,但被乞丐一眼说穿。母亲于是又放了三个铜板,说:"天气多变,天乌乌,还是早些回去吧。"乞丐说:"你这人倒是怪好心的,来,给你算一卦吧。"说罢从碗里摸出三枚铜钱一抛,口中喃喃自语,然后摇头说不好。母亲说:"你别给我算,给我家汉先算算吧。"乞丐笑了一下,露出一口白得不真实的牙齿。他盯着林汉先看了一会儿,便又将铜钱抛向空中,又是念念有词,打开时在手里看了又看,依然还是摇摇头说:"不好。"乞丐说:"短命,活不过三十九,但能有一个女儿。"潮语中"短命仔"是骂人的话。母亲听到乞丐这么说,心中大怒,但她强压怒火,说:"你这无非是为了骗钱的套路,让我继续给钱,请你来帮忙消灾。"乞丐脾气也不好,起身捡起地上的破碗就走了,走的时候还留下一句话:"你自己活不过四十一。"

母亲难产去世时，正是四十一岁。去世那年，她摸着大肚子，反复叮嘱林汉先，不得将乞丐的话说与父亲听。而她自己，似乎已经知晓了命运。她后来无数次地提起，后悔自己的愚蠢激怒那乞丐。她应该将藏在后腰的银元给乞丐，问问他有什么化解的方法。林汉先安慰母亲，说如果有命运，那么就注定无法化解；如果乞丐只是胡说，那更不必去被他骗了钱。母亲说，如果她被说中，真的在四十一岁那年死了，那么汉先则务必小心对待三十九岁，一定要远离危险的事。林汉先摇摇头说这些都是无稽之谈。然而母亲去世的时间，巧合得令人无从解释。女儿林雨果出生时，他已经三十二岁。他心中悲喜交加，预言一步步应验，他真的有一个女儿，那么，自己的生命也真的会停在三十九岁吗？来自大清宣统元年的魔咒，三枚在空中不断翻转的铜钱，难道真能锁住一个人的命运？但如果是，如果自己的生命线条只能止步于三十九岁，那么再生一个孩子，也不过多一份悲伤而已。念及此，他对妻子说："一个女儿就好了，我们都会好好疼她不是吗？"

关于瘸腿乞丐的预言，他只在来暹罗的火轮船上对着星空瞎聊时跟陈洪礼提过一次。陈洪礼哈哈大笑，说："汉先你也相信这些骗钱的无稽之谈吗？如果是那样，也就是你现在从这船上跳到大海里去，是不是必定死不了？你如果注定要到三十九岁才死，那你从此便自由了，大可以横行无忌为所欲为，岂不快哉？"陈洪礼的逆向推理似乎非常在理。

归潮

但谁又能知道呢，到底是先有对命运的预言，还是先有命运本身。

有一次夜深人静的时候，雨果在一阵哭闹之后终于酣睡过去。林汉先却无论如何也睡不着了，他披衣出户，在庭院里坐着，对着天空的明月发呆。他听到虫鸣。这样的虫鸣故乡也有，特别是梅山的秋月虫鸣，那是他最喜欢的。妻子不知道什么时候来到身边，她从背后搂住他的脖子，没有说话。她总是能知道什么时候应该说话，什么时候不应该说话，这方面林阿娥有很高的情商。她白天开着汽车帮八方楼送人送货，有时候羽先生的司机请假，她还去帮羽先生开车。羽先生也很喜欢她，说她的车技比专业司机还好，开得非常稳当。若要说缺点，就是她好像不太喜欢陈洪礼，但林汉先猜不到原因。仅仅有一次，陈洪礼说李浓眉脸上那颗痣长得不是地方，刚好在颧骨旁边，容易招小人。林阿娥对此有点生气，说他以貌取人。陈洪礼走后，她私下跟林汉先抱怨："招小人，李浓眉把我招来，那我是小人咯。"林汉先说她敏感了，又说陈洪礼绝对没有这个意思。但人与人的关系，有时候就是光凭一种直觉，无法解释。此后她几乎缺席陈洪礼的一切重要日子，比如她来到暹罗的第三年陈洪礼结婚，她找借口不出席，同一年陈洪礼的大儿子满月，她当面笑话陈洪礼这个向来稳重的人竟然先上车后补票，把黑珍珠说得脸都红了。雨果出生的第二年，陈洪礼二儿子出生，林阿娥不参加；如今雨果四岁，陈洪礼的第三个儿子马上又要摆满月酒，可以预见，林阿娥又不参加。林阿娥说陈洪礼太没劲，三个儿子，取名海福、海禄、海寿，福禄寿，早出日头唔成天。

但这一次，见林汉先一个人三更半夜在月下独坐，林阿娥忍不住问他是不是为洪礼三公子的满月宴席送什么礼物而烦心。她说她猜最近只有这个事可以让自己的丈夫皱眉头，她答应这次一定陪他一起去喝满月酒，而且礼物她已经准备好。按照林阿娥的预判，她说出这些话来，丈夫应该开心得像个孩子。但并没有，林汉先并没有很开心，也没有不开心，他的心此刻早就在碧河上漂荡。林阿娥探头俯身到前面，盯着他看。这时他才说："没事。"她才说，"我明白了，有人这是想老家了。"

"是啊，想家，想那里的河，那里的山，特别是梅山。"

"想梅山做什么？"

"想我死后，不知道能不能葬在梅山，葬在碧河边。"

"这个难道不是很简单，我如果在，就带你回去葬在梅山；我如果不在，就让雨果把我们一起带回去葬。我做事的风格你知道，我不会等，这异国他乡如果没有你，我一刻都不想停留。"

这世界上所有的问题到了林阿娥这里，仿佛都成了最简单的问题。对她来说，死亡好像是一个不需要讨论的问题。难怪羽先生常说阿娥才是真正适合干大事的人，比男人强。

归潮

林阿娥说:"走,我们还是进屋吧。"林汉先说:"还想再坐一会儿。"林阿娥说:"坐什么坐,没看这里蚊子这么多吗?你晚上洗完澡,躺床上晾干,然后就到院子里来喂蚊子,敢情你今晚洗澡是在给我们家的蚊子洗菜?"

林汉先笑了,只能跟她回屋。

5

陈洪礼让隆都弟翁如棋帮他将孟先生的字拿去装裱，曼谷的装裱店翁如棋最熟悉了。孟先生看似随意写下的句子，翁如棋却赞不绝口，说自己一辈子都写不出这样的字来。很快装裱完，翁如棋送到陈洪礼家，却碰巧遇到林汉先从他家里出来。林汉先说是什么好东西打开看看，这一看他就不肯放手，说这样一幅字挂在八方楼正好。陈洪礼闻言追了出来，可他哪里追得上，林汉先早就上了一辆人力三轮车，溜得可快了。

于是八方楼正对着大门的玄关柚木屏风隔断上，便多了一幅书法。隔几天羽先生来到八方楼，刚一进门也眼前一亮："心安随处家庙，潮平四海归来。"他指着书法问："这是新挂上去的吗？"他说最近在筹备建设会馆……林汉先赶紧说："好呀，到时找块好石头照着刻好字送过去。"羽先生伸出食指点了点他，抿起嘴："你这小子，这哪里弄到的？"林汉先说："好不容易从陈校长那边抢来的，您没发现这跟整个八方楼的格调非常契合吗？"羽先生左右看看，也表示赞成。

归潮

　　八方楼虽然说是茶楼，其实是潮州菜馆，也是小剧场。一楼有一个小戏台，偶尔会有一些不固定的潮剧走唱班会应邀到这里演出。四弟林汉孝来到曼谷时，潮剧戏班正在暹罗进行为期两个月的演出，他们间或也会到八方楼这个小场子进行演出。对接这些演出的是秋田剧社的崔文燕，她也在新南学校任教职，业余时间经常会组织各种戏剧演出，既能编排潮剧，同时也编排一些现代歌舞剧，比如以高尔基散文诗《雨燕》改编的中型歌舞剧就非常受欢迎，后来也改编了萧军的长篇小说《八月的乡村》，取了一个比较通俗的剧名叫《李七嫂》，三幕话剧，有很多活力四射的青年人报名参加了演出。林汉孝在来到曼谷的第四天便在八方楼的小剧场看完一场演出，然后他便到后台找到崔文燕，跟她说他也要参加演出。崔文燕说让他可想清楚，他说君子一言。二十岁的林汉孝就这样融入了剧社的工作，他经常排练到深夜，演出到动情处便泪流满面。

　　林汉先开始非常瞧不起四弟汉孝去当戏子。虽然说老一辈华侨，包括英顺伯和羽先生都非常喜欢潮剧和潮乐，特别是羽先生，有好剧目或名角演出，他一般都会到八方楼来；平时吃完饭还会闭着眼摇头晃脑哼几句。但毕竟与唐山的文化交流时断时续，人才得不到补充，暹罗当地的潮剧班团演员经常出现某个角色没人能演的情况，不得不雇用佬仔或当地人来跑龙套，处境常常比较尴尬。

　　林汉孝有自己的说辞。他说并不是他自己想来暹罗，是父亲让他过来的。这个并没有说错，在五妹汉莲出嫁到兴宁的第二年，父亲就将最小的儿子赶出了家门，让他找林汉先去。同时他也写信给林汉先，说长兄如父，为什么他要汉孝去暹罗，是要汉孝去见世面，去接受社会的教育，才不会沉溺于自我。现实的情况是，当汉孝看到屋顶尖尖的佛堂，听到僧侣敲响了围钲，看到大象缓慢地在大地上行进，他整个人都沉醉了。紧接着，他又发现了戏剧社这么好玩的所在，还有什么能比沉浸在戏剧的情景之中更令人神往。全家大概只有林雨果喜欢这个四叔："四叔是演员，四叔会飞腿。"汉孝不但能踢出双飞腿，还能在木梯上翻跟斗，他第一次试演《柴房会》，崔文燕就被他的武术天赋惊呆了。某一日她对林汉先说："你弟弟这个天赋，应该让他去拍电影，是个武打演员的胚子。"但林汉先向来不喜欢汉孝踢腿耍拳没个正行，他对崔文燕发了火，然后一连好些天都不跟汉孝说话。在私底下，他跟陈洪礼打电话，考虑也将汉孝送到汽车修理厂，毕竟汉忠和汉厚在修理厂干得风生水起。但林汉孝不同意，他来找林阿娥，竟然扑通跪下，说他想学戏，让嫂子成全。林阿娥正在教女儿背诵唐诗，他这么突如其来的一跪让她手足无措：

"你这跟谁学的？谁让你来找我，找我有用吗？男儿膝下有黄金，你哥最不喜欢男儿汉随便下跪，你快快起来说话！"

林阿娥表面对他很凶，然而毕竟心软，便说："你想怎么样？"汉孝说："我哥这几天都不理我，也不跟我说话。"林阿娥说："学唱戏也不是什么坏事，你哥是死脑筋。"她略一沉吟又说，"这个好办，你到书架上取本书，就到他必须经过的地方看书，他一定会来找你说话。"汉孝问："什么书？"林阿娥从书架上抽出一本《流亡》递给他，汉孝看到封面书名旁边写着"灵菲自题"四字，打开翻看，作者是洪灵菲，登时领会，便对嫂子说："那我到楼梯去看。"林阿娥点头。

果然，林汉先从楼梯上来，发现汉孝坐在转角处看书，嫌他碍事，但看到他手里的书，倒退一步台阶，伸手把书拿了过来，又递回去：

"你怎么会看这本书？"

汉孝没有回答。

"你读得懂？"

汉孝反问道："扉页上有他给你的题签，你们认识？"

林汉先便不再说什么，伸手摸了摸汉孝的头。

汉孝说："我记得报纸上说他这个夏天在南京牺牲了。"

林汉先没说话，仰起头，眨了眨眼睛。他上楼走了，回头说了一句："你能想着唐山，是好事，这本书送给你了……想唱戏就去唱吧，不准爬太高，摔死没人赔钱。"

但林汉先关于林汉孝的负面印象在两年之后便慢慢改变了。因为时间来到了1937年，世界正在以奇怪的方式撕裂、破碎，时光之轴也被拉伸重塑，再也看不到原来的面目。卢沟桥事变发生，暹罗华人无不愤慨，羽先生等华人精英群体马上响应，将原来的暹罗反帝大联盟改为"抗联"，并成立诸多救国会。秋田剧社也组织了募捐公演，既有捐款，也有食物药品衣服等物资。其中很多旧衣服，由林忠厚开车运到新南学校进行洗晒之后才捐出去，学校操场有很长时间晾满了衣物。

林汉先在第一时间给林厝围寄去了侨批，他当然担心家中的父亲，以及十七岁的六妹汉萍。他此前甚至有点担心父亲会亏待汉萍，担心父亲会将母亲难产而死的悲伤锁定在这个可怜的小妹身上。汉忠汉厚到曼谷之后却告诉林汉先，父亲对这个最小的女儿甚为疼爱，认为她长得最像死去的母亲。两个弟弟带来了六妹的照片，她扎着粗大的辫子，眉眼确实与母亲越来越像了。

父亲的回信姗姗来迟，冬天的第一场雨下过之后，隆都弟翁如棋才将父亲的信送到八方楼。父亲这封信不长，一共说了三件事。第一件事是六妹汉萍非常争气，在夏天的时候已经去往桂林护士学校就读。因六妹寄宿，老林嘱咐她此后不必回家，请林汉先以后将钱物寄往桂林，又附了地址。林汉先完全能想象老林将六妹送走的情景，一定巴不得她顺便在桂林嫁人算了。第二件事是家中诸事皆安好，他现在每天在树下早起练拳，如果日寇来犯他定拼死杀敌。"杀得一个是一个，杀得一双是一双。"第三件事则是关心孙女林雨果的鼻炎如何,还附上一张从古书上抄来的偏方。信件字迹潦草,唯有这种偏方父亲用了正楷书写,郑重其事。父亲封装好书信之后,应该又想起有话要说,便又在封底处写上:"先忠后孝,望吾儿知之。"

林汉先还有点茫然,问旁边的阿娥,父亲最后在封底这话是什么意思?有什么暗语还是字面意思?

阿娥接过信封一看,白了他一眼,说:"你们兄弟四个,名字中的最后一个字连起来便是'先忠后孝',你母亲没跟你提过?"林汉先摇摇头。"你堂堂一个八方楼掌柜,还不如一个乡下老人。"林汉先但觉脑袋里嗡的一响,他活了三十多年,从小林活到老林,竟然从来没有发现原来兄弟四人的名字竟然蕴含了这个意思,以为是要他们忠厚老实。

林阿娥又不依不饶说:"还有那个陈校长,福禄寿,笑话!雨果,我们要读书,但不能像爸爸和伯伯,万卷诗书读进肚子里都成了屎。"

六岁的林雨果认真地看着母亲,点了点头。

林汉先却对妻子说:"阿娥,要不你和女儿先回到碧河去?"

林阿娥吃惊地看着她:"你知不知道自己在说什么?现在这个情况你让我们回唐山?"

林汉先长长叹了一口气,他本来想说什么,但看到女儿,还是咽了回去。

6

对于碧河的人来说,林汉先还是那个爱笑的后生仔,记忆停留在那里,人就不会老去。如今在湄南河边生活的林汉先,已经三十七岁了,走在街上也被人家称为老林。曼谷街头,熟悉的潮语随时能听到:"老林。"总是拖着长长的尾音。

他常常做梦,梦见自己变成碧河之上一只白色的鸟儿,凌空,俯冲,从水面掠过,又轻巧地越过云端,俯瞰整个碧河。碧河还是如以往一样祥和温暖。但突然间,无数飞机从翅膀旁边掠过,轰炸,泥土飞溅,黑烟弥漫,然后是一声声撕心裂肺的哭闹,将他从梦中惊醒。

窗外朗月当空,月光照进了窗户,而妻子正在酣睡,一只手臂还将他紧紧搂住,似乎怕他突然起身跑掉了,一种熟悉的孤独感又重新袭击了他。他知道,无论他身边有多少家人,无论妻子跟他再如何亲密无间,他依然是孤独的。这种孤独是从碧河的土地里生长出来的,从一开始就烙印在他身上。

他突然想,现在如果陈洪礼在旁边就好了。他想跟洪礼说说话。这么想时,他蹑手蹑脚起身,出门,下楼,上了厕所,又倒了一杯水,喝了两口。犹豫着是否穿上衣服到外面走走,但很快又想到羽先生对他的告诫,便只能坐着一动不动。羽先生说:"汉先你已经暴露了,一定要谨慎行事,国难当前,首先要学会自保然后才能有所作为。"是的,亲日的势力早就开始对八方楼进行盯梢,他每次出门还得左右观察是否被跟踪。他马上又想起了那个来自宣统年间的诅咒。也没有什么好担心的,当死成为一个固定且可以预知的路标,在此之前,反而可以坦然面对所有的困难。他似乎应该更勇敢。四弟林汉孝,这个文艺愣头青,看起来就要比他还勇敢。不久前他参加了舞麒麟募捐,冲在最前面,发动学生到街头去发传单。然后巡逻的警察来了,林汉孝被抓了起来,几天后才被放出来。入狱期间林汉先去看他,安慰他说八方楼会每天给他送饭。汉孝看起来毫无惧色,他甚至在监牢里还哼唱《国际歌》。汉孝告诉大兄,相比在唐山时毫无方向的漫长时光,能够在抗战救国的烈火之中去死,是一件令人幸福和骄傲的事。

  林汉先看到四弟林汉孝那张脸,充满了无所畏惧的勇敢和莽撞,他内心十分复杂。首先他承认青春的美好,二十多岁的生命,正应该灼灼燃烧。其次还有在曼谷年轻人群体中流行的"觉悟",就是随时可以放弃优渥的生活,到冰厂、木工厂、皮革厂、火锯厂……总之潜入更底层,然后参加工人罢工,或者破坏生产日寇军需品的机器。生命总是活在不同的速度之中，但是，他会觉得林汉孝以及汉莲、汉萍甚至雨果和陈家福禄寿这些更小的小孩，才应该好好地活着，只有到了他这个年龄，死亡才是一件不亏本的事——该经历都经历过了，酸甜苦辣，激情和无聊，而望过去可以看到可耻的衰老，所以死在中年，便可以避开病榻上尿湿裤子的不堪。

陈洪礼不告自来，跑到八方楼吃了一个中午饭。林汉先说："现在这个时间我可没法儿陪你。"陈洪礼说："不用你陪，嘴在我自己身上。"林汉先说："要去代表商会参与米业的劳资谈判。"陈洪礼说："你去。"两个半小时后，林汉先回到八方楼，发现陈洪礼竟然还在那张靠窗的桌子呆呆坐着，看不远处工人在汽车上面卸货。林汉先说："最后涨薪8%，谈得很辛苦。"陈洪礼说："坐。"林汉先坐下说：

"你怎么了？刚才匆匆忙忙没发现你脸色这么难看，学校这时候应该特别忙，你怎么有闲情到我这里坐一下午……哎，你这眼泪，这是……"

"南京的事你听说了吗？"

"南京？什么事？"

陈洪礼啪的一声将一张报纸拍在桌子上，说出了两个字："屠城。"

归潮

7

孟先生是在南京大屠杀发生之后一星期左右在碧河投水自尽的。有人说他身上捆了石头,也有人说捆的是伯爷公庙里的石香炉。人们连他的尸身都捞不到,在这个特殊的时间里,到碧河里捞尸体真的不是一件明智的事,碧河里经常有不知道从哪里来的尸体漂过去。所以最后只有林汉先的父亲老林一个人在碧河上忙碌,人们以为他是在捕鱼,但最终老林也以无功而返告终。老林在信里悲痛地说:"古有屈大夫,今有孟先生。"他认为这是无声的抗争。老林说最后只是在碧河边的竹林里给孟先生做了衣冠冢,就是收拾几套他的衣服简单举行了仪式,草草了事。但后来不断有人前来探寻竹林里的孟先生墓,以至于在青草地里踩踏出一条坚实的泥土路,又不知是谁花钱刻了墓碑。日子很难,肚子都吃不饱,但挨饿的人在口口相传中走路来到碧河,给孟先生上香。

这是老林的最后一封长信,后面战事吃紧,邮路不通,老林的话也很简短,用得最多的词是"勿念"。

一连几天,到了晚上,陈洪礼便过来找林汉先聊天。

他们在院子里喝工夫茶，林阿娥非常默契地将林雨果带到附近的小公园去荡秋千，给兄弟俩留出独处畅谈的时间。陈洪礼从屈原"亦余心之所善兮，虽九死其犹未悔"谈起，谈到辛弃疾和岳飞，谈到鲁迅先生，谈到学弟洪灵菲，谈到孟先生，再谈到眼下又在集结的第二批华侨抗日义勇队，目前人数已经有八十多人。

"可能你不知道，林汉忠和崔文燕报名参加了抗日义勇队，准备回国，"见林汉先面露诧异之色，"你这个当哥哥的太忙了，可能没发现，他们俩早就住到一起去了。"

"那为什么不结婚？每次问他结婚的事都像个闷葫芦。"

陈洪礼摇头表示并不知道原因，说这是曼谷，不要带着碧河镇家长的口气来说话，每个人都可以有自己的选择："汉忠说准备到了出发的那一天才告诉你，但我想还是得先跟你说一声。"

这回轮到林汉先沉默了。

第二批华侨抗日义勇队有很多是新南学校夜校班的学生，他们也是工人救国会的成员。陈洪礼说，虽说是第二批，但其实中间三五成群回唐山支援抗战的人非常多。

林汉先问："汉忠是要回唐山？"

陈洪礼答："回广州，按目前的初步安排，他们会参加东江纵队，之后会去哪里，就不知道了。像汉忠是汽修工，崔文燕能做文字宣传，还有一些有医务特长的女生，也报名参加了。羽先生说中华总商会将为他们回国提供保障，船票免费，还会另外资助费用。"

林汉先点了点头："虽千万人吾往矣。还记得最后一次见孟先生时，他说起了清军屠城的事吗？"

"当然记得。历尽千劫，只为归潮，言犹在耳啊。"

陈洪礼说："别人以为我们到了异国温柔乡，但只有我们知道自己心里装的都是家国大义。"林汉先说："其实我也想回国去，但想着必须留守此处，牵制日寇。有羽先生和英顺伯等侨领的努力，日本人的货物在暹罗根本卖不动，抵制日货的行动让日本的贸易额半年之内便被腰斩，非常解气。"陈洪礼说："必须多加小心，特别要看好身边的人，不仅是日本人。"林汉先知道他在说李浓眉。上次他与羽先生去新加坡，动身之前行程安排便已经泄露，陈洪礼因此便将怀疑的目光盯向李浓眉，很多次会面商谈都让他先出去。但后来经过排查，是羽先生身边的另一个伙计说出去了。林汉先倒是觉得冤枉了李浓眉，有点过意不去，对他也更信任了。

陈洪礼说："亲日势力如果软硬兼施都拿不下羽先生，可能会动粗。"林汉先说："公道自在人心，这里是曼谷，他们不敢。"林汉先认为他们不敢的原因，当然不仅是羽先生的个人影响非常大，而在于羽先生早有防备，号称十八罗汉不离身。比如羽先生每次到八方楼来看戏，他的十八个保镖必然有明有暗在周围保护老板的安危。日本人早就在曼谷设置了特务机构，专门研究对付羽先生等爱国侨领。在羽先生发动接驳船只拒载日本货物之后，据说日本特务头子端木大发雷霆，在宴会上当众失态，砸坏了三只高脚杯。但随后，端木又派出美人乔春儿和汉奸司徒康民来与羽先生"交朋友"，被羽先生轰出门外之后，日本人这才明白羽先生软硬不吃，总算消停了下来。但陈洪礼认为这样的安静是在酝酿更大的阴谋。林汉先却认为多虑了，他说，十八罗汉不是吃素的。确实，汉忠和汉厚都曾帮羽先生开过车，接触过这十八个各有神通的人物，但没法儿将他们全部认全，据说其中有罗汉便精通易容术，能够很好地隐藏身份。

汉忠归国，汉厚也吵着要回去，但被英顺伯拦了下来。英顺伯说："眼下暹罗这边也危机重重，你还是留下来帮汉先和洪礼，羽先生正在带头认购国债，支持祖国抗战，如此要紧的关头，多个人手总是好的。"羽先生也非常喜欢汉厚，觉得他比汉忠还机灵，身手也好，有机会还准备将他带在身边加以培养。

1938年2月，坐落在曼谷庄路仁集十二巷的潮州会馆建成，羽先生和英顺伯出席了盛典。其实在会馆筹备阶段，潮人侨领便持续组织将米粮运到潮汕以便宜的价格销售，解决战火纷飞年代米价高涨的问题。6月，南澳沦陷，日军的飞机开始不时在潮州城上空盘旋，其后的日子变得更加艰难。

林汉先后来才从汉忠的家书中知道父亲去世的消息。在一天夜里，老林和几个老渔民一起埋伏在安澄公路上，伏击了运送物资的鬼子,汉忠在家书中很简略地描述父亲的战绩:"杀了两个,伤了一个,伤的那个据说后来也死了,父亲一定认为值得。"在信的结尾,他轻描淡写说最近受了一点小伤,丢了三个手指,所幸是左手,不影响右手持枪杀敌。

至此,三弟汉厚再也按捺不住了,刚好南侨总会发出了第六号通告,呼吁各地的筹赈会,征募机工,也即汽车驾驶员和修理工。这个汉厚在行,他说如果论力气他不如汉忠,但修理汽车比拼车技,汉忠完全不是他的对手。其时广州和武汉沦陷,对外的水陆交通几乎都被日军截断,滇缅公路成为运送援华物资的命脉,但是这么重要的一条公路崎岖不平,天险通途,车技不好根本开不过去,还常常有悬崖险阻,落石挡路。国内汽车本来就少,很难找到这方面的人才。汉厚对大兄说:"看到这个通告,我终于知道我这辈子活着是为了什么,你就让我去吧。"

"汉忠已经回去,你一走,我有事能找谁呢?"

"不是还有李浓眉吗?"

8

潮州城沦陷的消息，虽然属于意料之中的事，但依然在泰国引发不小的震动。在法文报纸上可以看到日本人登上潮州东城楼耀武扬威的照片，以及毛利部队占领潮安县政府的得意神色。国破家何在，一种老巢被掏空的失落和愤怒笼罩在每个他乡游子的心头。

而另一方面，陈洪礼也焦头烂额。銮披汶执政的泰国当局对华文学校进行了扫荡式的打压和摧残，新南学校被查封，华侨学生失学流散，此前所积累的华文教育基础几乎化为乌有。陈洪礼研判了情况之后，决定采用游击战术，开展游击教育，建立家庭读书小组，每组七人以下，再由教师上门授课。新南学校的教师也被分组，成为游击教师，从曼谷黄桥、火车头、柴珍等地区首先开展小组教学，如此一来教师虽然辛苦些，但也可以更有针对性对学生进行辅导。从1938年的冬天开始，陈洪礼便经常往四色菊府跑，那边有英顺伯一些比较固定的生意，朋友也多，原来有一所学校现在也进入夜校状态。

林汉先在八方楼的情况也有点糟糕。四月有两个橡胶商

归潮

人来到八方楼，由于招待不周，他们大发雷霆，事情让羽先生知道了。羽先生说要不让阿娥也多过来八方楼帮忙，雨果七八岁了，也懂事。也就这样，林家在不知不觉陷入日本特务设计好的陷阱之中。事后陈洪礼复盘，才发现一切应该是林阿娥到八方楼上班，新增加了一个保姆开始的。新来的保姆是李浓眉介绍的，大家喊她拉嫂，是清迈人，有一半潮州人血统，能说一些潮州话，只是口音很重，林阿娥反复交代不让她教林雨果潮州话，担心教坏了。

盂兰胜会期间，农历七月十五下午，八方楼举行盛大的施阴济阳善举活动，除了专业潮剧戏班的演出之外，最重要的活动是为抗战募捐。按照惯例，羽先生会发表一次公开演讲。羽先生在午饭之前便到了，要招待几位朋友在此用餐。林汉先将羽先生迎上楼，在羽先生最喜欢的八号房里食茶。羽先生说七月半果然阴气重，今天汽车只有一辆打得着火，另一辆抛锚了。林汉先也说自己家里的车已经坏了好几天，星期三保姆送雨果去上学，回来的路上车就坏了，让人去推回来的。羽先生笑，说这辆车折算年龄大概相当于八十岁的老头。林汉先这辆汽车是英顺伯撤换下来的旧车，经常出故障，以前汉忠和汉厚在，有问题便及时处理，但现在出故障就只能等待汽修厂的人来维修。

下午八方楼潮商云集，捐钱，听戏，见羽先生，这是每年的盛事。羽先生却突然吩咐林汉先，说中午吃饭换到走廊对面七号房，国难当前，又是施孤，所谓七上八下，要选个奇数。林汉先依照吩咐换了房间。楼下的潮剧开始热场，熟悉的潮州音乐响起，弦诗声声幽怨。羽先生对林汉先说："汉先，家贼难防，务必盯好下面的人。"林汉先心中一凛，羽先生说这样的话，不会是无缘无故，他必定已有所觉察。

就在这时，保姆拉嫂来到八方楼找林阿娥，说林雨果被人掳走，车子往华欣方向去了。晴天霹雳，林阿娥脸色煞白，登时慌了。问具体情况，拉嫂也说不明白，大意是放学路上跟另一个保姆走路回来，路上被人掳上车，另一个保姆被一脚踢进臭水沟里，伤得不轻。林阿娥眼泪就下来了。拉嫂说："我们得去追。"林阿娥说："快快，我们去追。"拉嫂说："车坏了，要不跟羽先生借辆车。"林汉先说："羽先生的车不能借，今天只有这一辆车。"羽先生听到了，过来问什么事，听说有人绑架林雨果，一拍大腿说："我早上就收到情报，说今天会有绑架，刚才还故意将吃饭的房间临时调换，原本以为要来绑架我，不想他们专挑软柿子捏，连小孩子都不放过。唉，这事也怪我，我就不应该让阿娥过来八方楼做事。"随后吩咐司机，还有两名保镖，让他们跟林阿娥一起开车去追。林汉先还想出言阻止，却被羽先生伸手搭住他的肩膀不让他再说话，羽先生说：

"楼下是戏，我们楼上也是戏，我既然演了这个角色，就已经做好随时为中国流血的准备，只为中国必胜，大义所在，中国人从来不缺热血，流一点血又算什么？"

归潮

　　羽先生转头又交代司机,别让阿娥开车,她状态不好,醒目一点,付出任何代价都要保证雨果安全。林阿娥走后,一楼响起了鼓点之声,听起来更加沉重。羽先生与宾客入座,林汉先吩咐上菜,席间的话题离不开潮州城陷落的种种消息,轰炸屠杀,奸淫掳掠,潮州几乎没有安全的地方了。羽先生说:"日寇猖獗,即便我们身在海外,难道就有安全的地方吗?日本人早就对中南半岛虎视眈眈。生命有重于鸿毛,有轻于泰山,我愿为国家侨社之事拼尽最后一口气,决计不可妥协投降。"众人皆称是。

　　羽先生说:"绑架一个六七岁的女童,如此行径,与禽兽何异?"羽先生说林雨果非常聪明,两岁半就能背诵唐诗了,他喜欢这个孩子,并断言以后肯定能有大出息。

　　就在这时,突然一声巨响,灰尘弥漫,外面有人喊了一声:"八号房爆炸了。"林汉先跑出去询问情况,伙计说有人从隔壁楼将炸药从窗口丢进八号房间,土墙炸出了一个缺口,有三四个服务员受伤。楼下音乐终于停了,人们十分慌乱地往外撤出。羽先生和他的朋友们也往外走,林汉先这时才意识到羽先生没有汽车护送。

　　"凶手在巷子里,别让他跑了!"有人喊。

　　羽先生让两名保镖去追,说要把人逮住,作为人证。林汉先想阻拦,已经迟了,两个壮汉身手敏捷,跳下楼梯,跃出大门,拐入巷子。少顷,巷子里又响起了一声爆炸,八方楼的厨房也着火了,黑色的烟雾开始在八方楼里弥漫。

羽先生说先保障客人们的安危，让大家先走，他要最后一个撤离。林汉先提醒大家用衣物蒙住口鼻，以防浓烟。下楼也很快，不到一分钟时间已经全部到了门口。八方楼门口向来热闹，很多人力三轮车早就在这里等着，客人们纷纷上车离开。几位年轻的潮商坚持让羽先生先走，于是羽先生上了一辆三轮车，车子小，只有一男一女两名保镖跟随。车子在大街那头消失时，林汉先才上楼去查看八号房的损毁情况。从八二风灾以来，这是他第一次内心突然呈现一片废墟的景象。这样的情景在梦里似乎出现过，如此熟悉，如此冰冷。八方楼爆炸的消息迅速传开，当地警察也赶过来，这里很快成为焦点，被好事的人们围观。

  在羽先生离开八方楼的一瞬间，林汉先从繁杂的事件中猛然惊醒，四个汉字在他的脑海里蹦了出来：调虎离山！他意识到中计了，他想起给羽先生拉车那个车夫的脸，是如此陌生。这几年在八方楼门口拉车的人他不能说都认识，但也鲜有不认识的。他转过头正准备出门大喊去截停羽先生，但一股浓烟刚好吹来，一阵猛烈的咳嗽，把他眼泪都咳出来了。在双眼矇眬之际，二楼楼梯口跳出一个人来，戴着帽子，围巾蒙面，哑着声音对他说："林先生，如果你此刻乱来，林小姐必死；你别乱动，我保证林小姐安然归来。"林汉先说："你敢？"那个人用很低的声音说："别让他们难做，我和拉嫂都是被逼的。"在眨了两次眼睛之后，林汉先即使是瞎了，也认出来说话的正是李浓眉。他手上披着一块抹布，抹布下面像是有一把匕首，又像是没有，正当愣神间，李浓眉已经跳出门外去，混入人群消失不见。

是的，他们的目标从来就不是林雨果。林雨果在火车市场附近的一个公园里被找到，林阿娥抱着她一直哭，林雨果不知道妈妈为什么这么伤心，她说有一个叔叔和一个阿姨跟她玩了很久捉迷藏的游戏，玩得可开心了。傍晚时分，林阿娥带着林雨果回到八方楼，伙计们告诉她，羽先生失踪了，跟随他的两名保镖被当街枪杀。

周围总算安静了下来，林汉先在一楼那把他常坐的罗汉椅上坐着，手里摆弄着三枚硬币，他将硬币抛向空中，又接住。林雨果跑过去，扑在爸爸的大腿上撒娇。林汉先也抱住她问饿不饿，这时有两枚硬币滚落在地板上，发出清脆的响声。林阿娥赶紧过去将硬币捡起来，拿到手里才发现并非硬币，而是外圆内方的铜钱。

9

羽先生的尸体被摆放在离码头不远的一块大石头上，一群海鸟落在他的周围。他身上赤裸，皮肉溃烂，面目模糊，很难想象他遇难之前遭受了什么非人的对待。曼谷华人的愤怒达到了顶点，人们上街游行抗议，工会罢工，警察于是上街镇压，世界好像乱套了。潮州会馆专程就羽先生的葬礼开了会议，会上人们宣读了羽先生的遗书。羽先生从去年冬天便知道自己难逃此劫，写了一封遗书封装好放在妻子处。羽先生的妻子当众拆开信封，除了家族财产分配，里面写得最多的是后续如何通过长期经营的收入支援国内抗战。"中国必定胜利。"羽先生在信的结尾用加粗的字体这么写着。

那两日，林汉先一言不发，把自己关在书房里，一言不发，也没有人敢去打扰他。陈洪礼听闻此事，从四色菊府赶回曼谷，已经是第三天早上。他来到林汉先家，一进门就问汉先的情况，阿娥回答只简单吃了两只鼠壳粿。她知道林汉先喜欢吃鼠壳粿，故此在做红粿桃时还专门给他做了十二只鼠壳粿。

那天他们谈了三个多小时。"如果追出去，应该还来得及。"林汉先的悔恨透过额角暴起的青筋表达了出来。"早已经猜到端木和乔春儿会对李浓眉下手。"他说千防万防家贼难防,命运最终让他成为一个不忠不孝之人。他们就这样在众目睽睽之下绑走了羽先生,整个过程像一局环环相扣的棋,动作迅捷得令人措手不及。而如今暹罗当局似乎在逐步对羽先生的死进行淡化处理,大事化小,小事化了,这是让人最为难以忍受的。"如果被定性为仇杀,羽先生的血就白流了。"陈洪礼则不断在宽慰,他希望以佛教轮回的精神让林汉先放过自己,顺应命运的安排。因为无论任何人在女儿的生命面前,都无法做出决绝的选择。

林汉先似乎慢慢平息下来,他说陈洪礼说得对,确实应该顺应命运的安排。两个人口中所谓的"命运"其实有不同的理解。林汉先拜托他最好的兄弟陈洪礼,一定要帮忙料理好羽先生的后事,既按照羽先生交代的那样不铺张浪费,但也不能失了体面。陈洪礼欣然应允,说这些都不需要他交代,作为相识三十多年的兄弟,他从来不曾改变。他们谈起了孟先生、洪灵菲,也谈起二十多年前穿过湘子桥到城内看戏的情景,那一次他们还专程拜谒了韩文公祠,在韩文公面前结拜成为兄弟。

和陈洪礼谈完之后,林汉先明显没有那么消沉,他甚至有点兴奋,有点红光满面。他将陈洪礼送到门口,与他最好的朋友告别,他嘱咐陈洪礼今天所谈的一切也不要告诉林阿娥,更不要向她再提及李浓眉和拉嫂,虽然这两个人已经有几天消失不见。陈洪礼与他握手道别，说："放心，我知道分寸。你先平复几日，我们再商议计策。"陈洪礼走后，林汉先跟妻子女儿吃了一顿午饭，他脸上变得十分轻松，林雨果吵着要吃鱼，林阿娥叉着腰警告她不要无理取闹，他制止了妻子，亲自下厨给女儿煎了一条鱼。饭后林雨果吵着要出去玩，要去海边喂海鸥，林阿娥以为丈夫会反对，但林汉先说让她带女儿去吧，还交代在门口看书的汉孝也一同前去，交代注意安全。其实八方楼绑架案发生以后，曼谷这几天的治安情况反而变得更好，到处都是巡逻的警察。

　　林阿娥带着雨果出门时，林汉先抱了她一下，还用食指在她的鼻子上刮了一下。这个可怜的女人带着女儿在海边吹风，直到发梢被穿过椰林的海风飘飞了起来，打在脸上，碰到了鼻尖，她才猛然惊觉出门时林汉先的食指在她鼻子上留下的温度，这个熟悉的动作几乎成为夫妻间表达激烈情感的暗号。她在愣了几秒之后，带着汉孝和雨果往家里跑，但为时已晚。

　　林汉先在书房里自杀了。他写完遗书，用刀割开颈部的动脉，为了不弄脏地板和吓到女儿，他用被子和衣物裹住头部和上身，这让他看起来好像是躺在地板上蒙头大睡。

　　"你怎么可以这样……你怎么可以这样……"林阿娥晕死了过去，醒来时依旧泣不成声。

　　八方楼掌柜林汉先在家中自杀的消息很快传开。陈洪礼闻讯赶来，却被林阿娥挡在门外。情绪失控的林阿娥拿着

归潮

扫帚将他赶出林家的门槛。拿起扫帚赶人被视为最为决绝无情的做法，陈洪礼却没有生气，他静静在林家门口的台阶坐着，听到了林阿娥对他的咒骂，说他是灾星，跟丈夫谈了一个上午，结果丈夫就自杀了。八岁的林雨果大概明白发生了什么，但又并不十分明白究竟怎么了。她第一次见证死亡，她第一次见到母亲这么讨厌一个人，于是她将手里的弹珠，丢向门口的陈洪礼。弹珠在地面上跳了一下，刚好打中陈洪礼的后颈，但陈洪礼仿佛没有知觉。他内心一片空白，又好像被什么东西充满了。

报纸上将林汉先的死解读为对日寇残害侨领无声的抗争，有人还提到了几年前孟先生自投碧河的事，以此来表达中国知识分子面对家国大义的态度。但是林家的家人们对于林汉先为什么要死，依旧充满疑问。只有陈洪礼知道林汉先内心以往的悔恨和纠结，只有陈洪礼知道林汉先的面前曾经存在一个开关，有那么一个瞬间他必须在羽先生和女儿林雨果两条生命之间做出选择。他选择了女儿。因为选择羽先生更大概率两人都保不住。林汉先的痛苦溢出了他生命意义的边界，他必须面对家国大义的审判，而这是他无法承受的。然而陈洪礼决定将这样一个思想的抉择吞掉，将林汉先所背负的痛苦吞掉，这个真相将随着林汉先的死而永远埋葬。人们在追忆羽先生的时候，也就将林汉先过往的点点滴滴也重新打捞了起来，然后发现与羽先生统筹大局远离人群相比，林汉先才是一直冲锋陷阵的那个人。作为抗战斗士的林汉先成为一个有血有肉的华侨典范被立了起来，在追悼会上，人们真诚地怀念他所做的一切。特别是隆都弟翁如棋的一篇追忆文章，更将许多没有人知道的细节公布出来，这里面包括近二十年来林汉先帮助过的众多贫苦劳工。就连英顺伯也十分震惊地说："没想到汉先竟然做了这么多好事，诸多细节令我感到惭愧。"

林汉先被火化，骨灰被装在一只蓝色的陶罐之中。林阿娥抱着陶罐，却不肯放下。陶罐表面传导着骨灰的余热，这样的温度让林阿娥的胃感到温暖。英顺伯让她还是将骨灰罐交给工作人员，要进行下葬仪式。但林阿娥摇摇头，她说：

"我答应过汉先，他若死在这里，我会将他带回潮州，葬在梅山。"

英顺伯觉得不可思议，但林阿娥的话不像是在开玩笑，他问："什么时候？"

林阿娥答："准备好就出发，也许明天，也许下礼拜，我一分钟都不想等。"

英顺伯耐心地跟她说了目前国内战况的复杂，并让她为林雨果着想。但林阿娥突然高声对所有人说道："我得送他回去，答应了的事，就不能改变。"她用这样音量宣布了她的决定，让人回忆起她当年是如何孤身一人漂洋过海来寻找自己丈夫的。于是大家总算明白，在战火纷飞的年代里将林汉先的骨灰送回碧河，是一件必然会发生的事。

归潮

第三折　归途

1

陈洪礼缺席了林汉先的葬礼，令很多人感到意外，坊间也有诸多猜测，后来大家才从黑珍珠的口中得知消息，陈洪礼病倒了。不是装病，而是真的呕血，医生诊断是胃出血，说幸好送来及时，不然就麻烦了。

病情稍微稳定之后，陈洪礼就带着黑珍珠和十岁的海福来到林家，一路上他一直扶着黑珍珠的肩膀，差不多将她当拐杖。这一次林阿娥没有赶他走，还给他搬来一把椅子，因为陈洪礼整个人瘦了一圈，瘦得触目惊心。一个人的话语和行为都可以伪装，但身体是如此诚实，陈洪礼用一场九死一生的病，获得了林阿娥的谅解。林阿娥让雨果给洪礼伯伯倒茶。陈洪礼摆摆手说不用，他指了指黑珍珠手里的水瓶说他喝不了茶，还得继续吃药。

陈洪礼开门见山："听说你要将汉先的骨灰带回碧河梅山？"

林阿娥点了点头。

"能不能等以后世界太平了，再送回去？"

林阿娥摇了摇头，眼神中透露着坚定，近乎病态的坚定。

陈洪礼哦了一声，这场病让他显得迟钝。这样的冒险意义何在？他想不清楚，只知道已经无法阻止眼前的林阿娥，这个完全笼罩在悲伤之中的人，脸上有令人心碎的苍白。如果一个错误已经无法改变，那么只能尽力去减少代价。他想了一会儿才开始说话，主要表达三个意思。其一，他跟英顺伯通过电话，研究了路线，认为现在还是得从海上绕道，并槟城往西贡，再进入云南，那边的滇缅公路现在依然畅通，到了国内再自西向东进行，前半段英顺伯会通过关系提供保障，但后面就非常艰险，完全无法预料。其二，原来的陶瓷骨灰罐太重，也易碎，路途遥远，建议分装在两个铝盒里，更加轻便有利于行动，安葬好汉先及时返回。其三，最好将林雨果留在曼谷，以确保小孩安全。

林阿娥对他们细心周全的考虑表达感谢，然后说："路线听从你们安排，骨灰分装也同意，安葬时合在一起便是。至于雨果，我是一定要带走的，汉孝也会跟我一起回去。这个事我们已经商量了几次,最后我们假设汉先还在,也参加家庭会议,他应该会说,生生死死,一家人总要在一起。至于能否返回曼谷,这个要看上天的安排,但如果汉先还在,问他的意见,他应该会主张我们埋在祖祖辈辈生活过的土地上。汉先早在几年前就一直希望我们能回到潮州去,我一直不明白他为何要把我们赶回去,但这些天我似乎有点明白,他似乎能够预知自己何时归天。我说不清楚,他有时候也是那种非常神道的人。我们见过太多的人客死他乡,总是习以为常,但对于汉先来说,碧河边那片土地上,有一条看不见的线在牵动他,让他回去,我好像慢慢理解他在想什么。这几天我每晚都能梦见他,这样的梦让我非常开心,我知道路途凶险,只能祈求汉先在天之灵能保佑我们。"

房间里只有林阿娥的声音,等她的声音停了下来,陈洪礼才深深吸了一口气。他说,他也预料到林阿娥会这么决定,也好,坏人的眼线从来就没有离开过八方楼林家,回国不见得更危险,在这里也不见得更安全。他转头问汉孝未来的打算。林汉孝说,之前跟两个哥哥学了一阵子开车修车,技术一般,但想着总比那些什么都不懂的强,送嫂子回到碧河镇,然后便去找三哥,上阵杀敌他或许不行,但搬货做后勤还是可以的。

陈洪礼拿出两个铝制的方形盒子,说这盒子轻便坚固,可以用来装骨灰。他说如果可以,他建议由他来做这件事。林阿娥点了点头。陈洪礼其实什么工具都准备好了,如何分装安放在背包里，他都考虑妥帖。他打开骨灰罐，喃喃自语："你从小就怕痛，我尽量慢一些。"

临走的时候，陈洪礼让大儿子陈海福拿出礼物，送给林雨果。是一对长命百岁白银脚环，上面布满了吉祥的纹饰，也配有小铃铛，只是不响。林阿娥一边表达感谢一边说："雨果八岁了还戴脚环不合适吧？"陈洪礼说："主要是辟邪保平安，我想了很久，戴脖子和手上的饰品都不合适，还是戴脚上，万一遇到困难，典当了可以应急。"他希望林阿娥先给雨果戴上。林阿娥接过来，正要戴上，又在手里掂了掂重量，左右端详了一下，说："你洪礼伯伯这礼物很贵重啊。"陈洪礼说："就知道瞒不住你，只是出门在外，一切低调行事，贵重算不得贵重，用了点心思罢了，这也是我应该做的。"

林阿娥叹了口气道："汉先常说你心思缜密，事故时你若在八方楼，提醒一下，可能也不至于酿成那样的祸事。"陈洪礼说："人算不如天算，我又何尝不被命运捉弄，你们路上一切小心，到了国内务必给我来信，但凡我能帮得上忙的，也请一定告诉我。暹罗这边，林家带不走的物产我会代为看管，等以后交还给你们；汉先没做完的事，我会替他去做。自古杀人偿命欠债还钱，不会就这样不明不白结束，那些助纣为虐的汉奸，总会遭到报应。"林阿娥见他说到激动处气喘吁吁，于是说："坏人自有天谴，还是保重身体要紧。"

2

按照英顺伯的安排，汉孝去筹赈会报名参加回国的机工队伍，林阿娥和林雨果作为随行人员前往。那几天得知消息的亲友都来送别，其中有个看起来有点眼熟的女孩来见汉孝，眼睛都哭肿了。

黑珍珠跟林阿娥解释，说汉孝唱戏，把那姑娘迷得神魂颠倒。姑娘姓杨，祖籍潮阳达濠，家产殷实，杨姑娘的父亲实在见不到女儿整日以泪洗面，于是给林汉孝提出三条路：第一条路是跟姑娘成亲，条件随便提；第二条路是可以暂时不结婚，给两间铺头让林汉孝做橡胶生意，家族会尽力扶持，不成功也会做成功；第三条路是如果喜欢汽车，杨家有货运卡车二十辆，可以让林汉孝去开一家货运公司。但三条路林汉孝都拒绝了。他对姑娘说，如果家中没有变故，哪一条路都无所谓，随性而为，人生本来就不需要规划；但如今不同了，长兄去世，嫂子决定千里归葬，从小长兄如父，从前老是不听兄的话，现在兄死，总要听一次话。姑娘听后为之动容，想跟着汉孝回国，但家里不肯，父亲下了通牒，如果跑了就永不相认，杨姑娘于是退缩了。

和这世上大多数有而不得无疾而终的爱情一样，情意绵绵的两个人最终只能在泪水中告别。汉孝看着杨姑娘哭着从林家离开，内心酸楚无法言表。林阿娥问汉孝，如果喜欢这个杨姑娘，也可以留下来。林汉孝说，他也不知道什么叫喜欢。在他二十五年的人生经历中，他一直是那个最被动的角色，他唯一一次主动求索，是学唱戏。他觉得自己在戏曲的想象之中更能获得感动，而在现实中，他木讷内向，他连自己都不喜欢，如何去喜欢别人。

葬礼之后一个多月，过了霜降，林家三人终于还是上了南线铁路，第一个目的地是槟城。隆都弟翁如棋将他们送到车站，才发现车站有很多亲友等在那里，其中有些并不相识，只是从前受过林汉先的帮助，前来拜别。林阿娥和他们一一握手，她知道许多人见了这一次，此后余生便不再相逢。

林阿娥本来以为这是一次秘密行动，到了槟城，她才知道英顺伯和陈洪礼已然将她的行踪告知所有途经站点的华侨组织。临行之前陈洪礼跟她通过电话，他说，根据情报，日寇特务组织一直对他们三人进行盯梢，他和英顺伯都认为，此行只有大张旗鼓，引人注目才更为安全。行在光明中，特务更不好下手。她现在明白了，所谓大张旗鼓并不是一个比喻，而是真实的。他们在槟城，从车站到下榻的天天酒店，一路上都有华侨接送，他们甚至打着横幅，上书：历尽千劫，只为归潮。林汉孝认得这句话，他说这是孟先生从前说给大兄汉先和陈洪礼听的话，如今竟然成为一次行动的标语。

接站的人虽然不多，但林阿娥并不能记住他们的名字，只知道为首的人姓蔡，饶平人。蔡先生握着林阿娥的手，说和汉先先生是老朋友，以前羽先生多次带着汉先来槟城："汉先先生是我辈楷模，他和羽先生热心救国的事迹我们在华语报纸上读过，感人至深。"这样的阵仗让林阿娥吃惊，虽然她还不知道如何去扮演一名壮烈牺牲勇士的家属。对她来说，她认识的林汉先一直都是普通的，没有任何光环的。不过她很快也进入了角色，她跟自己说，也许一个人死后，就需要有光环去感召更多的人。只要对国家抗战有利，那么，一次本来是痛苦的，完全属于内心完满的旅程，被装饰成充满聚光灯的星光大道，她也可以接受。"这样的礼遇，就当是八方楼送给汉先的礼物吧，毕竟他最好的年华都献给了八方楼。"在酒店入睡之前，她对着洗手间的镜子自言自语。

林汉孝在槟城和他的机工队友会合，一行人乘船前往新加坡。在新加坡也是一样，标语，接待，媒体报道，这里甚至比槟城更加热烈，人也更多。这次迎接她的人姓黄，黄先生说汉先多次在他家中留宿，喝酒聊天到天亮，他们都是摄影爱好者，常常通信商量如何将华侨捐赠的物资运到家乡。这次林阿娥说着便哭了起来，痛陈日寇的卑鄙无耻。有记者问躲在林阿娥身后的雨果，林雨果并不清楚记者的问题，她还听不懂，但她很聪明地说了一句："我恨日本人。"记者又问："你叫什么名字？"林雨果说："我是林汉先的女儿，我叫林雨果。"这个镜头又被记者记录了下来，母女俩的照片登上了报纸，旁边还有黄先生，他们握手交谈，十分自然。新闻标题竟然变成《我是林汉先的女儿，我叫林雨果》，里面有一句话令人印象深刻："为众人抱薪者，不可使其冻毙于风雪；为民族危难奔走者，不可使其殒殁于无声。"文章痛斥日寇如何迫害侨领，其中林雨果被绑架那一段描写读起来比记忆中更为扣人心弦。夜里，看着熟睡的林雨果，林阿娥捋着她的头发，喃喃说道："你是好样的，也是幸运的。"熟睡的林雨果看起来更娇小可爱。在林阿娥看来，她的女儿才八岁，就可以在报纸上成为讨伐敌人的利器，有多少在战火中委屈死去的小孩，并没有女儿这样的机会进行控诉。

第三折 归途

3

从新加坡乘坐丰庆号轮船到安南西贡,一共用了三天。在西贡,大家又休息,这里的情况似乎更为复杂,接待林阿娥的人不多,并且还使用了接头暗语,他们低调谨慎地将林家三人安排在西贡河边的公寓里。接头的人非常认真地对林阿娥说:"林夫人,同志们都在附近暗中值守,我们的任务是保护你们的安全。"说完还向她敬礼。林阿娥笨拙地表达了感谢。四天之后,他们改乘火车一路北上,车厢里空气不好,闷热难耐。但毕竟整个车厢几乎都是青年人,气氛开始变得轻松起来,他们围坐在一起唱着抗日歌曲,热热闹闹有说有笑。六天后,他们到达了昆明。

下了火车,林阿娥告诉女儿,这里是祖国了。林雨果左右看看,这次并没有任何人来迎接,身边的人都行色匆匆,她感到很奇怪。林阿娥告诉她,后面的路,我们得自己走。

林汉孝先到车站的报到点去说明了情况,说自己会在护送家人回到潮州以后返回云南当司机。接头的人查看了资料,说已经收到暹罗筹赈会的名单,有备注。于是队友们被安排到潘家湾训练所进行集训,而林汉孝则和林阿娥母女进了城。昆明城内人来人往，很是热闹，但依然可以看到被日寇飞机轰炸留下的破败，很多临街的房子突然就塌了，或者哪里又多了一个大窟窿，墙上还有烧焦的痕迹。但人们对这一切似乎已经习以为常，从断壁残垣之间走过，也没有感到有何不妥。

林汉孝一路都在留意寻找邮局，按照英顺伯的吩咐，到了国内第一件事先报个平安。他们的信能够通过滇缅公路送到曼谷去，或者转入东兴，那边也有批脚不断在开辟新的邮路。最后是一个纳西族女人指了路，才找到了邮局。林雨果感兴趣的是纳西族女人的头饰，问母亲能要这样的帽子吗？这倒是提醒了林阿娥，未来的路不免需要翻山越岭，他们应该换一身衣服。于是沿途买了几件粗糙的衣服，又在学校旁边找了旅店休息，放下呷哗和背包。林阿娥放背包的时候还是习惯轻轻放下，里面还有那只铝盒，可不能撞坏了。旅店一楼也提供吃食，他们在旅店里每人吃了一碗米线。这里跟曼谷虽然空间距离并不遥远，但饮食风味已经完全不同。阿娥和汉孝还担心小雨果饮食不习惯，却不料她非常喜欢，大口大口喝着汤。旅店的墙上贴满了地图，林汉孝边吃边盯着看，跟嫂子商量行进的路线，又问了店里伙计沦陷区的情况，最后决定从昆明到百色、柳州、贺州、韶关、河源、兴宁，再从榕江坐渡船，走乡下小路回碧河镇。店里的伙计听他们说要自西往东走惊呆了，说很多人是从沦陷区往我们这边跑，去年还有几百个大学生从长沙走路到昆明，足足走了两个多月,才到西南联大。他摇摇头说:"你们三个人,其中还有一个孩子,怎么走得到?"

林阿娥还没开口,林雨果却说:"我的牙掉了。"她张开嘴给母亲看,果然,下门牙缺了一个,缺的那个牙已被她拿在手里。林阿娥笑了,她把林雨果带到路边,要她用力把牙齿抛到屋顶。这是潮州风俗,小孩换牙,下门牙抛到屋顶,上门牙抛到床底,据说这样以后长出来的牙齿才整齐。这样的举动倒是把旅店伙计都逗笑了。他说以为我们云南风俗多,原来你们那儿也多。

这位好心的伙计突然想到了什么,翻箱倒柜最后找出来一条背带,由一块方形的彩布和两条带子组成,彩布上面绣着牡丹、莲花、凤凰各种吉祥图案,非常好看。伙计说这是以后用来背小孩的,送给你们吧,后面这么远的路途,翻山越岭,总是用得上的。于是教他们怎么样绑起来,可以将小孩固定在背上睡觉,这样比较省力。出门总是遇贵人,他们感谢伙计。回到房间里,林阿娥开始精减掉一些东西,后面没有车和船,大部分路途只能靠两条腿,只能怎么简捷怎么来,剩下一些衣物便回赠给刚才那位伙计。

林汉孝整理衣物的时候,林阿娥眼睛瞥了一眼,吓一跳,只见他竟然带了一把手枪和一把匕首。一问才知是出发时陈洪礼给他的。林阿娥问:"你开过枪吗?"林汉孝摇头说:"没有,但需要的时候可以开,匕首倒是耍过,我手快。"林阿娥说:"希望都用不到。"林汉孝说:"我知道嫂子你在想能用钱买通就不用刀枪,如果在曼谷用钱能行得通,羽先生和我哥都不会死。我们生在乱世,总还是得用刀枪才能活下来。"林阿娥听了这话,没有说话,她借来剪刀,把林雨果的辫子剪去,剪成短发,这一剪刀把林雨果吓坏了,正想哭起来。但林阿娥很快也将自己的长发剪去,穿上男人的衣服,还望脸上脖子手背都涂了一些灶灰,林雨果看呆了,问母亲为什么要变成男人。林阿娥告诉她接下来是一个非常难的游戏,路上有各种坏人,我们要把自己变成男人。她反复叮嘱林雨果,遇到陌生人,就不要随便开口说话,不能说自己是个女孩,要说是男孩。

　　第二天一早他们就离开昆明。出城的路好走,且竟然有运送农作物进城的驴车刚好要出城,于是真是用钱可以走很远的路。在昆明马车多见,但驴车倒是非常新奇,林雨果更是围着那头驴左看右看才上车。这一路风景真好,蓝天秋野,白云高飞,眼睛能看得很远,最远处是白了头的雪山。林汉孝跟随着驴车的节奏,开始一人饰演双角唱起了《柴房会》,因为他知道林雨果之前也经常在八方楼看潮剧,《柴房会》她看过很多遍,是她最喜欢的剧目:

李老三　（念）为生计,走四方,肩膀作米瓮,两足走忙忙。专买胭脂膀美共水粉,赚些微利度三餐。虽无四两命,却有三分力,自赚自食免忧烦。念我李老三,自幼父母双亡,兄嫂早丧,存我这个单身汉。终日背着这只囊仔,

归潮		四乡六里穿街过巷。虽则三十无妻，四十无儿，倒也清闲半世。可笑那班为富不仁，欲钱勿命，钱贯索缠身，买①睡兼迫戚，一朝钱贯索断，父子夫妻棚拆戏歇。怎似我，无钱一身轻，孤老愈康健！啊！来到这里日色将晚，前面便是义记客店，待我三步来作二步走，伸脚便到店门口。义哥过来！
	义　哥	（内）来了，来了！（上）客店无闲房，货如轮转利路通。
	李老三	你这店铺木虱！人来客往，被你说成是货如轮转，难怪你的父母生你这双圆钱眼，连人都被你看成"四方"个。
	义　哥	呃呃，一时嘴飞飞，说错来收回。你近来发财了呀否？
	李老三	笑话，你不知我是"鸡母带鸡仔，有啄才有食"。今闲话休提，快快开个房间来小睡。

林雨果记性也特别好，竟然也能跟着唱出来。特别是李老三遇鬼的那个唱段，是她最喜欢的：

李老三　哎呀！鬼呀！
莫二娘　大哥别怕！
李老三　（唱）哎呀！怎么一时疯邪，脚筋软软买行又买企？！鬼呀鬼，这房间，我愿退让，你今请坐我慢慢行。

---

① 不会。

莫二娘　（唱）不是你自夸胆子大，我怎忍心把好人惊。
李老三　幸得我半惊半定，掷去一下即中。如今鬼走，我得赶快逃跑。不好不好，房门倒锁。哎呀，阿义唅，你是全家死绝呀！
莫二娘　客官。你是……
李老三　完了要上不能上，要落不能落，我得快快来念咒。拜请拜请再拜请，拜请我那李家老亲人：太上李老君，托塔李天王，老仙铁拐李，济公金罗汉，助我李老三，驱鬼出柴房。天精精，地灵灵，我奉同宗众仙师，急急如律令。我敕，我敕，我敕，敕敕，敕敕敕敕敕……

　　林雨果也跟着"拜请拜请"起来，引得林阿娥也哈哈大笑。自从丈夫去世之后这么多天，这应该是她第一次开怀大笑。她当然也知道日寇奸杀妇女，母女俩随时会曝尸荒野，但事已至此，她相信林汉先会在天上看着她们母女，护佑她们。而此刻女儿能开怀大笑，也是多么美好的一瞬。于是她也跟着"拜请拜请"起来。赶驴车的农民听不懂潮剧，他回头看了母女一眼，说两个女娃的声音都好听着呢。林雨果赶紧捂着自己的嘴巴，她对着母亲说："你不是说我们不能说自己是女的吗？我们这游戏开始了吗？"

4

赶驴车的农民给他们提供了一个很好的建议，他说让他们就沿着送番批的批脚走过的路，这是最省心省力的方法。自从日寇不断在东南沿海活动，侵占沿海城市建立据点，海外的抗战物资和侨批侨银通过水路运进来已经越来越难了，于是才有了西南陆上通道的开辟。其实西南地势险恶，无数山川河流阻隔，行人走路已经很难，更何况是大量物资，这是不得已而为之的选择。然而所有的困难在国家危难面前都不值一提。动用了二十万民工才修建而成的滇缅公路成为海外向内输血的大动脉，而有数不清的批脚更是以坚强的意志和操守在崇山峻岭之间开辟出属于侨批业的毛细血管，他们翻山越岭为唐山送救命钱，前仆后继冒着生命危险用双脚踩踏出一条路来。

到了一个岔路口，农民说了一声"到了"就跳下车来，然后用手指着一个下山的坡道，告诉他们三人一路往东去，会有另一个小村子，晚上可以在那边歇息。他示意三人可以下车，林汉孝跳下驴车准备放下行李，但林阿娥不动，她笑笑问农民："你这驴车多少钱？"农民说不卖，这是他吃饭的家伙。但十分钟后，农民就欢天喜地给他们讲解这头驴的脾性，还提醒他们身上太干净了，要弄点泥巴把衣服稍微装饰一下。老农民非常客气，目送他们离开，鞠躬祝他们一路平安。

林汉孝不禁再次佩服这个嫂子，如果不是战乱，这样的铿锵手段在生意场上必定攻无不克。林阿娥则说如果是马车，怕农民是舍不得，估计也是战乱，这头毛驴才会出现在这里。三人赶着驴车前行，其实都不太会赶车，碧河镇的牛比较多，从来也没见过驴。林汉孝说看到这头驴，觉得比一辆汽车还复杂，总担心它会突然乱跑起来，故此每逢遇到小路或岔路，林汉孝便跳下来牵着驴，怕它乱跑。太陡的坡，无论上坡下坡，也都得下来，不然小驴拉不动。

林汉孝说他有六年没见到六妹了，他们此行的必经之地就是桂林，这是他最期待的。但是他算眼下的行进速度，半个月都不一定到得了桂林。林阿娥说："我离开碧河时，你们家老六汉萍还没有雨果现在这么大呢，只记得这孩子跑路特别快，像个小陀螺。她每次遇到我，大老远就喊嫂子好，喊完就跑，从来没有跟我认真说过话。"林汉孝说："如果不用背井离乡，应该会看着汉萍慢慢长大，然后嫁人，看她端着红盘子给亲人敬茶，给宾客发喜糖。"林雨果插话说："我也要吃喜糖。"林阿娥说："牙齿都掉了，还吃糖？总是吃糖不是掉得更多。"林雨果说："英顺伯也掉牙，他就能吃糖。"林阿娥不禁一笑。林雨果突然又问："你说爸爸

归潮

这次出门去哪儿了？爸爸每次出门回来都会给我买糖吃，他还会用小刀戳开椰子，在椰子水里加蜂蜜。"

沉默。只能沉默。林阿娥抱紧了背包。

林汉孝说："雨果要不我们继续唱潮剧？继续拜请拜请？"雨果摇摇头说她想睡觉，问什么时候能到。林汉孝说很快了。他在心里计算，长沙走到昆明都要两个多月，从地图上看，昆明距离潮州城可能比长沙到昆明还要更远，他们三个月能走到吗？时间越久，风险就越大。不过也没有所谓了，碧河镇现在也不知道是个什么情况，万一是自投罗网，去了直接被日本人枪毙，或者遭到折磨，也未可知。

果然如那农民所说，山腰上有一个小村落，他们本来想寄宿到农民家里，但问了几家，根本就没有多余的容身之处。有人给她指路，说村子后头有个破庙，过路的人都会到那边歇脚。又看到他们的驴车，便说，这驴车怕是上不去，路太小，可以把驴车停到村子的榕树下。林阿娥又询问毛驴一般吃什么。那人笑，说屋后有一些玉米秸秆，让他们自己去取。林阿娥道谢，还回赠了小包食盐给他们。他们便又客气了很多，帮林阿娥喂驴。

林阿娥并不放心把驴车整个放到榕树底下，于是卸下驴车，将毛驴牵到破庙前面绑好，再将行李背到庙里。果然破庙里还有人，林汉孝也提高了警惕。自古宁宿荒坟不住破庙，人来人往的地方比闹鬼还可怕。但天气渐凉，在外面露天过夜也行不通，只能找个角落靠墙歇息。林汉孝跟阿娥商量好,上半夜和下半夜错开睡觉,轮流值夜,免得有什么闪失。

夜里睡觉倒是没有闪失,第二天一早醒来,驴还在,但榕树下卸下来的驴车果然不见了,问了村里的人,也是一问三不知。罢了,只能当花钱买个教训。让林雨果骑驴,她不肯,怕从驴背上摔下来。在暹罗,大象和鳄鱼倒是见过,反倒是没见过驴。于是只能把小毛驴用来装行李,牵好,让林雨果跟着一起走路前进,开始还好,但果然不出所料,走了一个小时,林雨果就越走越慢,最后开始发脾气,不肯走了。林阿娥和汉孝相视一笑,昆明旅店伙计所送的背带马上就能派上用场了。

把小雨果放到背带里,她果然就老实了,想睡觉,要妈妈唱歌。林阿娥给她唱童谣:"唪呀唪,唪金公,金公做老爹,阿文阿武来担靴。担靴担唔浮,饲猪大过牛。牛来生马仔,马仔生真珠。真珠辇辇圆,阿舍读书赴科期,科期科,阿舍读书中探花。去时书僮担行李,来时高灯共彩旗。"潮汕童谣多数有着丰富的故事情节和鲜活的动作画面,背后是细密的艺术思维。大概要岁月流逝,年岁渐长,才知道童谣所镌刻的文化基因是多么强大。

林阿娥唱到"来时白马挂金鞍",小雨果便睡着了。

归潮

5

在路上走了几天,他们就发现一个怪现象,那就是跟他们同个方向的行人很少,少到几乎没有,即使有也是短途经过的,比如从某个镇到某个镇去;而迎面过来的行人,拖家带口的,则非常多。后来一问才知,几天之前,日本人从钦州登陆了。其实从大半个月之前,日军便派出测绘部队在白龙、企沙、龙门、合浦各处探测海面,收集桂南气象和钦州湾周围水文资料,为登陆作战做了充足准备,旨在切断桂越国际交通线,从而让海外的援助进不来,这是他们在长沙失利之后总结的经验教训。当天大约有二十艘战舰在一场暴风雨的掩护下从海南三亚出发,先佯攻北海,接着便进入钦州湾,在一个多小时的激战之后,日军主力先后在钦州湾的企沙和龙门登陆,然后兵分三路进犯南宁。与此同时,日本战机开始对南宁进行狂轰滥炸,以期减少作战难度。而这些自东向西的人流,便是从南宁逃出来避难的民众。

听到这个消息,看到人们慌张的表情,林家三人第一次意识到战争离自己竟然这么近。在昆明的时候,也有人提起过日本飞机轰炸时的跑警报,但听起来更像是趣谈。也有学生谈起纳粹入侵波兰,不过那远在千里之外。而如今,只有几百公里,很难想象那边正战火连天。

又走了一天,在一个大一点的村落里吃饭,遇到了一群大学生打扮的年轻人,林汉孝于是上前攀谈。大概因为年龄相仿,他们聊了很久,也获取了一些信息,大体上的结论认为,日军的推进速度难以预测,信息获取也困难,如果非要去往广东,尽量选择北边的通路,而且得快,有多快走多快,能坐车就坐车,最好能绕道湖南境内过去,则比较保险。学生们在饭桌上用碗碟大概搬弄成地图的样子,说如果不小心扑进了战场,或者临近战场遇到了猛烈的轰炸,那基本是没有活路的。再问哪里有得乘车,学生们脑子好用,很快给林汉孝规划了一个乘车的方案,甚至还提供了备选方案。

林阿娥也有自己的方法。她带着雨果很快在村里找到一户人家,愿意接纳他们过夜,只用了两小包白糖。更重要的是,那头驴可以拴在他们的院子里。这算是村子里比较大的房子,有两进,女主人很热情,她说今天家里热闹,东厢房也有人借宿,是一对有学问的夫妇,从昆明那边过来看老建筑。林阿娥跟她聊了一下,得知她从暹罗来,对方更是客气。林阿娥思考的问题却非常实际,她问主人家能否在村里买一些糯米粉,女主人说家里就有,拿便是。林阿娥很高兴,这是遇到好人了。有了糯米粉,加上行李中自备的白糖,刚好就可以做甜粿。甜粿在潮汕地区是一种非常特殊的

归潮

食物,有"无可奈何炊甜粿"之说,即以前日子很难过下去,准备过番谋出路,则要炊甜粿,用在路途中作为干粮。对于林厝围的人们来说,甜粿是最为熟悉不过的东西。甜粿能量足,经久耐放,不容易变质。以前过番在海上漂泊多日,没有食物的时候,甜粿便成为最后的保障。而如今林家三人面对的也是一个莫测而看不见的大海,甚至比大海更为凶险,只知道战争在逼近,凶残的敌人就在不远处显露獠牙,而路途遥远,不知道什么时候会无端陷入困境,遭遇饥饿,故此有备无患总是对的。

听说要炊甜粿,林雨果非常高兴。她就喜欢甜食,于是帮忙给灶火添加柴草。甜粿的做法没有什么稀奇,只要糯米粉加水搅拌白糖,静置几个小时蒸熟冷却即可。做好的甜粿用刀切反而吃力,用一根细线就可以随时切割成片。蒸好之后,林雨果也送了一部分给主人家,对方知道林阿娥的那份是要路上吃的,林雨果又喜欢,于是请教甜粿的吃法,林阿娥说最好的吃法是切片蘸上鸡蛋,用油香煎,美味之至。于是主人家依法,将收到的这一份煎了请大家一起吃,果然好吃。女主人到东厢房喊人:"梁先生、徽因妹子,有好吃的,来,放下手里的尺子,出来尝尝。"于是几个萍水相逢的人围坐在一起吃甜粿。在这生存焦虑无处不在的旅途中,只能说,一顿饭有一顿饭的欢喜。生逢乱世,那时候有许多文化名流南下避难,但在此情此景之中,他们并不能相互认识。不过又有什么关系呢?人生就是由这样交织在一起的各种旅程所构成，平凡或者伟大，都只能拥有唯一的时空坐标。

  第二天出发时，竟然找到了同路人。两个是去送侨批的批脚，一个叫阿清，一个叫阿力，都会说潮州话，只是口音各异。另外一个竟然是个孕妇，叫韦竹如，但她看起来很不开心。据阿力说，这个竹如姑娘非常不幸，跟丈夫好不容易跑到昆明，丈夫却在一次空袭中被弹片击中。本来以为只是小伤口，但一周之后就不行了，又缺医少药，竟然一命呜呼。女人已有身孕，此刻更是失去所有依靠，只能往回走。问她还回去干什么，她说只能回去看看老家是否已经沦陷，至少有亲人，在外面孤身一人更没法儿活。六个人还有一头驴就这样结伴而行，开始还好，但后来两个批脚嫌他们速度太慢，于是说了几句客气话便先走了，他们脚下生风，很快背影在山道的转弯处消失了。林汉孝心中暗自叫苦，本来是他一个男人带着两个女的，现在又增加一个孕妇，如果遇到歹徒，那简直是待宰的羔羊，根本就没有反抗的可能。

第三折 归途

6

然而命运总是出人意料。他们刚刚从一个陡坡下来，孕妇一屁股顺着草地往下滑，紧接着林雨果也一脚踩空滚了两滚，到了陡坡下面，几个人都狼狈不堪。反倒是那头驴稳稳来到坡下。小小的意外倒是比一路沉闷的上坡下坡让紧绷的神经放松了一下。大家又开了几个玩笑，总算不会觉得这苍茫的天地间只剩下赶路一件事。然而刚刚露出笑脸，走了没几步，他们便都呆住了。只听着前面传来号啕大哭的声音，空山里令人毛骨悚然，待到近前才看清楚，在一个路口有两个人，一个躺着像是死了，另一个抱着地上那个人在哭泣。躺着的是阿清，大哭的是阿力。林汉孝看到这个情形也猜到十之八九，便道："老辈人不是说土匪也不会抢劫送批银的批脚水客吗？"

阿力哭着说："那都是书上写的，这兵荒马乱的，走在路上谁不是把命紧紧握在手里，行不行全靠神明保佑。刚才那几个马匪，把阿清一棍子打死，才发现是水客，只抢了三根小黄鱼，没把我也杀了灭口已经算有良心……阿清，你怎么这么衰，还没娶老婆就给人打死了啊！"

"那现在怎么办?"

孕妇韦竹如两手托着后腰说:"妈的还能怎么办,挖个土坑就地埋了吧,总比抛尸荒野好,带是带不走的。"

这时候反倒她有主见,话虽然粗鲁,但确实也只能如此。林汉孝这次才发现这个孕妇说话还喜欢带国骂,已经变成口头禅了。韦竹如说:"妈的刚才一行人出发,我以为我会是第一个死的,结果走得快的人,走得快。"林汉孝听她这么骂骂咧咧,想笑,又觉得刚死了人不能笑,于是取工具到旁边去挖坑。只能挖浅坑,这泥地干活儿真是累人,林汉孝挖不动,阿力也挖不动。他们看孕妇,孕妇说看我干什么,埋了就行了,难道要我来挖坑?于是阿力解开阿清身上的褡裢和番批清单,点清了金条数目,就地埋葬。阿力搬来几块石头,垒起来做个记号,说回头如果家属要来取尸骨,至少知道埋在哪里。

一行五人还有一头驴重新出发,这回阿力走在最后,孕妇挺着肚子走在最前面。林雨果没有说话,只是紧紧攥着母亲的手。林阿娥这次没有捂她的眼睛,也没有不让她看。相反,她低声跟女儿说,这就是人死去,死去就没法儿活过来。她心里明白,女儿需要成长,在暹罗那样和平的环境成长起来的孩子,如果不加速学会野蛮生长,在战乱年代结果可想而知。说不定哪一天,也不用哪一天,只需要下一秒,突然地,她这个做母亲的也可能倒地不起,那么,八岁的孩子啊,你应该明白的远不止这些,你还要明白如何活在险恶的人间。

林汉孝突然开始唱戏,唱的是潮剧《金花女》中的刘永悼亡妻片段:

> 心香烛泪悼……悼亡妻,你魂归何处……你魂归何处,我这里……我这里临风哀啼。
>
> 一杯酒,敬娇妻,忆当初,荆钗聘得贤淑女,蒙娘不弃缔结罗丝,甘为寒门糟糠妇,亲操井臼易素衣,针黹文章期偕老,谁知……谁知如今阴阳隔分离。
>
> 二杯酒,感娇妻……感娇妻,勉我发奋勤书史,寒窗伴读三更时,归宁筹资甘受辱,千里程途愿相依,亏我今日身荣耀,难报妻你恩如天。
>
> 三杯酒,悼娇妻,龙溪遇难全死节,碧波冤沉玉骨冰肌,妻你有情该入梦,重睹音容慰相思,哭破咽喉妻不应,你在黄泉知不知,你知不知?
>
> 妻啊!刘永含悲再拜,手持封诰慰娇妻,虽是虚封,聊表夫妻深情义。
>
> ……

跟在后面的阿力听得懂,说:"唱得真好,把我眼泪又唱出来了。"林雨果说:"四叔唱的,我也听得懂。"林阿娥点了点头,夸她很聪明。

7

一行人风餐露宿走了五天四夜,才从莽莽大山之中走出来。终于看到山下有一个比较大的镇子,虽然知道还要走很远的路才能到达,但至少看到了希望。孕妇说:"他姑奶奶的,老娘不走了,我就在这个镇子上找个人嫁了,只要给我个容身之所就可以。"

一路上她已经不断骂粗话,从她男人骂到她男人的全家,点着名骂了好几个来回,大家也大致听明白了她的家庭结构和人生际遇,才知道被炸死的男人也并不是她的丈夫,她有家不敢回是因为男人的原配还在家里。她还有一个经常打她的醉汉父亲。在她零零碎碎的讲述中,悲惨的童年和不幸的遭际造成了她现在的坎坷,而她永远不会回头检阅自己身上的缺陷。

终于看到水流,是一条窄窄的小河。虽然天气已经有点冷,但身上确实太脏了,大家还是到水边清洗一番。探头到水边一看,才知道这几天的山路已经将他们折磨得不成人样。孕妇韦竹如洗得最为认真,洗完之后,她仿佛又换了一个人,说话不带脏字,也不再自称老娘。到了镇子上,她说

归潮

话又回到声音细细的娇滴滴状态,跟刚才判若两人。看来传说中随时幻化成人的不一定是狐仙,也可以是一个命运多舛的坏女人。温婉的竹如姑娘很快就与林汉孝几人告别,非常自信地去往她该去的地方。阿力说,这样的女人应该很快就会找到好男人的。他话里有话,但不说破。阿力说完也跟林家三人一一告别,他要跟所在的批局联系,报告阿清的死讯,还有一堆事情要处理。

在镇上他们稍作修整,便将毛驴卖了,改乘车出发,一路颠簸,浑浑噩噩到了一个码头,接着又乘船。但船走了不到两个小时,便又靠岸,说下面不能走了,昆仑关正在激战。

好在林汉孝早有准备,他用扁担挑着两只箩筐,将随行的行李全放在箩筐里。装行李的时候他问林雨果,要不要将她放在一只箩筐里,另一头放行李。林雨果摇摇头说:"才不要,我才不上当呢。"

林汉孝说:"坐在箩筐里比在你妈妈的背上舒服。"

"你们会把我卖掉的,"林雨果还是摇头,"我爸说,只有要被卖掉的东西,才放在这种箩筐里。"

远处突然响起轰隆隆的声音,辨别不出是雷声还是炸弹的声音。天确实分外阴沉,无论天上掉下来的是雨水还是炸弹,都不是好事,他们只能加快脚步。林汉孝对他嫂子说:"看样子,桂林应该近了。"

又走了一个多小时,出了一会儿太阳,然后又起风。有一架飞机在不远处坠毁，冒出黑烟，行路的人们有人惊叫大哭，也有人神情淡漠。只是大家的脚步都变得更加匆忙了。这个时候大雨突然就来了，劈头盖脸地砸下来。这南方的天气，一下雨就冷了。林阿娥就怕女儿淋雨，小雨果其实是怕雨的，从小每次淋雨都生病。这次也不例外，雨停了以后，刮起了大风，雨果就开始打喷嚏。林阿娥第一次觉得这个名字没取好，那时候叫林夏果，会不会一切都不一样了。

　　林雨果开始喊冷，并打起了冷战。两个大人都不知道如何是好。这个时候，路上开来了两辆卡车，车头挂着红十字会的标志，林汉孝赶紧拦车。司机停车说，满了，后面都是伤员，很多还是学生。林汉孝说明情况，说孩子发烧打冷战。副驾驶座的一个女人喊："快让他们上车，别磨蹭了，破箩筐丢掉，别占地方，你们就在陈医生旁边，赶紧找地方坐下。"

　　挤上车，血腥味令人作呕，这些被雨水淋湿的伤员更是发出阵阵呻吟。但林阿娥想，只要车上有医生就好，女儿就有救了。她转头就看到身边的陈医生，陈医生正在闭目养神，她只得试探问了一句：

　　"这车是开去哪里的？"

　　"去梧州。"陈医生说。

　　"不是去桂林？"

　　陈医生没有再说话。

　　"我女儿发烧了，她在发抖。"

归潮

　　陈医生终于睁开眼睛，伸手来摸林雨果的手腕，然后说："我去蒙山，再过一会儿在前面路口下车，你们跟我一同下车去蒙山，孩子得吃药，耽搁不得。"

　　果然，不久车在路口停下，陈医生带着他们下了卡车，路边早有一辆马车等在那里。于是三人跟着陈医生上了马车，一路直奔蒙山。

第四折　落定

1

　　蒙山在梧州和桂林之间，周围群山环绕，看起来非常有安全感，特别是在这种兵荒马乱的时候，深山既是屏障也是退路。当年洪秀全起义以后攻下的第一个县城便是蒙山，并在此处建立太平天国政权的雏形。抗战期间，许多文化名家曾在蒙山避难，其中就包括来自潮州的学术大家饶宗颐。不过，那是五年之后的事了。现在的时间是1939年冬天，昆仑关战役爆发，日寇正野心勃勃想控制桂南地区，从而为进一步吞并中南半岛做好铺垫。

　　林雨果的体温越来越高，已经开始迷迷糊糊说胡话。下午的一场雨成为导火索，将连日长途奔波积压的劳累全部

归潮

引爆，黑暗之中林雨果浑身发抖，她的母亲第一次见她病成这样，心里已经慌了。林汉孝说："体温这么高，应该去医院。"赶车的车夫说："你们去医院也没用，蒙山的医院已经住不下人了，医生也已经日夜三班轮换，根本忙不过来。"这话让林阿娥登时不知如何是好。那个继续闭目养神的陈医生却说："去什么医院，直接带回家吧。"车夫说："是。"很快到了一座小镇，下了马车，陈医生对站在医馆门口的男孩说："文统，你把他们带到药店去吧，我随后便来。"

陈医生叫陈信玉，在镇上经营一家医馆，悬壶济世，他的儿子叫陈文统。陈信玉给林雨果看病、号脉，又用手背探了探额头的温度。然后取出一枚羊角状的物品，又取了一块玻璃，从羊角上刮出一条条半透明的丝状物，让儿子煮水、冲好，林阿娥喂女儿服下。不久便出汗，很快退烧了。陈信玉说，如果明天又烧起来，就再冲服一次，也没什么事，应该是长途劳顿，没休息好。

陈信玉打量了一下他们，问他们从哪里来，当知道他们一路从暹罗过来，他瞪大双眼，显然难以置信。但他不作声，又低头写了药方，作为医生的基本素养是不要知道那些不该知道的事。林阿娥表达感谢，并想付诊金和药费，但她有点尴尬，说身上只剩下外币了，说着掏出几张越南币和泰币，是在边境来不及兑换留下来的。陈信玉慢慢相信他们是从暹罗一路跋涉过来的，便说："如果没地方去，今晚暂住到我家吧，明天再找地方歇脚。"

确实没地方可去，他们只能千恩万谢，住进了陈宅。第二天起床，林雨果十分神奇地退烧了，只是胃口不好。陈文统送来了一锅米线，一碟榨菜，还有几只馒头，这是多日以来第一顿像样的早餐，林汉孝啧啧称赞，连夸真好吃。

陈信玉也过来，先看了看雨果的舌头，开了药方让文统去抓药，说两天就能恢复如初。陈信玉问了一些问题，仔细攀谈起来，说到羽先生，陈信玉竟然认识。陈信玉说："我和羽先生在广州有过一面之缘，不过是多年以前的事了，一直敬仰他的为人。林先生的事，我虽身处穷乡僻壤，也在报纸上得知他的死讯，他是用自己的鲜血去抗议。我想每一个关心抗战的人，应该没有人会不认识羽先生和林汉先先生，为国家大义，为众人抱薪，实在钦佩之至。这个民族也正是因为有这些不怕死的人，有血性的人，才不会亡国灭种。"

话说到这里，他说："你们今天不必走，在这里想住多久都行，外面乱，我也做不了什么大事，能尽一点绵薄之力，救死扶伤，今日能有缘分招待你们，也是陈某一家的荣幸。"

这番话让林阿娥感到温暖。昨天下午飞机在怪石嶙峋的山头坠毁的情景再次在脑海之中浮现，她之前远在暹罗，根本不明白什么是战争，甚至有时候会觉得羽先生、英顺伯和自己的丈夫都过于矫情，犯不着那么认真。但如今，强盗就在门口敲门，战火就在不远处燃烧，多少人为之流血丧命，

第四折 落定

归
潮

很多事如果不是亲自看见，亲自感受，便无法真正理解和践行。那阵血腥味甚至让她有一丝后悔，真不该如此冲动带着孩子以身犯险。但是，她的过去写满了太多冲动和欠缺，就像当年她漂洋过海靠着一点执念去找林汉先，很多事做了也就做了，很难说有什么对错，只能承认自己就是一个蠢蛋。

陈宅非常大，应该有十几亩地，设有三座更楼。陈信玉家占据东北面的十几间厅房，也相当宽敞。在陈家住下之后，林雨果对药房里的药材特别感兴趣，常常围着陈信玉问东问西，像个跟屁虫一样看他给病人把脉。她目不转睛在边上观察，也用自己的右手给左手把脉。药店里没人的时候，她就自己搬了竹椅在书架旁边看书。书架上尽是医学书籍，她对其中的经络穴位非常感兴趣。陈文统见她如此专注，十分详细地给她讲解十二经脉的表里运行。正是青春年少，陈文统卖弄起知识学问来自是得意扬扬，林雨果却也听得津津有味。

林阿娥常常看到陈文统带着林雨果到处玩，心里也高兴。他们相差七岁，竟然可以说很多话。林雨果给他讲暹罗的生活，讲她认识的羽先生，八方楼的戏台；而陈文统则给她讲蒙山，以及他去上学的事，并用手沾水在桌子上写下一个"羽"字，说这个"羽"字很漂亮，看着就很美。远远看着两个孩子在院子里一会儿头碰着头聊天，一会儿荡秋千哈哈大笑，某个瞬间林阿娥甚至觉得是不是应该就此停住，在蒙山这样一个世外桃源安居乐业。

当留意到林雨果开始背诵经络穴位时，林阿娥很开心。陈信玉也说小雨果有天赋，专门送了她一套用于针灸的银针，还有一个画满经络穴位的人体小木偶。林阿娥自然很高兴，但她也很快意识到自己不能闲着，她让陈文统看好雨果，自己则到外面帮忙晒洗医院里清理出来的衣物被褥。这些衣服被子上面血迹斑斑，甚至还留有弹孔，晒干之后还得缝补。林汉孝刚好在街上看到有义演募捐的活动，看了一会儿，便到后台找负责人主动请缨说要上台唱一曲，对方也很高兴，说他们是儿童团体联合抗宣一队，团里多数是儿童，还能有成人参加他们也很高兴。虽然唱潮剧有可能台下的人听不懂，但不要紧，重要的是参与，请林汉孝演出之前给大家讲讲要演的剧情便可。

于是林汉孝讲了《柴房会》，然后一个人分饰两角唱了起来。《柴房会》的李老三是潮剧中经典的丑角，动作夸张，引得下面的人哈哈大笑，也跟着拜请拜请起来。林汉孝也非常得意，开始在台上表演他的基本功。就在他翻完第四个跟斗时，他看到了一个熟悉的身影，穿着护士服装，正从医院的后门走出来。

"汉萍！"他大喊着从台上跳下来。

"汉——萍——汉——萍——我是你四兄啊！"

第四折　落定

2

　　如果不是戏台子高,他可能就看不见六妹林汉萍了。如果在蒙山错过,那么也就意味着他在桂林也找不到她。那么,也许,永远也就找不到她。

　　汉萍长高了,但长高了的汉萍也是那么容易认,因为她太像母亲了。两人在街头紧紧地抱在一起,然后又到陈宅去,见了林阿娥,更是泣不成声。林阿娥从背包里将铝盒取了出来,摆在桌上,林汉萍跪倒在地上哭。她说:

　　"我长这么大,最大的心愿就是去看看我大兄长什么样,他离开碧河去过番,我才三岁,然后你们告诉我,再见就只剩下骨灰了……"

　　她爬起来,坐在矮凳上说:"在桂林时我又接到翁如棋寄来的信,说了我大兄去世的消息,说你们要送我大兄的骨灰回来。我看完就觉得他是在开玩笑,我大兄怎么可能死,你们又怎么会蠢到要送骨灰回来!我甚至想,送一车大米,一包衣物,可能还对抗战有帮助,对大家有帮助,但送骨灰,这算什么事嘛!但你们可能也不信,这半个月,我常常梦见我大兄,只是他的脸是模糊的,即使是白日梦,日头那么亮,我也看不清他的脸。过去这个星期,我就在前线给那么多人收尸,给伤员打药缝针,我觉得我见了太多的死亡,我大兄的死和他们的死,不是一样吗?然而刚刚看到我四兄,只用了一秒,我就明白我大兄的死里面有一部分是为我而死,我能活着,也是因为他去过番,用命来换的。"

说完,汉萍又跪下去,磕了三个头,然后说:"我向我大兄保证,哪一日黄泉相见,我不会给你和老林丢脸就是,我一定拼尽所有力气,去对付那些杀死你的人!"

她站起来说:"我说完了,时间很紧张,我要去医院干活儿,我去迟了,有些人他就没命了。等我轮班休息的时候,我来找你们。"说完就出门去,走路跟陀螺一样快。

林阿娥对林汉孝说:"你这个六妹,长相像你母,脾气像你父,风风火火啊。"林汉孝说:"跟你也像,当年你去过番,他们也说你走路带风。"

深夜的时候,林汉萍才来,腰上还挎着药箱。她悄悄推门而入,然后将林汉孝摇醒,带他来到院子里,借着月光,林汉孝才看清她手里拿着一屉包子。林汉萍说:"吃包子。"林汉孝便吃。林汉萍说:"四个月前,我见过二兄,他老了很多,也受伤,还给我唱《国际歌》。"林汉孝说:"听说伤了手指。"林汉萍说:"不止,全身哪里都伤,但还是那个脾气,他们说我们林家一个比一个冲动,就你还好,还能唱戏,你怎么不去当教授?"林汉孝说:"别瞧不起我,如果生在和平年代,你二兄怎么也是个副教授。"

归潮

两人吃包子，周遭只有冬虫的鸣叫。

然后林汉萍说："我不能陪你们去碧河。"

"知。"

"昆仑关这场硬仗，一时半会儿怕是停不了。"

"嗯。"

"只有守住了昆仑关，桂林和大后方才安全。"

"知。"

"回去记得把老林也一并立个碑。"

"好。"

"你这个副教授怎么就只会说知啊好啊，没别的话？"

"你这口气听着像老林，我哪敢回嘴。你在这里，有人欺负你吗？"

"无。"

两人就这样聊到天快亮。然后汉萍说："怎么今天这么快天亮，我还没睡觉啊。"然后她又像风一样离开了。

3

林汉萍抱着小雨果，问她长大要做什么。小雨果伸手取了她的白帽子，戴到自己头上，说长大要当医生。林汉萍说："医生很辛苦的，也穿不了漂亮衣服，每天还会看到人死去。"林雨果说："我不怕。"

林汉萍很担心蒙山外面的形势，她跟林阿娥说，如果要回碧河，现在就得尽快起程，这几天昆仑关这么凶险，万一守不住，那么街上将会全是日本兵。况且天气是一日冷似一日，山路会更难走。于是经过一天的准备，不外是继续蒸甜粿，备好路上的食物用品，以及陈信玉药店的药膏，经过前面的山路行程，比较有经验，知道准备哪些物品更为轻便。

陈信玉知道他们要走，将早就备好的两匹矮脚马牵出来，说这是特地让人去山寨里挑选的品种，驮东西走山路，没有比这矮脚马更合适的了。矮脚马看起来非常可爱，林雨果喊着要骑，于是就骑上去，矮脚马性格温顺，体形敦实，林雨果抱着它的脖子就是一顿亲。在旁边的陈文统看着都呆了，转身跑进屋，取出一把木剑，定要林雨果挂在腰上，并说这是他从小陪伴在身边的玩具，就送给小雨果了，希望江湖平安。他又吟诗道:"碧河东望路漫漫,伤心剑底起波澜。"林汉孝夸他出口成章,日后必成大器。陈文统也懂事,说:"以后有机会跟叔叔学唱戏。"林汉孝说:"叔叔只会唱戏,但你以后一定能写戏。"陈文统后来到了香港,给自己取了一个笔名,就叫梁羽生。他笔下写过很多女侠,仿佛都有林雨果的影子;而林雨果后来从医,也与蒙山之行有莫大关系。当然,这是后话,也是闲话。

林家三人又重新踏上旅程,按照估算,还有一半的路要走,到潮州可能赶不上过年。话刚说完没多久,山路上便又来了一些人,讲着广府话。汉孝缠着他们问了一些问题,回来沮丧地对林阿娥说,不能往前走了,日寇为了攻打曲江,已经北上,现在从英德到翁源,全都是日本兵,横穿过去便刚好闯入战场。那怎么办?只能往北绕道,走更远的路,穿过丛林,经新宁县城到达湖南永州,那边可能会有火车。汉孝打开地图,用铅笔在上面轻轻划线。从地图上看到这样一段长长的弯路,林阿娥沉默了。但如果没有获取到这个信息,直接从清远到韶关,则必定是凶多吉少。

林雨果说:"妈妈,我想回八方楼。"

林雨果说:"妈妈,我们现在是要去哪里呀?"

林雨果说:"妈妈,你说外公外嬷什么时候能见着啊?"

幸好小雨果也就是任性了一下,她很快就陶醉于骑脚马的快乐之中。确实有了矮脚马的帮助,他们的行进速度与此前大有不同。之前那头毛驴，有个小山坡它就开始不愿意走，或者努力走也走不动，但矮脚马不同，稳稳前行，遇到水沟一个加速便一跃而过，还能爬上山路的台阶，真是越看越可爱。但也是因为矮脚马，他们在路上显得格外引人注目。在翻过一座不知名的山头之后，山脚下有个吃面的小摊，他们于是可以坐下来吃面。吃面的时候他们就留意到，路对面有一伙人，正盯着他们看。他们有五人，戴着斗笠，天气有点凉，他们还穿着无袖的衣服，露出手臂上的肌肉和刺青，有四匹马在旁边吃草。汉孝低声说："不要去看他们，可能是马匪。"他们一路上只听说过马匪，但从来没有见过。阿清就是被马匪打死的，但也只见尸首并不见行凶之人。

他们将碗里的面吃个干净，便牵着马出发了，想尽快离开他们的视线。但走了一段路就发现，那五个人正骑着马在后面不远处紧紧跟随。林阿娥感觉到手心脚心都在出汗，叫林汉孝赶紧走。于是他们双腿一夹希望马快点跑，但是矮脚马的劣势便显现出来，这两个家伙它们跑不快，稍微加快速度便气喘吁吁。

在一处两边都是陡壁的狭长山口，那五个人果然追了上来，他们有两匹马越过林家三口挡住了去路，后面三个人已经翻身下马。为首是个络腮胡子，他说：

"三位到哪里去？"

不答。

络腮胡子又问:"这两匹马不错,你看我们五个人却只有四匹马,卖一匹给我们呗,开个价?"

林阿娥准备不回答,但林雨果开口了:"我们三个人也才两匹马,你们卖一匹给我们呗。"

"哟,是个女娃呀,剪着寸头看着还挺俊,以为是男孩呢。"

林雨果想起在昆明出发时母亲的叮嘱,赶忙捂住嘴,惊慌地看着林阿娥。林阿娥知道今天这一劫已经不是男娃女娃的问题,他们摆明是要打劫了,只是看谋财还是害命。

林阿娥说:"说什么买卖,我们可以送一匹马给诸位,但求也放我们一马,出门在外,求个平安。"

络腮胡子说:"还是小娘子会说话,这么着,外面兵荒马乱的,也不安全,要不三位跟我们回山寨去,交个朋友如何?"

三人不答。这个情形是不会让他们过去了。五个人也不啰唆,从马背包里头抽出刀来,络腮胡子说:"跟不跟我们走?我们是先礼后兵。"林阿娥紧紧搂着女儿,往山壁边上退,林汉孝挡在她们前面。林汉孝低声说:"嫂子,这一关我们怕是活不了,如果能活着,记得帮我写封信给杨姑娘,就说下辈子会对她好。"林阿娥说:"别充好汉,你跑得快,能跑赶紧跑,逃得了一个是一个。"

络腮胡子笑了:"跑?还想跑?"

林汉孝边退,边缓缓从后腰摸出匕首,再摸出手枪。摸出匕首他们并没有反应，但摸出手枪几个土匪就停住了。看到林汉孝手抖得厉害，络腮胡子就吓唬他："小子啊，没开过枪吧，打死人可是要吃官司的。"

"你们把刀放下，不然我要开枪了，"林汉孝大吼，"擒贼先擒王，大胡子你放下刀！"

络腮胡子没有动，他说："谅你也不敢开枪。"于是又往前试探了一步。林汉孝扣动扳机，但枪并没有响，他想起陈洪礼跟他说，开枪前要把口子打开，就像尿尿之前要打开裤子拉链一样。第一枪没有响，那五人就笑了，说："拿假东西还吓唬我们啊。"但话还没说完，枪响了，络腮胡子应声倒地。其他四个人赶紧丢掉手里的刀，转身准备逃，但林汉孝并不想给他们机会，跑回去山寨搬救兵就完犊子了，他连开了五枪，枪法不准，只打死了一个，旁边另外一个还想跑，但腿软跑不动。林汉孝像在戏台上那样大喝一声，几个纵步飞腿踢出，一脚将他踢翻，然后翻转身体腾空，动作就如捕猎的老鹰一样灵活。他将匕首划出一道弧线，一刀封喉，干净利落。这样的身手让林阿娥惊呆了，她心想即使没枪，这么快的动作，一对一的话，这些人怕也没有一个是林汉孝的对手。

五人顷刻间死了三个，其他两个人连滚带爬往路边密林钻了进去，林汉孝还想追去灭口，但被林阿娥叫住了。"这些土匪山贼，也都是穷苦人。"林阿娥说。林汉孝这时才看到自己的手上和身上都染了血，大惊，把匕首扔到地上，又看到地上的尸体，竟然止不住颤抖，又跪地呜呜哭了起来。

　　林雨果也哭，但被林阿娥哄停了。林阿娥让林汉孝脱下染血的外衣，又拿出手帕，帮林汉孝擦去手上的血迹，说："哭什么哭，男子汉大丈夫，赶紧走！此地不宜久留！"嘴上这么说，她还动手去卸下他们的马背包，摸走里面的钱银，再把马赶走。土匪果然都很穷，身上没什么钱。她主要是要制造一个黑吃黑的假象，让现场看起来像是被其他道上的人劫杀了。

4

上了马,林汉孝还一直在发抖,他声音都变了,哑着嗓子说:"其实我今天生日,我以为这是我最后一个生日了。"林阿娥让他深呼吸,调整一下,然后说了两件事。第一件事这两匹马不能要了,马上得找个合适的地方卖掉,太惹眼。第二件事问他还有多少子弹,要检查弹夹,装好子弹,防止还有人来追杀。毕竟跑了两个人,对方必定不会善罢甘休。他们在一个岔路口选择了小路,一路上林阿娥常常回头去看,林汉孝安慰她说,坏人知道我们有枪,说不定也不愿意再冒险来追。

林雨果目睹了他的四叔过这么特殊的生日。她对四叔竖起拇指说:"等我爸爸回来,我会跟他说我的四叔是个英雄好汉。"见没有人理她,又问她母亲:

"爸爸是不是死了啊?不然坏人怎么会欺负我们?"

这个问题把林阿娥的眼泪也勾出来:"是的,你的爸爸死了,不然这些坏人算什么,怎么会轮到他们来欺负我们……"

"妈妈别哭,四叔会打坏人,二叔和三叔也会打坏人,还有六姑，她也说她在帮好人打坏人。"

"小雨果，等你长大了，你就会知道，除了好人和坏人，这世上还有一些好人在干坏事，另一些坏人在干好事，坏人还会装成好人的样子出来害人。"

"狼外婆？"

"对，狼外婆。"

刚才他们慌不择路，此刻已经不知道到了哪里，也不知道下一个点是哪里，只知道一路向北。终于有一个市集出现了，向人问路，才知道此处距离新宁县城还需要两三天的脚程。好消息是市集里既能够卖掉马匹，还可以租乘轿子。林阿娥说："今天你四叔生日，我们要豪爽一把，我们租轿子去。"又模仿那个孕妇的口吻说，"他妈的，老娘那时候嫁给你老爹，也没坐过轿子。"林雨果笑得前仰后合。

于是卖掉矮脚马，他们来到旅店，租了两乘轿子，林汉孝一乘，林阿娥和女儿一乘。除了工钱之外，轿夫还得包吃包住，每一顿饭还得安排酒水，林阿娥满口答应了下来。她心里想，如果刚才不是林汉孝逆转了局势，说不定此刻他们已经在山寨中受尽屈辱，别说坐轿子，可能命都没了。林汉孝也明白嫂子的想法，他像个大爷那样走路，大摇大摆坐上轿子说："人生在世，及时行乐吧。"

林阿娥说："是啊，真是虚惊一场。"

林雨果听母亲说了一个成语，于是十分调皮地接话念了一串同义词：化险为夷、绝处逢生、峰回路转、柳暗花明、转危为安……

林阿娥笑着说:"这些都是好词。"

轿夫对路途很熟悉,沿途都能住到旅店,林阿娥也明白他们会拿这些旅店的好处,但出门在外也不必认真。第一天旅店里有一个来自潮州的水客,本来要回东兴,但那边打仗,只能绕道,他说这一绕真是越绕越远,也不知道怎么回去了,索性在这里多住几天,喝点小酒。说起家乡,他说日本兵主要控制了潮州城区以及韩江两岸,很多乡下没怎么见过日本兵,最多在制高点架一挺机枪,打死一些人,就能镇住方圆十几里的地方。然后又谈起他路上的见闻,唉声叹气。林阿娥对林汉孝说,能遇到这么个对口的人,听到这些重要信息,这趟的轿子工钱,已经值了。

第二天的旅店比较偏,在群山之中,眼看离县城已经不远了。林雨果看到有人在池塘对面画画,吵着一定要去看。林阿娥说:"他们是在写生,我们去打扰人家不好。"但经不住女儿闹,于是便踏着青草绕过池塘,让林雨果蹲在旁边看。画画的是一对夫妇,女的在画远处的小溪和树林,男的则把另外一个男人当模特,在帮他画速写。林阿娥说:"小孩喜欢画画,吵着过来看,不会打扰你们吧。"那女的十分温和地说:"不会的,注意看好孩子别掉水里就好。"那坐着当模特的男人问林雨果:"你手里为什么有一把木剑?"林雨果说:"是在蒙山文统哥哥送的定情信物。"林雨果郑重其事说出"定情信物"四个字,把大家都惹笑了。

归潮

画画的男人听说她们俩从蒙山来，便说："我们也是今年九月才从桂林搬到新宁。"林阿娥也不敢多说话，怕说错话，于是静静看他们画画，听他们聊天说笑，也大概听明白三个人的名字。画画男人称模特男人为艾青兄，艾青兄叫画画的人太阳兄，那女的是太阳兄的妻子，叫李衣尼。李衣尼说她并不是画家，只是丈夫画画，她也跟着涂抹。他们谈话间透露出很多信息，这个艾青兄三十岁上下，有一个刚生了孩子的妻子。林阿娥越听越乱，于是喊林雨果准备回去，但林雨果扯着艾青兄问东问西，一点都不生分。他们谈起不远处的水牛，谈起近处的蜘蛛和蚯蚓。艾青说："这里的水牛比较胖，但耐性好，适合耕地。"林雨果说："像矮脚马？"艾青说："对，确实像矮脚马一样温顺，我们金华的牛，那可惹不得。"然后他突然喃喃念起来：

"满身沾结着，池沼地带的泥泞，巨大的眼睛含着忧郁，望着田野的广阔与荒凉。"

在旁边的太阳兄拍手叫好，说："这几句真好，得记录下来。"于是帮艾青将诗句记在画纸上。

5

回到旅店，伙计说有好消息，昆仑关守住了，但听说死了不少人。汉孝担心汉萍，阿娥说："你们兄妹六人，就你大兄是力气最小的，你们下面几个，我看一个比一个勇猛，没问题的。"汉孝说："孟先生以前跟我爹说过，如果不是生不逢时，以我大兄的才学，应该能当个好官，主政一方。"林阿娥说："这些都是好听话，夸人家小孩升官发财，当不得真，就他那个急性子，战场上当个排长之类的差不多了。"林雨果跑了一圈，困了，趴在母亲的腿上不一会儿就睡了，还磨牙，咯咯响。林阿娥现在有点后悔自己当时的决定，这次回来究竟是一时冲动，还是一诺千金？这一路过来，她内心其实一直在摇摆，在反复思量，这是以前从来没有过的。从前的林阿娥全是凭直觉在做事，而且每次几乎都是对的。

"汉孝，我跟你商量个事，要不你带着小雨果回蒙山去，那里目前是我见过最安全的地方，我自己一个人回碧河镇……"

"这个问题不用讨论，蒙山也不见得安全，离战场那么近,飞机扔炸弹,一个分钟就炸平了,哪儿来安全的地方?"

他说得也在理。林阿娥叹了一口气:"战争总会有结束的一天,只是怕那时跟孩子提起这场战争里死了这么多人,他们没法儿想象。"

"哪个年代不死人?阿公的阿公,不也是碰到战乱,不过是存者且偷生,死者长已矣。"

他们在聊天,后来便有人凑过来打探消息,竟然有三四个人是从沦陷的潮汕地区跑出来的。

第三天到了县城,还没有来得及找到车站,他们便第一次遇到空袭。到达的时候还一片祥和,大家走路、攀谈、买卖、吃喝、吃饭,林汉孝看到路边有一家书店,还进去书店里看书,雨果也跟着进去,但发现不好玩,觉得无聊,又往外跑。于是三个人走在街上,这时候警报声突然想起,原来悠闲的人们都变成热锅上的蚂蚁,找防空洞。"哪里有防空洞?""学校操场旁边就有入口。"一个好心人提醒道。于是三人拼命地奔跑。林汉孝一手夹着小雨果,一手拎着呷哔,林阿娥背着背包,手里抱着另外一个布包。跑,已经听到飞机的轰鸣声;跑,已经有人在叫喊,一声声惨叫;跑,大地好像震动了;跑,终于看到防空洞了;跑,耳鸣,林汉孝在喊叫什么听不清了;跑,洞里好黑,眼睛还没有适应,喘气声……

重新从防空洞出来时,外面已经一片狼藉,他们看了看，三人都没有受伤，东西基本都在，丢了一小包衣服，顺路回去看看是否能找到。找不到也就算了，背包没事，人没事，就好。往回走时，看到路上有死人，也有将死未死之人，还有更倒霉的，被炸成肉酱黏在地上的人，那家书店早就成为一支朝天的火炬，还在熊熊燃烧。痛哭哀号的声音到处都有。

"妈妈，我很害怕，为什么要这样……"

"这就是战争，别怕，所以我们一家都在战斗。我们一个一个数过去，你爸爸一直战斗到死，你二叔在打鬼子，你三叔在滇缅公路运东西去打鬼子，你四叔准备也要去帮忙运东西打鬼子，你五姑没消息不知道是死是活，你六姑在打鬼子的战场上救人，如果把你安顿好了，我也想去打鬼子……"

"那我长大了也去打鬼子。"

"你长大了希望没有战争，你去建设和创造，只要是一个没有混乱和毁灭的时间，人就能把日子过得很好。"

"那鬼子如果一直不走怎么办？"

"那只能把他们赶走，赶走侵略者这个国家才有希望。"

在这次空袭之中，林雨果的木剑也丢了，林汉孝说以后给她再买一把。林雨果摆摆手，像个女侠那样豪爽，她说："不要了，以后我要一把真正的剑，像戏台上那种明晃晃的。"林汉孝说："好，以后一定送你一把真正的剑，打鬼子去。"

归潮

6

火车站停运了，最后只能坐汽车。空袭之后，汽车票的价格就更贵了，同样涨价的还有粮食。林阿娥将手里的一部分黄金拿出来兑换成沦陷区的纸币，没有办法，再往前走，进了沦陷区必定有各种莫测的情形，前路究竟如何她心里完全没底。但乘汽车还是比走路还好，虽然也晕车，也有各种不适，但比起蚊虫遍布的山野步行总是舒服太多。兜兜转转从韶关以北绕过来，进入河源，再来到兴宁，一切还算顺利，能坐车的就坐车，不行只能走路。到了兴宁，林汉孝买了一辆独轮车，买了当地的一些物品，比如最常见的水布，他知道接下来就没有车可以坐了，而且还得伪装成外出售卖农产品的农民。林阿娥反复叮嘱小雨果，无论谁问，就说是从碧河镇出来，现在要回去，不能提及暹罗和其他地方。林汉孝补充道，最好别说话，雨果的口音不太对。

这些日子的长途跋涉，他们三个人看起来比当地人的样子还狼狈不堪，浑身污泥，如果不是东西比较多，光看脏兮兮的皮肤和衣着，也与乞丐没有什么两样。他们对自己的装束颇为满意，但旁边有个人靠着牛棚的柱子在抽烟，嘿嘿一笑，说："花什么心思也不如好运气，昨天有几个伪装成善堂的人去韩江收尸，一排梭子打过来，照样把人打死，把船打沉。没有为什么，也没有人敢去交涉。""那怎么办？"那个人把烟头踩灭，没有回答，也许根本就不会有答案。

"我想，"林汉孝有点犹豫地说，"要不我们不要急着走，我想找找汉莲，好久没有她的消息。"

"汉莲？汉莲在兴宁吗？"林阿娥瞪大了眼睛。

"是，我去过番的前一年嫁到了兴宁，我当时还过来当大舅子。我们是双胞胎，其实也不知道是她大还是我大，但她每次挨打都是我去保护她，所以我占便宜，一定要她叫我哥哥。"

"只知道是跟一个客家人定了亲，但不知道是在兴宁，既然来了，那还有什么可不可以，找啊！你还记得她家具体在什么位置吗？"

"具体就不太能记得，只记得是卖萝卜粄的。"

"那就一家一家问！"

"不是不想找，是怕她不认我。"

"为啥？"

"这桩婚姻不是她想要的，她喜欢的男人在隔壁镇，出嫁那天哭得厉害，和我爸大吵了一架，永远不相认之类的话都说了。"

林阿娥沉默了一会儿说："那时是那时，现在是现在，有些事会变，有些事，比如血浓于水，却永远也改变不了。"在从前，少女时代的林阿娥也跟父母说过狠话，说不通信，说永远不想理他们。但是现在碧河渐渐近了，她心里会突然紧张起来，会更希望尽快知道父母的消息，也不知道他们会不会遭遇什么困难。家乡越来越近，林阿娥越是难以入眠，只希望能尽快回去。

卖萝卜粄的小店铺当然很多，但专门卖萝卜粄的并不多。他们推着独轮车在街上走，边走边问。林汉孝的记忆力其实不错，汉莲的丈夫脸上有一颗很大的痦子，也容易辨认，很快就有人提供了街道的名称。在打听的过程，他们也发现了整座兴宁县城到处都是空袭留下的痕迹。他问路边的商铺，他们说这半年日本鬼子空袭了七八次，平均一个月得来一两回，人心惶惶。

临近中午的时候，他们终于找到了汉莲。她前胸后背各背着一个孩子，前面的小一点，后面的大一点，手里还抡着锅铲，正在门口煎萝卜粄，有几个食客围坐在路边的矮桌上吃东西。林汉孝不敢喊，而只是走在前面，笔直走向汉莲。之前那个清秀可人的汉莲，如今竟然胖成这样，她鼻子周围的皮肤都是红的，衣袖高高挽起，动作十分机械。

"汉莲。"林汉孝走近了才喊。

汉莲停住手中的锅铲，抬头看了他一眼，又看了一眼身后的林阿娥，继续煎她的萝卜粄，一言不发，仿佛没有听到。

林阿娥见这个情形确实有点不太对，只能找了一张矮

桌,让林雨果坐好,然后说:

"雨果,让你姑姑来三盘萝卜粄。"

小雨果喊:"姑姑,三盘……"她忘记那个食物叫什么了。

"萝卜粄。"林阿娥再次提示。

她才补充:"姑姑,三盘萝卜粄。"

林汉莲转过头来看了小雨果一眼,这眼里才出现一点波澜,她轻声回答雨果说:"好。"然后高声回应其他人:"番客来啊。"后面这句话带着讽刺。在潮汕平原,番客回家意味着带来很多礼物,必定会给乡亲们送钱送米,送衣服手帕香皂,再不济也会送糖果和药品。所以番客来,意味着有好事,但她的冷漠显然并不欢迎这样的好事。

不过三盘萝卜粄还是被端了上来,林阿娥发现这跟潮州的萝卜糕好像也没有差别。但她也饿了,当然开始吃;雨果吃了起来,看样子还挺喜欢。林汉孝没有动筷子,他的手肘撑在桌子上,手掌托着额头,林阿娥明白他正在努力克制自己的情绪,也知道一场情绪的暴风雨必然发生。她喊林汉孝吃,结果这一声命令,让林汉孝的眼泪啪嗒啪嗒滴在面前的萝卜粄上。

转头看时,林阿娥看到林汉莲也在哭,她把头和肩膀靠在门口的柱子上,用头轻轻撞着柱子,肩膀在动。

两个人的眼泪都没有声音。

有食客喊结账,喊了两遍,她才反应过来,一抹眼泪,过去收钱。好在她的鼻子早就是红的,食客应该也是熟人,问她眼睛为什么是红的,她说刚才煎辣椒溅到。收了钱,她关了炉火,食客也散了,她进屋,把两个孩子都放下来,应该是去洗了一下脸,这才重新走了出来,手里端着一盘盐焗鸡肉和一盘白切猪肉,放到桌子上。

"哪有一点番客的派头,三个难民,赶紧吃,吃饱再说。"

她又进屋去,过了不久,端出来一大碗猪肉汤,上面飘着葱花;又进屋去,变魔术般端出来一大盆米饭,仿佛要将家里所有好吃的,都端出来给他们。

然后她蹲下来,端详着小雨果:"如果没记错,八岁了吧,我记得名字叫雨果。"当然没记错,林雨果就在她出嫁的前一年出生的,那封家书还是她念给老林听的。

"我的手还沾有油,不然真想抱抱你,"汉莲对小雨果说,"你爸爸呢,他怎么没有回来?"

"他死了。"林雨果说。

7

"他死了"三个字像一枚炸弹在林汉莲的头顶炸开。她看向林汉孝,她需要确认。只见林汉孝不敢看她,却点了点头。

林汉莲站起来,她走到墙壁跟前,对着墙壁深呼吸,然后用额头一下一下有节奏地撞击着墙壁,这应该是她用来控制自己情绪的方法。有理由相信,这几年她就是靠着以头撞墙的方法让自己内心的情感旋涡平静下来。但这一次,她的方法显然失效,一直到她的额头撞出血来,她才一屁股坐在地板上开始哭,是那种呼天抢地的号啕大哭。

"我不配姓林,林家都不要我了,我兄死,无人说我知。"

然后她就只剩下一句"无人说我知",不断地循环。林阿娥怕吓到女儿,轻轻地将林雨果抱到膝盖上,但林雨果挣脱了,雨果径直走向呼天抢地的汉莲,从她背后抱住她的脖子。这个动作把汉莲定住,她张大嘴巴转过头来确认是林雨果,竟然不哭了。

林雨果说:"姑姑别哭,我爸我妈不高兴的时候,我也是这样抱住他们。"林雨果的声音清脆，一字一句说出来缓慢而清晰。

汉莲用袖子擦眼泪，她的情绪在慢慢平复："雨果真懂事，雨果真懂事，雨果像你妈妈。"她伸手去抱雨果，林雨果也靠到她肩膀上，然后又说了一句让汉莲重新抽泣起来的话："我爸说，我吃东西的时候像姑姑，姑姑是家里最贪吃的。"

林阿娥怕女儿这么有一句没一句，也不知道哪句话会击中汉莲此刻敏感的神经，于是过去把小雨果牵到桌子边上，让她再吃一点东西："让你姑姑再去洗个脸，你要吃完一碗米饭。"

林汉莲重新回来，头发也是湿的，短短的头发朝天上竖起来，脸蛋显得更圆。估计她为了让自己冷静，不但用冷水洗脸，还冲洗了头发。

此时他们总算可以进行正常的交流，俗话说从暹罗说到猪槽，但他们的故事真的只能从暹罗曼谷说起，一直从昆明到蒙山再到兴宁，林汉孝耐心说着，林汉莲静静听着。她对见到六妹追问了几句，对他们还要回潮州表达反对，然后又下了一个沮丧的结论：她是全家最没有用的人。

但这个没有用的人，这次干了一件很有用的事。知道他们决意要回潮州，她出去了一趟，带回来一个尖嘴猴腮的人，然后介绍说："聪兄以前倒卖洋烟，后来送侨批，对从兴宁到碧河镇每天路都非常熟，让他送你们回去，路费之类的我已经付过了。"

出发时聪兄前后左右检查了三人的随身物品，又让他们重新换了一身衣服。看到汉孝带着手枪，让他把手枪给汉莲，说这个千万不能有，发现有枪可能会被当场击毙，风险太大，匕首可以留着，就说是打猎。独轮车也不能要，行李尽量简便，食物和水倒是必备，但也不必多，只要有钱，虽然贵，总是能买得到。他的目标很明确，如何安全回家，而不至于在半路把命给丢了。他又让林阿娥一定叮嘱小孩无论什么情况都不能哭闹，不能叫喊；又安排林汉孝一路背着小孩，陈信玉给的药剂可以作为证据，证明他们几个人是带小孩外出看病。

汉莲把他们送到路口，她拉着汉孝的手，说回家应该赶得及过年，让他帮忙在老林墓前多烧一点纸。她说了很多希望死去的父亲能原谅她之类的话，说着又想哭。汉孝提醒她这个地方是大路边，哭了不好看。"我一次都没有梦见过他。"她是指父亲老林，她一直在跟老林做斗争，认为他重男轻女，最后发现这个老头根本不把她放在眼里，他眼里的大事是为国杀敌。汉莲之前认为敌人很远，为国杀敌纯属幻想，但没想老林说到做到，确实用一条命换了三条命。"你硬。"每次她跟老林发生争吵，这是他们彼此的口头禅。但如今她不得不承认，还是老林硬。

在路上，林阿娥逐渐明白聪兄的重要性，她庆幸有这么一个引路人。如果没有聪兄，他们估计刚出兴宁就会被那帮

归潮

假鬼子抓起来。在通往潮州的必经之路上，到处都是替日寇干活儿的汉奸，他们说着潮州话和客家话，随处盘查。那些关卡只需要聪兄露个脸，打个手势，或者递点烟丝，基本上就能通行。

"跑得多了，他们都认识我。"聪兄说。他们穿过一条独木桥。聪兄又说："如果不是汉莲找我，这种容易丢掉性命的活儿，我现在不干。"至于为什么汉莲找他就会做，他没说。他只说这几年汉莲命苦，丈夫喝醉酒经常打她。

终于到了榕江，一切熟悉了起来。应该在哪里坐船，如何走小路，怎么样躲过巡逻，聪兄简直就是孙悟空，无所不能。在穿过一片香蕉林之后，他们终于看到碧河，聪兄示意不要激动，也更要谨慎。碧河是海盐往北运输的必经之地，之前有日本兵把守过，后来他们撤走，只留假鬼子必要时向他们报告。

8

林阿娥到碧河的第一个消息就是一道晴天霹雳。第一个碰到的人是劁猪匠吴富贵，他已经老得不成样子，挂着拐杖走路，但看样子还可以活很久。他说："你父亲好几次病危，村里的大夫说可以马上准备后事，但后来竟然又撑过来了。大家都认为他在等人，但亲戚朋友都来过了，又都认为你不可能回来，所以一直不知道他在等谁。现在明白了，你赶紧回去吧。"

听了这样的话，林阿娥有点恍惚，她不断在回忆，离开故乡十二年零四个月，这里看起来非常熟悉，但跟她似乎已经没有关系了。她原来以为父母会在她进门的时候揍她一顿，在看到汉莲哭成那样，她也想象父母会像汉莲那样用炽热的眼泪来回应她，但是父亲的死，这个却是她从来没有考虑过的问题。父亲多少岁了？她甚至不知道自己的父亲是什么年纪。这些年，她也没有请安，没有陪父母过生日，她永远一副鬼灵精怪的样子。在她的想象之中，父母永远都是那样，仿佛是海岸线上的灯塔一样固定，无论她如何漂泊，只要返航，灯塔总是可以迎接她归来。

归潮

她的眼睛是模糊的,她走进家门时全身好像在晃动,她喊了一声:"爸!"蹲在天井里洗衣服的母亲登时眼前一黑,扶着井沿才没有向后倒去,然后房间深处传来一声回应,是父亲浑浊的回应。母亲说:"老头子那么多天一动不动,怎么可以会说话?"但父亲确实在回应,他竟然让人用棉被垫在他的后背,说他要坐起来。他坐起来,虚弱而清醒:

"娥啊,我就知你会返来。"

这样回光返照的谈话,大概持续了二十分钟。那二十分钟里,林阿娥甚至在内心骂村口遇到的那个老不死的劁猪匠吴富贵,父亲明明好好的,怎么可能是病危?父亲还能拉着小雨果的手,说那么多话。但就在母亲煮好甜汤还没有盛到碗里时,父亲缓慢而安详地闭上了眼睛。

一切丧葬礼俗只能从简。不过父亲多年之前就给自己买好了墓地,叫"筑生居";就连棺材他也提前准备好,放在棺材铺每隔半年上一遍油漆。劁猪匠吴富贵说:"你们家老爷子总是未雨绸缪,只需要将墓碑上红色的油漆改为绿色即可。"与之相比,林汉先和老林的墓却不敢大张旗鼓,也刚好借着办理父亲丧事的时候,一并做了,分别立了墓碑,烧了纸。林汉先的墓碑上,阿娥让刻碑的人把她的那一边名字也刻上,只用红纸贴好。她说:"挺好的,方便,揭开就能用,人生一世也不过如此。"

做完了这些事,林阿娥内心似乎完全安定下来。她说这上半辈子就这样过去，虽然很难，但并不是每个人都能找到自己作为一个人的使命，特别是在乡下，多少灵魂只是一天又一天地吃饭睡觉，多一天和少一天并没有区别。

"也许，从此以后，我的日子也就会变成这样，只是等死。"林阿娥有一种完成长跑的倦怠。

"嫂子你还不到三十五岁，说起话来这口气像五十三。"

其实林阿娥这些年在暹罗，水土丰美，吃得好睡得好，看起来比梅花村二十五岁的姑娘还好看。那时的童谣是这么唱的："十七十八正当时，十九二十过二年，廿一廿二无人爱，廿三廿四倒贴钱。"二十五岁在碧河镇已经被称为老姑娘了。

"你呢，汉孝，接下来什么打算，去滇缅公路找你三兄？"

"不着急，难得回来，昨天有个之前在孟先生读书会认识的朋友叫周礼平，来找我谈了很久，他们也缺人手，所以我打算去江东佘厝洲帮他们做点事。我想的是到哪里都是对付日本鬼子，但离你们近，至少有个照应，家里也没什么人了。"

确实，林厝围老的老了，死的死了，离开的离开了，说是满目疮痍也不为过。母亲希望林阿娥回家住，但她不肯，她说她已经嫁到林家，所以收拾了林家那两间老厝，和林雨果搬进去住。在这里，林雨果开始学习做饭。林阿娥说：

归潮

"从现在开始,一切都只能靠自己动手了。秋天时,你也要背上书包去上学。"村里的小学,四间平房被炸掉了一间半,在各方的帮助下搬到陈氏宗祠去上课。

"好的,妈妈,吃过冬至汤圆,我已经九岁了。"

"靠别人不如靠自己。"

这时送信的邓九来到村口,在龙眼树下的水井边开始吆喝:"林阿娥,曼谷来的侨批,陈洪礼寄!"邓九是码头过番客头邓八的儿子,他本名并不是邓九,但大家就喜欢叫他邓九;而邓九也知道,无论他想给儿子取什么好听的名字,人们早就帮他儿子取好了绰号叫邓十。

下篇 潮平四海归来

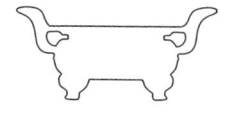

归潮

第一折　离散

1

　　二十二岁，林雨果第一次见到陈团结，大失所望，可是她的年龄明摆着已经是童谣里说的"无人爱"。龙眼树下初相见，一口水井表真情。但凡陈团结稍微过得去，林雨果二话不说就嫁过去了。但是陈团结站起来，昂首挺胸，身高才到她的下巴处，即使别人不说陈团结是武大郎，也会说她是潘金莲。她提着水桶往回走，委屈的眼泪不争气地掉下来。

　　对此小脚女人音姑有不同的看法。她把这个不平衡配置的原因进行了客观公正的归纳。她说："首先啊，林雨果这个身高来自她的母亲林阿娥，七八成的男人都比你矮。要想找个比你高的，要不到北方去，要不就得接受其他不好的条件，因为比你高的，人家会去挑十八岁的姑娘，不会挑你。其次呢，这事要怪风水，那年你母匆匆忙忙，老林和林汉先的墓地都没有找风水先生去看过，这一葬下去全家七零八落，鬼子投降的时候，就剩你一个人孤苦无依，出花园都是我给你出钱买的红木屐。最后呀，你还得考虑你洪礼伯父，这些年要不是他寄钱过来，我们俩早就饿死了。陈团结是洪礼的侄子，人是难看，但是手艺不难看，人家那木工活儿做得，四乡六里都竖大拇指。"

小脚女人音姑是陈洪礼前妻的母亲，也就是他的前岳母，她就像一根风中蜡烛，倔强的蜡烛，当所有人都在大风之中熄灭之后，她依旧活着。陈洪礼的前妻在他过番之后不久便去世，留下这么个前岳母，她在写给陈洪礼的信中说："我是你的累赘。"但陈洪礼像一块石头稳稳托住艰难岁月中的一切。这么些年过去，他始终将小脚女人音姑视为他的责任，就如他将林雨果视为他必须向林汉先提交的作业一样，他甚至在很早已经在他的遗嘱中给妻子黑珍珠交代好了，他若去世，黑珍珠也需要给这两个人寄钱，直到小脚女人音姑去世，直到林雨果认为自己不需要帮助。那林雨果什么时候不需要帮助？是出嫁了吗？是孩子长大了吗？都不是，陈洪礼的答案是，她自己自然会说不需要。好吧，好吧。黑珍珠明白陈洪礼这种潮州大男人，他只需要她去做，不需要她理解。但最终，陈洪礼也跟小脚女人音姑一样长寿，黑珍珠没有执行遗嘱的机会，她先于他离开这个世界。

归潮

　　在犹豫彷徨了三年之后，林雨果嫁给了陈团结，从林厝围搬到梅花村陈家。拖了三年，有时候也不能全怪林雨果，主要陈团结笨拙，连求婚都不敢。有人来欺负林雨果，他必定也会站出来维护，但每次被打得鼻青脸肿的也是他。转机来自一次进城看戏的经历。某一日，林雨果收到一封信，里面是两张潮剧《陈三五娘》的票。作为潮剧戏迷，林雨果当然知道这是一出新戏，最近各地巡演非常火爆，据说马上就要在广州演出。她心里想到的第一个人便是陈团结，觉得这个呆子开窍了，终于懂得请她看戏。她问陈团结要怎么进城，等她拿出票跟他计算时间，他还一脸茫然，但也非常笃定地说没问题，可以进城的。林雨果开始以为他装作不知道，还装得挺像。后来意识到这个呆子真的什么都不知道，那么更可疑了，究竟有谁会请她看戏，而且是给了两张票。充满疑问的时候，她就更需要陈团结，心想这个呆子千万得跟我一起去。这种又期待又害怕的心情折磨了她整整一个星期，终于到了演出的日子，她早早就穿上衣柜里最好看的衣服，虽然有点旧，但洗得干净笔挺。陈团结赶来了一辆牛车，林雨果说："这不是安国叔拉甘蔗的那辆牛车吗？"他说："总比走路强，对吧？"当然也是对的，还能有其他选择吗？陈团结继续介绍他的牛车，车子经过反复清洗，这头牛性子非常稳定，遇到人多也不会乱跑。好吧好吧，只要能到城里去看戏，就是骑着乌龟也行。

　　林雨果说："我妈以前常说的一句话是，我们林家没什么特别的，如果有，那就是特别能吃苦。"

"我努力不让你吃苦。"陈团结跳上牛车，然后问雨果，"我们需要一前一后出村吗，我先到村口外面等你，免得遇到人。"

林雨果一跃也上了牛车，她说："走吧，老娘不怕闲话。"

陈团结："雨果你是整个碧河最雅的。"他本来想说第一次见到二十多岁的老娘，后来想着不对，二十多岁很多女人确实当了娘。

于是两人赶着牛车出发了。

归潮

2

戏当然是好看的,特别是男才女貌的爱情戏,林雨果看着看着止不住流泪,陈团结憨憨陪着,他庆幸自己多带了一条水布。《荔镜记》也叫《陈三五娘》,是潮剧最古老的经典剧目之一,讲述的是陈三路过潮州古城,在元宵灯会上与富家女子黄五娘一见钟情,将镜摔破借口赔镜,到黄家为奴,经历曲折最终娶得五娘的故事。俗话说,爱嬷着刻苦。这陈三便是刻苦的典型,委身为奴,是巨大的牺牲,也反过来证明了爱情的力量:

员　外　站住,你二个在此鬼鬼祟祟做什么?岂不闻男女有别,这是内院岂容你走动!以后若无吩咐不准进来,若再进来,打断你的狗腿,还不下去。
　　　　(内唱)两扇门分内外,一道墙隔东西。两心空相印,相见总难期。光阴荏苒,一年容易春又逝,一个是绣榻缠绵病恹恹,一个是孤灯相对冷冷凄凄。举头望明月,心事向谁寄?只落得长吁短叹,两地苦相思。
五　娘　莺声渐老,春色渐阑,病余翠袖怯轻寒。泪眼问花花不语，谁解芳心一寸酸。

益　春　阿娘，你看好丛垂柳，东倚西斜，竟是何故？

五　娘　柳枝无力，故而随风摇晃？

益　春　柳枝无力因而随风摇晃，人若无主意，就得受人排比。

益　春　阿娘，你看那双飞蝴蝶自由自在有多好呀。

五　娘　益春，你怎能将人与蝴蝶相比，将它赶掉。

益　春　阿娘你看那双飞蝴蝶自由自在，怎甘将它赶掉呢？

五　娘　叫你赶你就赶，还在言东语西。

益　春　你这蝴蝶，全个不晓理道，在此惹阿娘生气，去……去哪……

五　娘　益春……

益　春　阿娘心与嘴相隔，嘴说赶，心爱留……阿娘，似你这样拿不定主意，这就亏了……

五　娘　亏什么？

益　春　只亏那三兄……

五　娘　你又在散担①。

益　春　话孬散担，当初个荔枝就不该乱掷……

　　林雨果说："姚老师表演得好，唱腔也好。"陈团结问："哪个是姚老师？"林雨果说："就是演黄五娘的那个。"陈团结说："哦。"

　　戏结束时，锣鼓还演奏了一会儿。陈团结用很低的声音

① 乱讲。

第一折　离散

归潮

对她说:"雨果我们结婚吧。"雨果轻轻地"嗯"了一声,然后说:"我有三个条件。"陈团结说:"只要不是杀人放火什么条件我都答应你。"林雨果说:"那成,想好我再告诉你。"这时有人在背后拉了一下林雨果的衣服,林雨果心里一惊,回头看时,是一个身着工作人员衣服的人,那人说:"你是林雨果吧?"看林雨果一脸茫然,便又说:"是我给你寄的票,我看着座位号过来找你的。"林雨果还是故作镇定,稳稳地说了一句:"谢谢。"来人又说:"我们卢老师说要见见你。"

"哪个卢老师?"

"跟我来吧,见了就知道。"

于是二人跟着她走到了后台。一个瘦男人在那里说话,主演黄五娘的姚老师侧着身子认真听他在讲:"刚才有三处不到位……"瘦男人看到林雨果,把手中的折扇一收,说:"等下再说。"然后就径直走向林雨果,说:"你就是那个两岁半就能背诵一百首唐诗的林雨果吧?"

第一次听到这样的介绍,林雨果谦虚说只能背诵一些,并不能背诵那么多,但眼睛一直在看着他身后的姚老师。

"汉孝老弟说他的侄女喜欢潮剧,"卢老师温和地说,发现林雨果的注意力在身后女主角身上,便笑着将姚老师喊过来,"来,你们认识一下,这个是林雨果,她叔叔就是我常跟你们提起的林汉孝,当年带头冲进日伪警察所的,就是林汉孝!哎呀,那年如果不是汉孝救我,老命就交代在韩江边，今天哪能在这里唱戏？"

林雨果听他这么说，心里大概已经明白，又一个认识四叔林汉孝的。四叔牺牲后，那些受过他恩惠的，其中不少是救命之恩，他们对四叔的感激，便由林雨果代收，仿佛她这里是四叔代理邮局，代收四叔收不到的信件。

卢老师又夸林汉孝身手了得，说："我们这些唱戏的，如果看到他那样的身手，必定会羡慕的。"又说林汉孝唱戏也唱得好，无师自通，有好嗓子。最后叹息说，可惜啊，可惜啊。然后才转入正题，说当时林汉孝曾让他找一把道具短剑，因为后来到处漂泊也没有回来，所以现在才带过来。说着就让人取来一个黑色长条布袋子，打开里头确实是把小短剑，非常精致。卢老师说："还没有开刃，是潮剧道具，你叔说在你小时候答应过送你一把漂亮的剑，他后来忙于对付鬼子一直没有做到，让我务必替他完成。"

林雨果伸手接过，这把短剑很沉，剑鞘也精美，出鞘，剑刃闪着寒光，看得出并不是普通材质，应该是上好的钢材锻造的，只是没有开刃。走出戏院，她一直在想四叔说要给她买剑的事，但脑海之中一片空白，倒是林汉孝的死，在她心中盘桓不去，反复折磨着人的记忆。

3

　　林汉孝并没有回缅甸公路,而是参加了"青抗会",一直在潮州进行敌后活动,发动群众,拿起武器,与日寇展开斗争。

　　而林阿娥在女儿去上学之后,则开始参加最为艰苦的潮盐运输。在日军封锁了南澳和韩江两岸之后,食盐作为必需品便被控制起来,对上游闽粤赣边,潮盐的运输十分重要。但到了1943年,日寇对潮汕腹地采取蚕食战术,一个村落一个小镇逐步推进覆盖,商品流通和人员流动都困难重重,于是只能用人力的方式运输食盐。林阿娥每天的工作是到山里挑一担柴草到集市去卖,再挑一担食盐走山路穿过被日寇控制的地方,以接力的方式将海边的食盐送到韩江上游大埔进行中转,再运到福建和江西等地。

　　那两年天气大旱粮食歉收,潮汕地区饿殍遍野。林阿娥的母亲为了把家里的粮食留给女儿和外孙女林雨果,加上长年身体的病痛,留了遗书之后便不知所终。有人说是跳了韩江,有人说是跳了碧河,有人说是出去后遇到鬼子被刺刀扎死。林阿娥明白母亲的意思,不想死在家里。有非自然死亡的房子终归不吉利，会让人害怕。而她还是希望林阿娥母女搬到林宅来住，林汉先家的房子实在是太破了。生逢乱世，生死本来也没有什么好说的，林阿娥最为难过的是母亲连死都要反复考量，是才是悲哀之中的悲哀。

如果她们确如老太太所建议的那样，搬到林宅去住，可能还可免去祸端。

因为汉奸的出卖，林汉孝在回到碧河四年零两个月之后在接头点被活抓，一切都是圈套。抓到林汉孝，敌人才知道这个外号黑龙的杀手竟然长着一张书生的脸庞，看起来弱不禁风，他们对其用了酷刑，但林汉孝至死什么都没说。周礼平知道林汉孝被活抓的消息之后，赶紧让人去林厝围找林阿娥母女，想带她们离开。但到了林家太阳已经落山，屋内漆黑，只有林雨果点着一盏煤油灯在写作业，林阿娥还在外面挑盐没有回来。于是他让林雨果自己找个地方躲起来，转身便想去林阿娥回家的必经之路截住她，但终究还是晚了一步。他到了碧河桥头，刚好看到林阿娥被人推上军车带走。林雨果很聪明，她到了梅花村最偏僻的角落找到小脚女人音姑。这也是她妈妈之前跟她约好的事，一旦有危险，就去找音姑。音姑那里可以收到来自陈洪礼的救济，即使现在救济常常因为战争的收紧而中断，但小脚女人音姑几乎已经成为她们母女最后的退路。林阿娥连写给陈洪礼的遗书都提前放在音姑床头梳妆台的柜子里。跟遗书放在一起的，是陈洪礼在曼谷道别时送给林雨果的一对脚环。小脚女人音姑拿过手，就知道这对脚环不是白银，而是金子。她跟音姑说："我若死去，林雨果就拜托了。"

这个刚烈的女人选择在汽车加速前进的时候从车后面跳下来，她一定像跳水运动员一样在脑海里模拟了跳起翻滚的动作，即使双手被捆了绳子，她也准确地让自己的头部着地，最后折断颈椎而死，避免了一场凌辱。

林汉孝和其他六名同志是在四天之后被拉到碧河镇破旧的戏台上处决的。日寇挨家挨户把所能找到的人集中到晒谷坪上观看处决表演。其他六名同志都被直接枪决或砍头，只有林汉孝被一点点剖开肚子，肠子被残忍地踩在脚下。这样的杀戮还不能让日本鬼子平息怒火，他们随机又抓了好几个村民，在戏台上练习刺刀冲刺。整个戏台被鲜血染红，第二天收拾的农民说，脚踩上去都是黏的，血迹完全无法清洗，两个月的时间里，连牲口闻到味道都不敢靠近。

4

汉莲是赶回来碧河的第一个亲人。她在汉孝被杀之前的一天晚上,便从睡梦中惊醒,然后控制不住地流眼泪。由于她此前生完小孩之后也有过一阵子的狂躁,家人也没当回事,让她多休息就好,应该没有大问题。但第二天中午,也就是汉孝被处决的同一个时间,她倒地不起,内心感受到一种说不出的痛苦。然后她对赶来看她的聪兄说:"可能要麻烦你陪我再去一趟碧河。"她和汉孝是双胞胎,在肚子里时就纠缠在一起,虽说活在人世的这三十年,他们聚少离多,但互相间的那种感应依然存在,这个是在小时候就被不断验证过了。

小时候汉孝调皮,到山里面掏鸟窝从树上摔下来,小腿骨折,在家里的汉莲就能马上知道他受伤了。她会心慌难受,坐立不安,那份痛苦仿佛也让她共享了。但如此剧烈的痛苦是从来没有过的,她在内心明白,一些不好的事情已经到来。聪兄说现在的局面跟此前不同了,回去风险极大,他说了一通道理,但汉莲根本听不进去。她让聪兄想办法:"我不管,反正就是得回去。"

归潮

　　汉莲的眼泪从来都是廉价的,特别在林雨果无论如何都不哭时,这样的对比就显得非常奇怪。但什么样的奇怪,现在也成为战争的一部分。碧河的人们已经见惯了悲欢,也见惯了死亡。这几年,棺材铺也关了门,葬礼被简化为埋葬。空袭在碧河边炸出了好几个深坑,这些坑后来成为埋人的地方。饥饿和贫乏让人以最简洁的方式处理死去的人,恐惧被覆盖上一层透明的麻木。

　　为了给母亲和四叔做两副木板拼装的简易棺材,十三岁的林雨果典当了最后一只黄金脚环。她跟小脚女人音姑说:"人死了,家里也断粮两天了,这是最后一只脚环了,花完了,我们就一起去死。"音姑平静地说:"好,我先死。"所幸安葬了林阿娥和林汉孝之后不久,陈洪礼寄的批银就到了,战乱年月,批银的折算总是远不如从前。音姑说:"总比没有好,那些没有华侨的家庭,都快绝户了。"林雨果说:"林家现在也跟绝户差不多了。"音姑没有接话。

　　按照汉莲的理解,如果汉孝当时回到滇缅公路上,不要再直接参与战斗,可能就不会死。他是林家最年轻的男丁,而且还没有结婚,汉莲自然是希望他能延续林家的香火。但在缅甸公路上来来回回奔跑的林汉厚,也并未能看到日本鬼子投降。

　　那时林阿娥和林汉孝刚到昆明,如果信息沟通及时,他们完全可以不用走路,而只需要在昆明多待两天,即可以由汉厚顺路将他们送到广西昆仑关附近。林汉孝刚赶着驴车上山，林汉厚的卡车队就从山下经过。那时候南宁战役危急，他和来自马来西亚的几个年轻人一起被抽调编入特别部队，赶到南宁前线运输物资。这个任务其实非常危险，但他们几个人都说潮汕话，虽然口音有区别，但还是感到亲切，特别是骂人的粗话，几乎是一样的。他们凑在一起骂日本鬼子，特别解气，就这样每夜都要开车，轮流三班倒，直至天亮。但过来一些天，昆仑关就失守了，他们被逼退入武鸣，被包围了三天三夜，动弹不得。年轻人都说："如果有武器，我们现在就上去跟他们拼了。"但是组织纪律不允许他们这么冲动，他们需要保证运力充沛，让前线有枪支弹药，有食物和药品，最缺的还有担架。三天后援军来了，打开一条血路，他们退入安南境内的高平地区，突击抢运由安南中转的军用物资到前线去。后来日寇完全占领了安南，他们特别部队的车也未能幸免，全部被抢夺，只能跟随当时驻扎在安南的人员，通过一个旅行社分三批回到昆明。

  林汉厚回到昆明之后也没有停下来，他只是简单写信给陈洪礼报了平安，也尝试给碧河镇写信，前者陈洪礼收到了，而后者则无法寄达。他自己居无定所，也无法接收信件，因此跟家人完全断了联络。其实在昆仑关战役中，他曾经距离六妹汉萍只有两公里，但只有神明知道这样的距离。在汉厚的想象中，六妹正在护士学校读书谈恋爱，完全没有料到她会如此奋不顾身。不过这样也好，他在此之前不用为大兄林汉先的死而难过，在此之后也不必为林汉孝和大嫂林阿娥的死而悲伤。在一年多的时间里，他在滇缅公路上开着车来来回回地跑，身边很多刚认识的人，有不少因为疟疾死在路上。他也曾因为疟疾病倒，但侥幸不死，休息了三个星期之后又重新投入热火朝天的运输工作之中。

1942年5月4日，林汉厚在保山经历了惨无人道的空袭。那天上午他和刚当了父亲的战友一起外出，战友很开心，想买只鸡给正在坐月子的妻子补身体。回来的路上，林汉厚下车去领车队的蓄电池，回头一看战友的车已经被炸飞。飞机轰鸣，他赶紧躲到田地的水沟了才逃过一劫。那天日军出动了五十四架战机，有八千多人在轰炸中罹难。第二天，为了将日军切断在西岸，不得不突然炸毁惠通桥，但林汉厚所在的那六辆车来不及撤退回来，被日军俘虏。日军留下五个人帮忙杀牛做饭，其他都直接枪毙了，一枪一人，毫不含糊。而林汉厚算是命好，刚好日寇炊事班的人过来，说得留三个俘虏去帮忙做饭，于是他被留下来当挑水的杂役。他第一担水挑得比较积极，出去挑第二担的时候就跳水，从惠通桥边潜水回来。日本人开了数枪，发现人不见了，骂了几句，也就没有再浪费子弹。

过不了几天，滇缅公路也被日寇切断了。

5

林汉厚因为来自泰国,被派往泰国侦察拉翁军事基地。为了完成任务,他提前接受了半年的专门训练,每天除了格斗,还需要熟悉所有关口的流程,工作性质跟此前当一名司机完全不同。训练完毕以后,他先是到南宁,然后有人护送他到了东兴,进入安南之后就比较顺畅,从老挝湄公河到达沙湾拿吉,雇用独木舟一样的小船到泰国边境木拉限,在那里办理入泰手续。有个官员对他严加盘问,很快汉厚就发现对方能说潮语。用家乡话稍微沟通以后,那个华裔官员高声训斥他是个乡巴佬,进门也不懂脱鞋,还不懂鞠躬,骂骂咧咧就让他入境了。那人看似挑剔,其实是在帮他打掩护。

从乌汶到曼谷的火车,汉厚此前坐过几回,但他发现现在完全不同,可能是因为接受训练的关系,他能很好地看见之前看不见的细节,辨别哪些人可能是特务。当他们来盘查时,也明白如何应对。下了车,他直奔熟悉的八方楼。当然职业训练告诉他,不能直接在八方楼下车,而应该在附近的街区下车,再摸索过去。但刚下车,就有人拉他的衣角,显然,他从车站出来时,就已经被人发现了。他跟着一个戴着

归潮

　　白色帽子的人进了一家咖啡店。进门之后，对方脱帽，并在转身的时候很自然地将白帽塞给他。而他十分利索顺手摸走了旁边另一顶帽子，戴在头上，大大方方走出去了。林汉厚走进吧台，点了一杯咖啡，然后伸手在帽子里摸索，果然发现纸条。他喝咖啡，并趁着上厕所时打开了纸条。纸条上提醒他两件事：一是路边卖眼镜的人在跟踪他，二是不要回八方楼。

　　汉厚也是聪明人，他很快利用对曼谷的熟悉快速脱身。当他摸黑来到陈洪礼家时，已经是凌晨两点。陈洪礼一直在后门的门边等候，手里报纸下面有一把手枪。见林汉厚安全进门，他才松了一口气。十分钟后，这个现在留着浓密胡须的男人摘下他用于伪装的茶色眼镜，开始用力擤鼻涕。在他简单的想象中，家里的一切应该是不变的，但不曾想到当他面对敌机轰炸、蚊虫疟疾、悬崖峭壁的时候，他们林家也在不断坍塌。羽先生死了，大哥自杀了，而大嫂怎么会如此糊涂，带着汉孝和雨果回到沦陷的碧河镇，这不是往油锅里跳吗？他问陈洪礼有汉孝他们消息吗？陈洪礼说只知道顺利到达，算是老天保佑。自古过番"三死六留一回归"，加之战乱，能回到碧河镇实属万幸。后面的事祸福难料，就只能靠造化了。陈洪礼还告诉了他一个重要的消息，他说："还记得那个走路扭屁股的乔春儿吗？我让人杀了，还有汉奸司徒康民，我借别人的手杀了。这两个都是害死你大哥的主谋，你如果回去遇到阿娥，记得帮我把这个消息当面告诉他们，我在信里没办法将这些事写出来。"

没错，林汉厚也决定回到潮州去，回到碧河去，他无法安心待在泰国。但在此之前，他需要完成组织交给他的任务。在陈洪礼的帮助下，他来到春蓬，这里距离拉翁基地只有一百五十公里，但已经只给日本人进出，里面检查站几公里就有一个，根本进不去。汉厚只能住下了，他给英顺伯打了电话，英顺伯说他现在年纪大，一想事情就容易失眠，让白菜姐来帮助他试试。白菜姐还是有办法，她先让汉厚到春蓬当地一家槟城华侨开的杂货店上班，在那里可以有机会搭乘卡车进入拉翁的菜馆。白菜姐让他别急，先想办法留在菜馆工作，这样才有可能拿到一些有用的材料。按照这样一步一脚印的方法，两个月后，他已经可以送菜给地道里的驻军，也大概摸清楚了里面的武器仓库情况。他小心绘制图纸，并伺机撤退。他跟菜馆老板说这里蚊子太多，他需要回家取蚊帐和药品，老板同意了，但他出门时，还是派人一直跟着他。跟踪的那个人也很精，汉厚无论怎么甩仿佛都甩不掉。最后他也没有办法，只能先把情报通过曼谷的接头点转移出去，自己冒险快速逃离，买了一张去万伦的车票。本来以为万无一失，但在安南的海防，他还是被扣押了下来。若干年后，林汉厚的骨灰回到碧河镇，陶瓷罐子外面有一本证书，写明他的姓名和烈士的身份。

二叔林汉忠则没有那么幸运，这个血性男儿最后连死亡的年份都不清楚。在东江纵队五千五百多个名字里面，竟然找不到他,后来他的战友才发现一开始就弄错了。而且大家都习惯叫他的绰号"阿豹",甚至没有人记得他的本名。在很长的时间里,林雨果作为唯一的家属,她总需要接待这些要给她敬军礼的人,他们从不同的地方来,在她家里的沙发上哭,在梅山林家的墓碑旁边哭。她内心也非常难过,但她不知道为什么就是哭不出来。

就像后来看到丈夫陈团结躺在棺材里,她甚至觉得这个老头子太调皮了,他的腿这么可爱,放在小腹上面的手指也这么短。他安静躺着显得棺材很大,而他像个乖巧的孩子。这样的状态也不知道维持了多久,一直到她在银行的大厅里填写表格,她写下陈团结的名字,还要写上死亡,她突然就决堤了,几十年的悲伤汇聚在一起,她在一棵莲雾树下晕倒了。醒来之后的第一个念头,她想去泰国,她想拿着当年林阿娥写好但没有寄出的信去找陈洪礼,她想当面质问陈洪礼。母亲林阿娥的那封信写了又删,删了又写,最后一张信纸上赫然这样写着:

洪礼兄,己卯年白露那天下午二时,你与汉先到底在我家二楼书房谈了什么,为何你刚离开不久,他就选择自杀?这个谜团几乎成为我的噩梦,盼兄解惑。

6

这一次,林雨果铺开信纸,提笔写信,她向洪礼伯提出要去曼谷看看。

林雨果并不知道的是,陈洪礼已经在陈团结去世的三年之前就在曼谷溘然长逝了,享年九十二岁。这十年,林雨果再也没有写信到曼谷请求寄钱;但每年除夕、中元节、霜降等几个重要的节日时令,曼谷那边还是会寄一些钱银过来拜祖。侨批局和批脚早就消失不见,后期这类承载侨批功能的工作有个更为流行的说法叫作"旅游",走的是旅行社的路线。梅花村也有不少去泰国"旅游"的,"旅游"成为他们的职业。这些人往返于中泰之间中转家书钱物,将潮汕这边的特产货物带过去泰国,再从泰国带信件和钱物过来。他们组成了十分紧密的网络,维持着被时光之河冲刷得发白的亲情。这几年陈洪礼那边连通信都没有了,祭祖的钱银全年合并在一起寄发一次。

这一回,旅游团的批脚不是本地人,而是个普宁人,脸上有颗黑痣,黑痣上面还长了几根毛。他不算陌生人,因为奇特的长相,大家在背后给他取了一个绰号叫"乌痣"。

归潮

"乌痣"从皮包里取出薄薄的信封,信封装着港币,钱留下,信封要签收带回去。旧时的印章依然是签收钱银的凭证,只有见到三枚印章都整齐盖在信封上,这次的番钱才算送到。

这次寄钱还附带了一封信。给林雨果回信的是陈海福,他比她大两岁,在信里称她"雨果吾妹"。陈海福的字写得有点歪歪扭扭,不成章法,笔画有明显被泰文带偏的痕迹。他在信里说:"未及细禀者,先父已于三年前仙逝。"他的意思也很清楚,父亲死时反复叮嘱寄钱回去拜祭祖宗是大事,不能忘本是做人的本分。陈海福说即使生活不易,后面每一年也会依照父亲生前的安排寄钱。至于林雨果想去泰国,他们似乎非常抗拒:"万不可来暹,路途艰辛,花费甚大,路费不若贴补唐中家用。"

看到这样的回信,林雨果感到非常不高兴。不高兴的原因,一个是陈洪礼去世三年,而她现在才被告知;另一个是陈海福在信中表达的态度,仿佛她是他们家的寄生虫,令人讨厌却甩不掉。于是,在准备了半年之后,也就是陈团结去世的第二年,她毅然踏上去往泰国的旅途。她在信里告诉陈海福,她自行筹措路费,一切费用不需要他们为她承担。

第二折　重修

1

到泰国"旅游"那年,阿嬷林雨果已经六十五岁,她自认为身体还不错,不过为了安全起见,她让陈乔峰给她去找一根拐杖。这是个奇怪的任务,不过难不倒家里全是木匠工具的陈乔峰,他带着木锯和小斧头上到梅山,很快就带回来三根拐杖,其中一根是葫芦竹,两根是木头的。

林雨果让他去找拐杖,其实是为了把他支开。陈乔峰出门之后,林雨果和儿子陈纯钢、儿媳周小英开了一次小会。但林雨果显然错误判断了陈乔峰的听话。这个十四岁的小孩身上不单有林家那种冲动而善于开拓的基因,也有陈家那种稳重和笨拙,另外还从他母亲周小英那里继承了玲珑剔透心思极细的精明，所以此刻陈乔峰并没有跑，而是坐在巷子里的石礅上偷听屋里说话。梅花村的老房子隔音极差，只隔着窗户，放个屁都能听得清清楚楚。

她将林阿娥那封来不及寄出的信展示给他们看，把信读了，把羽先生遇难和林汉先自杀的情况大概讲了一遍，然后她故意问周小英：

"小英你细心，你对这个事怎么看？"

周小英说："前两代人的事，现在光凭这么一封短短的信来推断真相，难度比较大。但是可以看出两点，就是洪礼伯这么长的时间里一直给我们寄钱，要不就是因为愧疚，要不就因为林家在曼谷还有财产，而且这财产确实产生了收益，所以只是基于愧疚将部分收益反馈到我们家？"

林雨果点了点头，又摇了摇头，对这样的推理，她只同意了一半，就是陈洪礼必定是愧疚的，只有亏欠的情感能让人在这么长的时间里依然保持付出。但至于财产，她记得林阿娥跟她说过，林家在泰国几乎没有什么财产了，八方楼是羽先生的，他们住的房子是长租的，唯有的财产是两间很小的店铺。母亲死后，林雨果有问过这两间店铺的情况，陈洪礼语焉不详。开始说已经没有了，那两间店铺在1959年曼谷街道拆迁中作为无主资产被推倒；后来在1988年碧河书楼有过一次重大的修缮，林雨果写信给陈洪礼，而他则以林汉先的名义捐了一笔钱，关于这笔钱的来源他是说卖掉两间原本属于林汉先的店铺，完全前后矛盾。

陈纯钢则说:"我看没那么复杂,就是洪礼伯跟咱外公是八拜之交。"陈纯钢本来还想提醒母亲,梅花村小学重建时,陈洪礼也以林汉先的名义捐过钱,现在小学门口石碑上还有捐建榜,林汉先名列第二。但周小英白了他一眼,他便没敢再说话。

他们又梳理了一遍外出的细节,包括护照、住宿、地名和人名。林雨果用一个小开本的笔记本,一笔一画仔细记录。那个本子是陈乔峰觉得不好用丢弃的,林雨果舍不得扔,只是把前面几页撕掉了。林雨果有几十年没有出门,她甚至连潮州市区也很少去,所以这次出门她郑重其事,有一种可爱的认真。

后来那个带团的沈姨也来了,她叫林雨果"阿雨果老",她说:"阿雨果老啊,咱们得千万说清楚,带你出去,不能留在泰国那边,签证时间结束之前,就得回来潮州,明白不?"

林雨果说:"不回来,我在那边干什么?"

等到沈姨走后,她把儿子叫过来说:"纯钢啊,如果我要不小心死在暹罗,无论如何也得想办法把我弄回来,葬在这边。"陈

纯钢感到很惊讶,但他只说了一句:"好。"

林雨果又说:"两个孙子,陈无忌我是不担心,就担心这个陈乔峰。"

陈纯钢说:"你从小就惜阿峰。"

归潮

两人无话。又过了一会儿,林雨果捂着胸口说:"不知怎么的,最近总是心怦怦跳。"

陈纯钢说:"救心丹得记得带。"

其实那瓶救心丹也是去年泰国那边寄过来的。

林雨果说:"要不让小英去青龙古庙拜拜,再去韩江边给我取一撮土,我带着去?"

陈纯钢说:"好。"他又追问要不要找冰婶看个日子,林雨果摇摇头说不用。

这是1996年,陈乔峰十四岁,正是立志逃离木雕行业的年龄。有一个叫Beyond的乐队开始在同学中间流行:"钟声响起归家的讯号,在他生命里仿佛带点唏嘘。"粤语歌曲的录音带在同学之间被频繁交换,几乎每人有一部随身听,那是他们去珠三角打工的父母或亲戚寄给他们的。华侨已然变成一个遥远的词,侨批更是难得一见。陈乔峰也开始戴上耳塞,把许多的话藏在心底。

2

这次泰国之旅,也是林雨果的伤心之旅,两个月后她回来了,但整个脸色都是阴沉的,说起很多事情,火气特别大,甚至还骂人。陈纯钢为了不让她生气,也就不让其他人问。只是按照林雨果的安排,将应该赠送给村里亲戚的小礼物分发出去。其中赠送礼物的逻辑应该是,去泰国"旅游"回来的人,等于是半个过番的人,理当给大家分发礼物,也有报平安的意思。

林雨果的情绪也随着回到碧河慢慢平静下来,有一些家里有华侨的亲戚,也纷纷到家里来喝茶,询问那边的情况。林雨果耐心解答,她尽量挑好话说,挑好的地方说,不好的地方则自己消化。来喝茶的亲戚,有的和颜悦色,也有的悲悲戚戚,有的人叫林雨果为团结婶,有些人则叫雨果姑,有年轻人则直接叫她阿老,都是亲切的尊称。

热闹过后,日子又回到从前,甚至啥也没有改变,然而林雨果还是病了好久。陈乔峰记得,那些日子家里面经常有煮中药的味道。陈纯钢在门口的莲雾下面给林雨果煮药,他总是笨手笨脚,有两回还烧焦了药锅。周小英说:"你去鼓捣你的木雕吧，中药放着，我来煮。"

陈乔峰翻看着阿嬷带回来的物品，却感到非常新奇，其中有很多奇奇怪怪的物品，比如形状怪异的钥匙扣、各种材质的佛牌、各种形状的折页佛经、各种登机牌和地图，甚至还有西餐厅的刀叉。其中有一本相册倒是非常珍贵，都是在泰国拍照时留下的，照片里阿嬷没怎么笑，但旁边的人都笑嘻嘻的。当然，大家将这样一种不苟言笑理解为面对相机的紧张。

母亲周小英问陈乔峰："你弄明白你的阿嬷从泰国回来到底因为什么生气了吗？"

陈乔峰说："唔知。"

她又问陈纯钢，陈纯钢还没有回答，她就自己帮他答了："阿峰都不知，你更不知道。"

周小英自言自语地说："如果说是因为钱，两间店铺假设是有的，也卖了捐作书楼修缮款了，而且这么多年寄番批，按理我们应该感恩戴德。但如果说因为她父亲自杀原因调查，那洪礼伯去世也没有人可以对质，这是过去的事也应该不至于让她如此生气。"

分析不到理由，林雨果也没有说，但陈乔峰可以从这些天阿嬷和访客的对谈中，结合照片，整理出她的旅游线路。

林雨果从香港乘坐飞机到曼谷，这里与她五十七年前离开时已经完全两样，或者说，那年她才八岁，其实什么也记不住，想起来一片模糊。她说想去八方楼，但八方楼没有了；她想看看曾经住过的家，但那里现在是一个游乐园。她曾经熟悉过的人，羽先生、英顺伯、白菜姐、陈洪礼、黑珍珠、翁如棋……全部都已经离开人世，接待他的是陈海福。陈海福在一间堆满了各种商品的杂货店里接待了她，角落里有电视，餐桌边有人在吃饭，陈海福介绍说是他的家人，一一介绍以后，没记住，因为他们基本都不会说潮州话，也不懂中文。他说陈家三兄弟，现在只剩下两个，老三陈海寿三十多岁就英年早逝，老二前两年中风，现在出入都由女儿用轮椅推着，所以今天未能过来见面。他自己开了一辈子出租车，现在主要靠这间杂货店生活，日子过得去，说不上好，也说不上不好。陈海福重点给她介绍一个人，是他的大儿子，他说让她稍等，他来打电话。于是过了四十分钟，一个中年人走了进来，浓眉大眼，不高，但结实，陈海福说他叫陈锦桐。然后介绍了他父亲陈洪礼的安排，其他人都不太能说潮州话。陈海福说，他算第二代，因为他自己是大儿子，所以陈洪礼指定了他来负责对接唐中的关系；而第三代，他看向了陈锦桐，说陈洪礼指定了锦桐来联络。

陈锦桐开始介绍自己，他果然很有语言天赋，他既会潮州话，也会一些普通话，讲话很慢，但让人感觉到陈家那种稳重的基因在他身上的延续。陈海福说："我膝盖不好，去年还做了手术，走不了远路，接下来就由锦桐带你去逛逛，想去哪里你就跟他说。"

就这样，林雨果大概明白了陈海福为什么在信中反复叮

归潮

嘱她不要过来泰国。来的时候她想象陈洪礼家族，即使不是锦衣玉食，大概也是吃穿不愁的中产之家，但没想到只是如此普通的生活，满眼看到的都是生活的鸡零狗碎，令人生出一地鸡毛的凋敝之感。也许是原来的想象破灭之后的落差让她产生这样的感受，陈海福他们的生活也没有那么糟糕，但她总是不自然地皱起眉头，完全开心不起来。她和陈海福握手告别，走出了那间杂货店，她像一份漂洋过海的邮件那样被中转了。林雨果想起陈海福写给她的信，信里的那行字重新浮现在她脑海："未及细禀者，先父已于三年前仙逝。"洪礼伯去世了，这是一个重要事实，如今陈海福用一句话便把她转交给陈锦桐。林雨果内心的悲怆无法言说。

3

陈锦桐不知道应该叫林雨果姑姑还是婶婶，林雨果说怎么叫都对。陈锦桐说那叫林姑姑吧，发音顺口。

第一天陈锦桐带她到处去拜佛。潮州人最擅长求神拜佛，但一会儿看大佛，一会儿看卧佛，她并没有兴趣，也并没有被其中巨大佛像所震惊。她开始对泰国之行的目的感到非常模糊，对，为什么要来呢？为什么需要故地重游呢？更让人心寒的是，所谓的故地，事实上跟你一点关系都没有。

倒是陈锦桐，外表稳重，但内心其实非常活泼，说起话来感觉心理年龄远低于实际年龄，对一切似乎还充满了热情。按他自己介绍，他也有三十四岁了，这个年龄在90年代的潮州，早已经是暮气沉沉，而他仿佛还是个小孩一样，笑起来特别天真。他非常认真地给这个潮州来的林姑姑介绍泰国众多建筑的历史，还专门讲述华人在泰国历史中发挥过的作用。虽然准备得很用心，然而林雨果觉得好像自己是来听课的。

所以，你为什么要故地重游？她在内心一次次问自己。

陈锦桐倒是表现出对她非常了解，说这边的亲戚对她都

归潮

非常钦佩,觉得她是一个了不起的女性,又改口说女人,但又说,女性和女人都对,他显然是在选择口语用词。

她故意问:"怎么个钦佩法?我又没做什么丰功伟绩的事情。"

陈锦桐开始滔滔不绝地讲述。他说:"根据我们掌握的故事,二战的时候,你很厉害,三次带着妈妈躲开了日本人的追捕,放学后还跟在妈妈身后去挑盐担,干农活儿,会做饭,嗯……还帮当地的游击队送过信,帮你的叔,嗯……四叔吧,汉孝叔打过掩护,后来一个人扛起了整个家庭,还帮我阿公照顾老岳母……"

林雨果忍不住打断他:"是音姑她照顾我,不是我照顾她。"

"互相照顾吧,一个意思。还有还有,日子艰难的时候,你还会行医接生,还能做猪脚圈。对吧,那种早餐吃的食物,叫猪脚圈,每天卖猪脚圈,养孩子……反正我阿公说,好姿娘就是脚桶箍,你非常了不起,一个人撑起一个家庭,还照顾好了亲戚朋友的人情来往……哦,还有,你八岁时照片刊登到了新加坡最大的华文报纸上,整一版!我家里还挂着你当时那张报纸的原件,用相框挂起来……"

林雨果第一次从一个陌生人的嘴里听到了自己的传说,内心还是感动的。

除了各种佛寺,潮州会馆还是值得一看的,到了义山亭,林雨果正想问什么是义山,她想到是李义山,潮州会馆好像跟李商隐没关系，忽然见到旁边石刻的句子"老死埋骨于义山"，突然明白过来，所谓义山，便是坟场，专门收埋孤身过番不幸死在异乡的同胞尸骨。陈锦桐却已经用不太标准的潮州话开始唱：

  暹罗船，水迢迢，会生会死在今朝。
  过番若是赚无食，变作番鬼恨难消。
  心慌慌、意忙忙，上山做苦工，
  日出分伊曝（晒），落雨分伊淋。
  所扛大杉槛（大木头），所做日共夜，
  所住破寮棚，真真惨过虾。
  渡过黑水（七洲洋），吃过苦水，
  满怀心事付流水；
  想做座山（基业），无回唐山，
  终老尸骨归义山（坟墓群）。

  潮州会馆让她重新理解父辈漂洋过海的不易。她从曼谷回到潮州时年龄太小了，缺乏足够的理解力去弄清楚父辈为什么在泰国曼谷。而回去以后，亲人暴毙，无依无靠，应付生活已经非常艰难。反而是此刻，在陈锦桐的歌声中她内心好像感受到一个全新的东西，以往的记忆浮现，父母在曼谷时的对话，羽先生、英顺伯的对话，某些沉潜的记忆似乎被唤醒和激活，曼谷的生活和潮州的生活总算不是破碎的，而是第一次实现了奇妙的连接。

她想,这也许就是她为什么来到曼谷的原因吧。并不是为了寻找生活的转机,也不是为了寻到某个答案,而仅仅是连接,这个世界的许多事物都是这样,连接起来就好了。

林雨果就这样在曼谷到处走走,转眼一个月过去了,陈锦桐说该去的都差不多去过了,他提议到四色菊府去看看,那边有他阿公陈洪礼创办的学校,还有英顺伯捐建的梅山公祠。林雨果觉得可以,于是他们乘坐火车前往四色菊府。在路上,林雨果问陈锦桐,之前来曼谷以前,所有人都跟她说潮州话在曼谷几乎可以通行,但为什么这些天她到处走走,没发现潮州话可以行得通。就比如刚才买车票,还不是得用泰语,不然根本无法沟通。陈锦桐解释说:"根据几年前官方公布的统计数字,在曼谷平均一千个人中,只有六七个人可以识得华文,大部分的华侨都会将孩子送到泰文学校。"林雨果说:"你的阿公,我们的陈校长,为开设华文学校奋斗了一辈子,自己的子孙却大部分不会说中文,你不觉得这非常讽刺吗?"陈锦桐听得出里面的情绪,他说:"有一些事是环境和趋势,一个人的力量毕竟很难去改变,我只能这么去理解这件事,但不代表我阿公的付出就没有意义。我们也经常要做一些貌似无效,但实在意义非凡的事。"

"比如?"

"我一时想不到,想到了告诉你。"

他们在四色菊府的车站下车,车站不大,但精致。第二天他们前往梅山公祠，门口有一副对联写着：

  梅花传香韵　海外灵川开胜景
  山气聚祥云　庭前棠棣占春风

  一看落款是翁如棋写的。林雨果说她还记得翁如棋，那时候在曼谷所有人都夸他写得一手好字，要林雨果长大跟他学习书法。他们到梅山公祠转了一圈，祠堂很精致，用了一些嵌瓷工艺，大门上面便美轮美奂，有一道圆弧形的围墙在大门前面围出来了一个院子。置身其中，仿佛身在潮州。林雨果在梅山公祠走了一圈之后出来，便跟陈锦桐说她逛累了，想提前回潮州。

  林雨果回到香港，带团的沈姨问她此行的感受。她说："曼谷的运河没有一条是清水，都是污水。你看看我们的家乡，我们的碧河，跳下去游泳能看见脚趾头，水清啊，人也就会心清。"

4

林雨果回到了碧河镇,回到梅山村家中,曼谷之行慢慢变成往事,而时光之舟永不停步。

碧河淙淙,岁月茫茫,故事里在虚构与真实之间穿行,只是城市的变化确实真实发生。让林雨果没有料到的是,未来许多年里,潮州的水也曾变得浑浊,然后才回归清澈,这个轮回似乎是发展的必然过程。

潮州东郊,梅花村这座历经千年的古村落,正在焕发新的生机。遥想北宋元符年间,此处白鸟起落,鹤鹭栖息。可以想象那个时候,这些白色而高贵的鸟儿在浅水中走来走去,傲然而立,顾盼生辉。碧河作为韩江的支流从其间穿过,关于一代文宗韩愈的故事还在这片土地上流传。陈氏族人来到这里,开枝散叶,自此"一门三进士,全族九知县"的骄傲让梅山成为凝聚人心的所在。而随着牛肉火锅成为潮州必吃美食,这里节假日竟然常常塞车,特别是在碧河桥头。

碧河水流湍急,碧河渡作为进入潮州城的必经之地凶险异常,仅靠两艘渡船来回运载行人货物,曾经发生过一天翻船六次的惨剧，溺亡的多为不会游泳的妇女或小孩。十二岁的林雨果就曾见过日本鬼子在碧河渡头搭建可以通车的木桥，架设机枪，对过往行人随意扫射。那时人们为了避开鬼子，也依然会选择在下游乘船过渡。有一回，林雨果和母亲林阿娥各挑着一担食盐过渡，母亲挑大担子，她挑小担子，刚好遇到鬼子从河堤上开枪射击，险些都成为河边亡魂。即便如此，碧河渡口依然是通往潮州城较为便利的通道。在漫长的时间里，碧河上无数次架设过木桥，但无数次在暴雨之后被冲毁，1960年代也建成一座三十三孔木石结构双层桥，不久暴雨又把桥冲毁，几年后才又用混凝土结构桥板替换原来的木板桥面。1980年代再次加固，增设栏杆和桥闸，成为周围万亩良田的重要水利工程。潮汕平原耕地其实不多，故此潮州人耕田如绣花。而要到周小英成为家庭主力的时候，绣花和钩花才成为碧河镇万千少女必须掌握的生存技能。陈团结那年从深山里当护林员回来，从桥上走过，就看到周小英和她的父亲在碧河上撑船捕鱼寻生计，他们隔着很远就互相问候打招呼，虽然说话都听不见。周小英的远房三老叔就是周礼平，周礼平跟林汉孝是好朋友。反正在碧河，很多关系就是这样跟藤蔓一样牵来牵去，必须到吃喜宴，或站着吃席，才会发现原先以为没有关系的两家人，原来也是亲戚关系。

　　林汉孝被当众杀害那年，陈团结十四岁。某一天他推着家里的独轮车从书楼旁边过，遇到林阿娥带着林雨果从外面

归潮

回来，两人手里都拿着扁担。林雨果走在前面，目不斜视往家里行进；林阿娥却停了下来，走近他，问："你是陈团结吧？"陈团结点点头。林阿娥伸手摸摸他的头，又捏了捏脸蛋，说："长得真结实。"陈团结以为她要说什么话，但没有，她只是笑盈盈地看着他，然后说："雨果比你小一岁，是妹妹，你多照顾她，知道不？"陈团结"嗯"了一声，推着独轮车离开了。

周小英的父亲在碧河上生活过很久，见过桥上耕牛落水，也见过汛期溪水如何漫过桥面。后来，周小英经人介绍，嫁给了陈纯钢。周小英的父亲喝醉酒掉进河里淹死了，从此河里没有人捕鱼了。村里有人议论说如果周小英不出嫁，父亲掉进水里就能有人发现；但只有周小英知道，她之前从水里将醉酒的父亲捞上来几次，酒醒了他都不高兴，或许这对他来说是最好的死法。在周小英看来，很多事她无法改变，她只能去改变生活中能改变的部分，比如紧紧握住钩花针。

碧河里一直有小孩来游泳。在陈乔峰的童年记忆中，他和小伙伴们几乎每天都必须骑着自行车从桥上经过，这里是碧河镇少年的乐园，也是碧河镇少年的泳池。这个泳池里没有城市的规矩，蛙泳也不必有节奏出水换气。陈乔峰喜欢从桥墩上跳水，在桥洞里听河水漫过桥闸的轰鸣。他喜欢这座桥。死去的人从桥上经过去往梅山，活着的人在桥上经过迎娶新娘，这条溪流和这座小桥成为陈乔峰的精神坐标。对于广袤的大地来说，一条小河似乎微不足道，但是这样的水和桥，成为几代人的共同记忆。在小时候，家在桥这头，田在桥那头；长大了，家搬到桥那头，祖屋、祠堂和书楼留在桥这头。

时光在改变一切，比如湘子桥拆除了中间可以通车的钢架，恢复启闭式梭船结构；比如太平路风貌修复，重新变成牌坊街，成为潮州人流最密集的街道；比如在海内外潮州人的努力下，镇海楼重建了。时光又仿佛什么都没有改变，来到碧河的人依旧可以看到这个古村落时光与传统的美好。

如果你去问任何一个游客，这些年潮州古城最大的变化是什么，他们必定会告诉你，节假日的人太多了，酒店人满为患。酒店住满了，可以住民宿嘛，然而，民宿也满了。

李启铭是从2009年便开始关注民宿行业，那年牌坊街刚刚开始正式开放。他算是第一批吃螃蟹的人，当时顶着很大的压力，大家对这样吃力不讨好的行当都不太看好。好在李启铭有一个阔气多金的老爸，他开口就要一百万元，说明了缘由，他老爸并没有多说一句话，而是直接问一百万元够不够。就这样，夏雨斋作为第一个被改造的项目，显得非常重要。李启铭找到认识多年的朋友陈乔峰，他开口第一句话是："我有一个项目，只许成功不许失败，干不干？"

陈乔峰说："失败会不会死人？"李启铭说："可能我老爸会打死我。"陈乔峰笑了："那就干。"

黄博琳后来说："敢情我们从夏雨斋建设那会儿，三

归潮

个人的命盘就交会了,命运的齿轮从此开始咬合在一块儿了?"确实如此,研究生毕业那年陈乔峰正在找工作,找了很久也没有什么好去处,刚好李启铭拉着他一起设计夏雨斋,他也乐意做这个事,于是埋头苦干忙碌了两个半月,推敲各种细节,确定用料材质,挑选好施工队,支付启动款便开始施工。按理来说,他作为设计师是必须监督实施到完成,但广州那边一家比较知名的玉石设计公司突然通知他去上班,于是他只能笑着对李启铭说:"没机会看到你是怎么被你老爸打死的,很遗憾啊。"

陈乔峰又想起黄博琳的事,有个疑窦一直存在,他问李启铭:"那黄博琳怎么就无缝衔接来给你拍摄民宿修缮纪录片了?"

"她那会儿正在找题材拍摄毕业作品,通过新加坡的商会知道我正在鼓捣民宿,又在潮州,于是就跑过来找我。你们大概就是在路上这样擦肩而过,两条平行的铁轨,彼此又不能知道。"

陈乔峰眼前浮现两列火车相向而来,在不同轨道上交错而又各自远去的情景。火车的轰鸣声,呼呼风声仿佛如在眼前。

"一切都是天意,那时还没有微信,我上网还必须跑去网吧。"

5

秋风起,吃鱼生。即使秋风未起,也不耽误吃鱼生。看堂哥陈得海切鱼生,就像看杂技表演,刀在鱼肉中间游走,非常有节奏感。陈得海让弟弟陈得江招呼陈乔峰和李启铭坐下,说你们先吃鱼生,现在客人多,我忙完了再过来找你们。

鱼生还没有杀好,配料先摆满了桌子。在喝酒之前,李启铭劝说陈乔峰,主要还是劝他要回归木雕的正轨上来。喝了两瓶啤酒之后,他们开始交流恋爱经验。李启铭说,对黄博琳这样的女孩,你不能小看她,她具有太多可能性了;但你也不能太大看她,她毕竟是女人,她总是需要被爱、被疼惜,所以你守株待兔也是对的。你只需要在她渴望爱的时候,在她门口站着即可。她终究还是会把门打开,让你进去的。陈乔峰说,今天我们不谈黄博琳。不谈,就是喝闷酒了。不过好朋友在一起,不说话也不要紧,只是辜负了一桌好菜。陈乔峰终于还是问,黄博琳下次什么时候来潮州?李启铭说,不知道,今天我们不谈女人,只喝酒。

他们对视了一眼,笑了。李启铭说,人生值得兴致勃勃去谈论的话题,为什么这么少?陈乔峰说,所以我得鼓捣木头,你得鼓捣民宿,还有人鼓捣钓鱼、露营,生活本来就非

归潮

常寡淡，得靠自己去鼓捣。再比如工夫茶，一言以蔽之，树叶冲开水而已，但你得鼓捣。一旦讲究里面就有诸多门道，你就得开始研究，什么茶类，什么品种，是不是乌紫茶，海拔多少种的茶，如此种种完全没有尽头。李启铭说，所以为什么说潮州人会生活，因为潮州人的时间都耗费在这些精致而没用的事物上，积极方面说是沉溺于美好，消极方面说就是不太上进。陈乔峰说，是啊，我在广州工作时认识一个人，从早上九点到下午三四点，每天就对着一个起伏波折的K线图，我心想这是多么枯燥的工作，线条变红向上翘就激动，线条变绿向下冲也激动。这样对比来看，还是研究树叶冲开水的生活更好玩一些。

"你就说你玩民居活化，也不是为了赚钱吧？"

"不能这么说，开始不是单纯为了赚钱，但后来确实也赚钱了，不能把情怀和赚钱对立起来嘛。"

等他们快吃完了，陈得海的生意也忙得差不多。陈得海跟弟弟陈得江交代了几句，让他管厨房，这才走过来，用带着鱼腥味的手给他们俩递烟。陈乔峰不抽。李启铭则接过烟点上，两人开始谈书楼出租的事。

李启铭问情况如何，因为上一次他和黄博琳过来送木雕时，陈得海新婚宴尔，酒喝多了，根本没办法和他们说话聊天。后来他又来了一次，喝茶，把大概的意思说了。但陈得海说他也做不了主，得去问他爸。过了一些天，又打电话说，他爸也做不得主，还得问老人们。老人们是个很广泛的概念，梅花村的老人虽然不多，但也不少，要是老人组里头每个人都出一个意见，这个事终究还是搞不成。李启铭只能再次强调"民居活化"的概念，反复强调经营不完全为了赚钱，而是为了更好地保护这样一栋古老的建筑。

陈得海说："你说的我都明白，但老人们总是不太明白，我难道能一个一个跟他们去说？也说不清楚。从来就没有这样的先例，把书楼租出去，这个概念等于把祠堂租出去。哪个村落会把自己的祠堂租出去？这样传出去岂不是非常丢面子。所以说，难度太大了，不是我不想帮你。"

李启铭更直接说："如果这个难度是钱能够解决的，那就看看应该怎么花钱。"

陈得海只是抽烟。

李启铭说："我这几年也处理过好几例难搞的民居活化案例，你们这个算是权属比较清楚，能找得到当事人。我处理的案例很多找不到当事人，或者整套祖宅一共有十几个业主，家族共同持有，其中有一些业主可能已经在国外做生意，只要有一个不同意，这个事就做不成。但我做民居活化，办民宿，做文化空间，其实后续的运营都有一套成熟的标准，也就是护城河其实不深，最难的部分反而就是跟原来的产权方如何对接的问题。直觉告诉我，碧河书楼还是有可能被解决的，因为我也走访过一些人，还是有许多人内心还是期待它能被改造和保护。"

陈得海还是抽烟，没说话。

归潮

陈乔峰看这个情形，于是接话说："这栋书楼确实非常漂亮，主体建筑不太需要动，就是稍微修修补补，尽量修旧如旧，让它带着沧桑的感觉。周围的环境倒是非常需要整理，特别是那个院子，这次办喜宴在书楼当然很有意义，但如果有灯光，再有一些基础的设施配置，那会非常时尚。"陈乔峰感觉自己说这些好像也没什么用，只是他也得说点什么，他明白李启铭要说的已经快说完了。

没料到陈得海看他接话，在烟灰缸里把香烟摁灭，然后说："倒是有一个法子。"他停住，手掌在空中切了两下，李启铭也停了下来，看着他。

"这个法子成功的概率比较高，你去找伊阿嬷。"陈得海说，"只要说林雨果支持，村里的老人多半都会支持。"

陈乔峰听完大骇："你这是把事情往我这边推，我们属于大房，大房怎么管二房的事？"

"你们听我的没错，真的，不是开玩笑。以你阿嬷在老人中间的威望，只要她站出来说句话，一定能成。"

这时候陈得江也走过来，他喝了一杯茶，也响应哥哥陈得海的观点。陈得江说，村子里很多说不清楚的事一般要去问冰婶；但这些可以讲道理说得清楚的事，就问团结婶。团结婶是见过大世面的人，每次遇到问题都能说出个一二三四，当然她并不是什么事都能发表意见，但凡她能开口说话，则必定说得十分中肯。光是听她那分析问题的语气，无论对错都让人佩服。

6

李启铭虽然说今天不讨论女人，但喝了一点酒，回到家，陈乔峰竟然开始想念黄博琳。他在脑海中开始梳理多年之前跟黄博琳的交往，那场持续三个月零九天的初恋。在广州，他们一起走过很多地方，从中山纪念堂北门登上越秀山，看了镇海楼，一路上人来人往，但陈乔峰眼里，只有黄博琳。他听她说新加坡的童年生活，听她说她的导演梦想；而他给她说潮州，说碧河古镇那些小巷子，墙壁上总是裸露出来的斑驳。青苔上的蜗牛，水井边的蚂蚁，倒塌的土墙上露出深海的贝壳。时光总是匆匆流转。

夜深了，陈乔峰并不能入眠。他索性起床，打开柜子里的相册本子，翻找了起来，却发现相册里都是他帮黄博琳拍的照片，而他们俩的合影却少得可怜。当时为什么会洗那么多她的照片，大概是为了纪念，或者他心里也明白，像黄博琳这样活泼的小妖精，大概只能如同流星一样划过他的生命，彼此互为过客。他无意间在那本珍藏多年的相册里抽出了一张纸，上面竟然是一首诗。他不禁一笑，他什么时候写过诗，他都忘记了。不过这代人，谁年轻时候谈恋爱，不写

归潮

几首情诗呢?定睛细看,诗歌的标题是《珠江边畅饮,写给黄博琳》。这个标题让他大概回忆起来了,那是分手之后写的诗歌,看来也没有机会送给黄博琳。他坐在地板上,开始用低低的声音念自己八年前写的诗歌:

> 是时候承认我在想念一个人
> 用地层深处储蓄的能量
> 在心里模拟她的唇,她的笑
> 假如你爱一个人
> 那就是爱一个人
> 没有假如,没有逃避风险的侥幸和犹豫
> 我要出发,前往勇敢之地
> 此生我只活一次
> 只要此刻在,就是永远在
> 怀里的,温暖的,光芒笼罩的
> 你要不顾一切去完成一种想象
> 去驱逐羊群,去做马蹄之下的野草
> 我努力挽留树影中属于诗的部分
> 而南方并没有落叶
> 不必告别,也没有解药
> 寒露已过,江边温度适宜
> 刚好用来告别
> 啤酒杯的碰撞声里有人谈起热烈的新欢

看不见星空也需要赤诚以待

这世间的事,热气球飘来飘去

繁华里有人纵马而过

唯有一江秋水倒映着寂寞的灯火

我看到砖块与砖块被砌在一起

从此不曾分开

我曾幻想江湖儿女在大海边相逢

彼此互为灯塔,告别变得漫长

如今这个秋天是一只空空的酒瓶

手机里放出嘶哑的歌

也不能把它填满

这城市里一往情深向来昂贵

为谁虚掩的门轻轻闭合

偶尔还是会想起江边的那次赌气

喊一声亲爱的,从此恩断义绝

读完他觉得自己那时候还写得不错,反正现在他再也写不出这样的情诗。这大概也是他写过的唯一一首诗。他把这首诗拍照,用微信发给黄博琳。等了很久,黄博琳也没有回复。他拉开窗帘,看到窗外的明月,心想自己这辈子大概就栽在这姑娘手里了。夜深了,他在想黄博琳这几天会在忙什么,胡思乱想,不知不觉便睡着了。第二天他醒来的第一件事,便是看微信,看到黄博琳给他回复了一个表情,是一张笑脸,他也笑了。

笑脸表情下面,黄博琳说:"诗人,早上好啊。"

一种熟悉的感觉重新回来了。突然他又想到,现在有微信这样的聊天工具,一个人和另一个人的沟通尚且如此困难。一百年前用书信,手写一封情书寄出去,千山万水,漂洋过海,纸短情长如何能说得清楚?夫妻之间,母子之间,情侣之间,又如何能知道对方收到信件时,会不会生死永隔?念及此,陈乔峰不禁又长长叹了一口气。

他在微信上回复:"早上好啊,小精灵。"

"小精灵"是八年前他对她的昵称,估计她早就忘记了。

第三折　寻踪

1

　　陈锦桐一直没有弄明白，林姑姑为什么从泰国回到潮州之后，就跟曼谷差不多断了联系。他后来写过两次信，都没有回复，又写了一封长信，才收到了回信，不过林雨果也只是简单回复了几句客套话。

　　半年后陈锦桐到新加坡出差，顺道找黄亚谷喝酒，喝高兴了，陈锦桐便将他内心的不高兴说了出来。黄亚谷和陈锦桐是世交，他的老伯黄先生跟陈洪礼是非常要好的朋友，两人经常通信，每次信都写得很长。黄亚谷说，当年林雨果和她母亲来到新加坡，还是他老伯接待的，当时还拍了照片，还有媒体跟进报道。林汉先他没见过，据说当年林汉先跟着羽先生到新加坡来过，还在黄家住了两天。此后林汉先跟他家老伯也有信件往来，信里面谈到了摄影，这是两人的共同爱好。黄亚谷还建议陈锦桐去找找老物件，把他阿公的信件之类的东西找出来看看，应该能找到解开其内心疑窦的一些线索。最后他说："话说回来，做这些事情本来就是自寻烦恼，也都不利于好好赚钱，你考虑清楚就好。"

陈锦桐回到曼谷以后，跟父亲陈海福说他要找阿公的信件，陈海福指了指二楼的一间杂物房，说都在里头，非常多，自己慢慢去翻。于是陈锦桐隔三差岔五就到杂物房去，在尘土飞扬的旧物品之中寻找线索。黄亚谷果然聪明，他很快在一堆相册中间发现了阿公陈洪礼的日记本。这个日记本很奇怪，并不是每天都有记录，而是非常随性，也非常杂，有些日期完全空白，有些日期则事无巨细，甚至于日常购物的花销都登记进去，跟阿公以往给人的稳重老到、有条不紊的形象完全不同。紧接着他又发现，这些日记本好像也不齐全，有一些年份也缺失了，于是他突然想到，可能阿公到了晚年时候，有意识开始清理掉自己的某些日记。但为什么不全部烧掉呢，可能因为舍不得，也可能是因为某些连他自己也说不清楚的原因。

好吧，于是他干脆将杂物间里头所有材料都打包在纸箱里，然后用卡车运到自己家里。父亲陈海福乐得家里可以腾出一些空间摆放杂物，对他这样的做法表示大加赞赏。

接下来，陈锦桐就以陈家人那种做事有条不紊的强迫症，按照年份分门别类，齐刷刷铺满了整个房间。他跟黄亚谷打电话，说："这里这些旧物品，比赚钱有意思多了。"黄亚谷说："其实也不是不能赚钱，你可以干脆多收集一些，最好还能有一些国内的老物件，到时可以来新加坡做一个展览，我来帮你做策划，应该蛮有意思，说不定还真能赚点钱。老一辈不是说了，有钱大家一起赚嘛。"

潮州人生意经中的机敏和共赢在黄亚谷的一席话中体现得淋漓尽致，但陈锦桐不得不承认黄亚谷说的非常有道理。陈锦桐也跟林雨果的家人一样开始推测老太太不高兴的原因，并从材料之中找证据。几个月下来，原因没有找到，证据也没有找到，但他从所有的信件日记材料之中听到阿公陈洪礼内心的声音：他想回潮州。

以往的点点滴滴在他内心汇聚起来。那时阿公已经八十多岁了，腿脚不便，他有一台非常高级的电动轮椅，进进出出，大家都说他是机器人。某一日他突然做好了决定，说要坐飞机回碧河镇，大家都反对。于是他偷偷托人买了机票，自己开着他的电动轮椅就出去了。突然找不到老人大家都急了，已经报了警，最后是在曼谷飞机场的出发大厅找到他的。陈锦桐是第一批赶到机场的家人，只看到阿公在人来人往的机场大厅的中央呜呜哭泣。他那时候年轻气盛，只觉得这样非常丢人，又觉得阿公非常不听话，跟着家人一起批评教育阿公。

"明明知道自己对飞机轮船都有恐惧症，竟然还敢往机

归潮

场跑？"

  这是阿公头脑清晰时唯一一次行动，行动以失败并被批评教育告终。陈锦桐记得阿公后来被带到机场的角落里，在那里哭了好久，整个身体都在颤抖。陈锦桐如今想来，只觉得阿公就像一只折断了翅膀的小鸟，想飞却飞不起来，充满了无助。

  后来在陈洪礼生命的最后几年，他完全处于一个迷糊的状态，他甚至已经不认识陈海福，也不认识陈海禄。陈海禄那时也行动不便，于是刚好将他们两个放在一个大房间，一起照应。陈海禄的作用后来就变成了一个闹钟："快来人啊，老爸跑了！"

  老年痴呆之后的陈洪礼，整个身体变得更加灵活，仿佛可以随意变形。他有时候自己启动轮椅就出去了。为了不让他跑，家人给他换了需要人力的轮椅，他推着轮椅也跑了。后来还用绳索将他固定在轮椅上，他竟然挣脱了轮椅，趁着陈海禄熟睡之时，用手掌的力量往外跑，在黑夜里穿过好几条马路，来到码头上。码头上有乞讨的乞丐，他顺手抓走了乞丐的铁盆，用铁盆向着大海的方向敲，一下，两下，三下……乞丐看明白抢走铁盆的是个浑身污泥的老人，也不敢上前抢回来。陈洪礼已经不会说话，他用铁盆敲着栏杆，又换了位置敲击着石头，家人赶到时，发现他已经声嘶力竭，嘴里发出含混的声音。那时他将阿公带回家，发现他的指甲里都是黑泥，是他帮阿公洗手，一点点刷洗指甲，但阿公的嘴巴里依旧发出那个声音。那个声音有含义吗？陈锦桐努力回忆着，模仿阿公当时发出的那个声音，慢慢他清楚地听到自己的嘴巴发出一个潮州话字音：

"返返返返返……"

2

阿公口中最后一声含混的声音,是贯穿他的死亡的,在生命的最后,他表达任何意思都只能用这个声音,包括喝水和大小便。

读懂了这个声音之后,陈锦桐内心有一种凉透了的感觉,他有限的汉语词汇无法表达这种感觉。绞痛?心如刀绞?差不多是那样的。然后他突然也就明白了林雨果在曼谷时望向曼谷湾的眼神。那就是孤独,物是人非的孤独之感。"这仿佛是一道数独题,揭开了一个谜语,才能明白另一个谜语。"他在随身携带的笔记本上写下了这句话。

她努力在寻找从前的痕迹,而陈锦桐带着她一间佛寺又一间佛寺到处逛。怎么说呢,她曾经是主人,而如今是游客,他依旧找不到合适的词语来表达这个意思,也许唐诗宋词里有这个意思,但他不会背诵。

他决定写一封信去表达自己内心的歉意。信写了很多遍,依旧觉得词不达意。于是另外一个想法在心底生成:我可以去潮州找林雨果当面说。然后,另一个想法也就冒出来:应该帮阿公陈洪礼完成他回家的心愿,身体不能回家,但灵魂应该回去。这个应该有一个词语，有的，他翻找了一下阿公的日记，里面有一页写得满满的，但只是重复了一个词语：魂归故里。这一页纸出现的时间，正是林阿娥决定护送林汉先的骨灰回到梅山的第二天。他之前简单地将这一张写满"魂归故里"的纸理解为对林汉先的祝愿，而从这些或端庄或潦草的不同样式的书写中，似乎有一种情感的流动。陈锦桐拿出一张白纸照着描了一遍，他慢慢也明白了，这不是平静的祝愿，而是一种羡慕和嫉妒。

日记上面这一页的后面，是另一页，却在空空的白纸上写着两句话："历尽千劫，只为归潮。"陈锦桐想起来了，这句话是作为林阿娥护送骨灰回去这个行动的标语和主题的。

但如何才算魂归故里呢？

他打电话求教黄亚谷。黄亚谷似乎什么都懂，他说："这个很简单啊，以前灵魂无法回去的人，就用一张纸写上姓名和生辰八字，然后拿到家乡的宗祠去，在某个节日或祭拜的仪式上焚香烧掉，最好祠堂里也供上牌位，仪式就算完成。"

"你有没有听过一副对联，'三江出海，一纸还乡'，说的就是这个意思。"

黄亚谷解释说："三江就是潮汕平原上的三条江，韩江、榕江和练江。古今潮州人都是沿着这三条江漂洋过海来到番畔，扎根奋斗，很多人一辈子也回不去，死了之后，就是一张纸写上生辰八字，引导灵魂回到故乡，叶落归根。"

陈锦桐听完之后感觉这个事应该不难，都怪自己不懂，不然这么简单的仪式，早应该让阿公的灵魂得到安息。

他于是将这样一个想法写信给林雨果，他心想这是举手之劳的事，看着以前寄那么多侨批的情分，林雨果也没有理由不同意。但林雨果的回信出人意料，上面只有一个大写的"不"字。陈锦桐收到信有点愤怒，然后又觉得非常蹊跷，但他想不清楚答案。可能真的只能跑一趟，当面去说，才有可能能行。

回潮州之前，他专门去墓地里拜祭了陈洪礼，在阿公的坟前说了很多话。他希望阿公能听得见，也原谅他这么多年来的粗鲁和无知。

3

陈乔峰再次见到黄博琳,已经是陈得海婚礼之后一个月的事。那时台风刚刚过境,大雨接连下了三日。黄博琳给陈乔峰发来一张图片,那是一张旧报纸,上面有一对母女和一个八字胡中年人正在握手的照片,新闻的标题是《我是林汉先的女儿,我叫林雨果》。这个报道陈乔峰曾听他母亲周小英提起过,但还是第一次看到实物图片。黄博琳说:"这太巧了,我曾祖父和你阿嬷出现在同一张照片里。"陈乔峰说这是在哪里看到的图片,黄博琳说是她的一个叔叔黄亚谷和他的朋友一起在新加坡策划了一个展览,还说李启铭也看到这个展览的信息,觉得很有意思。他想邀请策展人把展览搬到他的系列民宿里也做一次,对方似乎还挺乐意,李启铭还计划专门为此跑回新加坡一趟。

黄博琳说:"这些故事太有意思了。我终于知道自己这次要采访的是人,不是婚礼民宿,也不是建筑和风光,而是你阿嬷这样的人,鲜活而经典的潮州女人。"

陈乔峰眉头一皱,他说:"别的事好说,但去采访我阿嬷,我怕她不会同意,之前所有的媒体采访,她都委婉推掉了。"

黄博琳说:"这么傲娇吗?"

陈乔峰说:"不是傲娇,恰恰相反,她认为自己非常普通。怎么说呢?她是那种对自己和对世界都会有要求的人。"

黄博琳说:"是不是比较严肃?"

陈乔峰说:"反正他们那代人跟我们不一样,他们对待生活非常认真。我们的生活仅仅是生活,他们活着是需要目标和使命的。我也不知道我说明白了没有,可能得见到才知道。"

黄博琳回复说:"就是邀请我去见你呗,正好我也有这个意思。"

陈乔峰把这句话看了两遍,然后只能回复一个傻笑的表情。

仅过了一天,黄博琳就说已经到了潮州,还说李启铭新加坡之行取消,那个陈锦桐先生会带着所有展品到国内来。陈乔峰说:"陈锦桐?这个名字听起来怎么那么熟悉。"

黄博琳说:"难不成命运的齿轮又开始要咬合到一起?那我们明天就过去拜访,你看看你阿嬷是否同意我们去见她。"

陈乔峰说:"明天?明天还真不行,明天有大事。"

"什么大事?"

陈乔峰在微信里回复:"说来话长,兴宁有个五老姑已经一百零一岁了,生病了,说要见我阿嬷一面,所以明天我们要护送我阿嫲过去兴宁。"

"你阿嫲多少岁？"

"八十四。"

"那真是大阵仗，八十四岁的老人要出门去看望一百零一岁的老人，我的天啊，让我消化一下……啊，要不你跟你阿嫲说一下，我去记录这个过程！我保证就是静静记录，绝不打扰。反正多一辆跟拍的车，也不碍事，还能有个照应。"

这怎么办？陈乔峰不禁又皱眉。他明白黄博琳那种劲头，想尽一切办法将事情办成的劲头，如果这次拒绝了，可能后面她就不会再找他了。在他们看来可能就是采访一下，拍摄记录一下，能有多大事呢。

这时阿嫲林雨果在外面浇完花走进门来，见陈乔峰十指交叉坐在沙发上愁容满面，就问他怎么了？

"有个朋友，说想采访你，明天想跟着我们一起到兴宁。我们不是去看五老姑吗？她也想跟着去，就是一路录像，也不会多打扰……"

"勿，无闲，现在采访拍摄的人都这么不懂事吗？你五老姑一百零一岁，我们这次是去做什么，心里没数？"

"明白了。"陈乔峰有点沮丧。

林雨果去厨房放好水桶和喷壶。她就是这种闲不下来的人，家里养着两只猫，门口还种了各种颜色的花。在梅花村时间过得慢。不知不觉许多年过去了，就连陈乔峰自己都

归潮

明显感觉来自年龄的焦灼感，反倒阿嬷的时光像是凝固了，多一年少一年，反正她都是一头银白色的头发，除了稍微佝偻，看不出太多变化。

但突然她又返回客厅，笑眯眯地问陈乔峰："你刚才说朋友，是男的是女的？"

"女的。哦，还有一个男的也会一起，他叫李启铭，就是上次跟你提过准备改造书楼需要阿嬷帮忙说话的……"

"那女的漂亮吗？"林雨果在仔细观察陈乔峰的表情。

"嗯……"这个问题有点突然，陈乔峰在思考怎么回答，"还不错……"

"那让她来吧。"阿嬷露出了一个很开心的笑脸，"我们阿峰什么时候需要为一件事愁成这样，双眉连成一条，第一次看着，阿嬷又不是白仁[①]。"

"跟我们一起去看五老姑吗？"

"你们这些年轻人啊，也未免太高效率了，采访，拍摄，看五老姑，谈书楼改造，必须全凑在一天吗？阿峰你现在就扮演一下阿嬷的秘书，帮我拆解一下任务，明天先约人家来喝茶，一个小时后我们出门去兴宁。家里私事，他们就不方便跟着了。"

"阿嬷你还会任务拆解，都可以去当老板了。"

"还不是跟着电视剧学的。最近还看了两集野外求生，现在你让我年轻四十岁，我还能进山去打猎。"

---

① 傻子。

4

在等待黄博琳来到梅花村的那半个小时里面,陈乔峰猛然想起了黄博琳提到的陈锦桐究竟是谁。

他在阿嬷林雨果从曼谷带回来的相册里见过这个人,一看就是陈家特有的小短腿和结实的骨架,脸上时刻挂着憨笑。这么说来陈乔峰应该叫他——他的年龄好像比陈纯钢更小一些——要叫他叔叔。

陈乔峰在脑海之中组织关于这位锦桐叔叔的相关信息:

陈锦桐曾经给阿嬷写信,希望能让他的阿公陈洪礼魂归故里。但不知道什么原因,阿嬷严词拒绝了。在五老姑第三次来到梅花村之后不久,忘记是在1999年冬天,还是2000年春天,这个锦桐叔也曾经来过陈家,他剃着平头,看起来很精神。那时候华侨回来已经没有那么热闹,跟一般的旅客也并无二致,况且这也确实不是一个有钱的华侨。据说他在村里蹲点,也走访了一些亲戚,然后最终发现陈洪礼能否魂归故里确实绕不开林雨果,但是这个古怪的老太太现在明确表示不想见他。

他在陈家客厅坐了一个下午,全程由周小英在冲茶待

归潮

客，而林雨果坚守在二楼不想下来见他。等陈锦桐悻悻离开之后，陈乔峰问阿嬷为什么不见他。阿嬷说是为了给陈洪礼留面子。究竟为什么事留面子，陈乔峰也不好追问。

林雨果住在一栋老房子里，周小英每天会过来帮她洗衣服，陈纯钢不定时会来看看，平时都是她一个人。两个孙子，陈无忌住工作室，陈乔峰住市区，基本不怎么来，来了用林雨果的话说也是住旅舍，只管住，不管收拾。房子旁边是用于水利灌溉的沟渠，碧河的水沿着龙舌涵来到这里，刚好被她用来浇花。门口的院子里有很多花，就种在那棵莲雾树下，每年夏天，莲雾还会结果，红色的果子看上去非常喜人。丈夫还在时喜欢二楼朝西的那扇窗户，从那里可以看到田野。田野里不同的季节有不同的风景，有时候是水稻，有时候是白色的芥兰花，有时候是油菜花，有时候什么都没有，水田上落满了白鹭。最美是夕照时，光线柔和，从不远处的碧河到水田上的老牛，到近处的狮头鹅、芭蕉和盆栽，都是可以入画的景色。

黄博琳下车就发出了一声惊叹。她说那天夜里太黑，经过这里根本看不到，幸好重新来了，不然这么好的风景会被错过。李启铭脑子转得快，在旁边补刀说："天注定的人和风景，都不会错过的。"黄博琳白了他一眼说："你别搞事了行不行？别让老太太以为我跟陈乔峰有什么故事那就坏了。"李启铭提示她："老太太已经站在门口了。"果然，她手提着喷壶，笑吟吟。李启铭小声说："你觉得这样的笑容会没有故事？"黄博琳不敢回答。陈乔峰接引他们进屋，然后煮水泡茶。林雨果说这个孙子第一次这么勤快，大清早自己起来拖地抹桌子。众人坐定，老太太大概问了两人的情况，知道他们都是华侨后代，很高兴，说："我们都对从前知道得太少，就比如我们梅花村，有许多人也在海外。我有个结论不知道对不对，梅花村在海外的这些华侨，比我们村子里的人还更爱国，他们每天都会感受到祖国的存在，与他们的身份认同息息相关。"

李启铭说："视角不一样，在村里他们是张家李家，但去了国外，他们只有一个名字，那就是中国人。即使你是在海外出生长大，人家也会认为你是中国人。像我，从出生家里就是一个小潮州，吃潮州菜，说潮州话，听潮剧，开潮州玩笑，只有出了家门才会发现是身在异国他乡。"

"谈吐还是看得出视野不同，"林雨果夸他，"那就从你开始吧，书楼的事？"

李启铭更来劲，他开始讲述他过去这些年如何关注潮州的民居重新开发，重点谈了在营运中进行保护的理念，进而谈了对碧河书楼进行保护这件事的重要性，以及对这栋书楼的理解。林雨果轻轻点头，表示认可他的观点。

"老房子没人住，就会更容易倒塌，这个在农村几乎是共识。书楼改造当然是好事，但务必将合同写清楚，划分界限，哪些可以商业化，哪些不可以商业化，有悖民风民俗的千万不能有……"

归潮

　　李启铭赶紧将准备好的合同拿出来递给林雨果，他很高兴村子里有人能跟他谈合同，这跟他合作的理念非常吻合，不能是口头契约，而必须是白纸黑字写明白范围，才可以做事，双方都放心。林雨果戴上眼镜，拿起合同翻了又翻，递回去给他。她看起来好像随手翻一翻，但其实看得很仔细。

　　"合同我就不看了，我作为一个外姓女人，在老陈家如何处理这些建筑是没有发言权的，但我可以帮你去说说话，把道理说清楚供他们参考。"

　　李启铭听明白这句话的意思，他感觉内心的石头落地了。果然，过不了几天，碧河书楼的修缮工程就启动了，工期两个月，李启铭全身心投入其中。按他的预期，碧河书楼重新亮相将惊艳世人。

5

处理完李启铭的事,林雨果将头转向黄博琳,将眼镜摘下来又戴上去,反复打量,然后伸手将她拉到身边坐下,用舒缓的语气说:"今天我们也别录像了,就聊聊,看着你就觉得亲切。"

"我也是,看到您,就想到我奶奶。"

然后黄博琳从手机上那份报纸上标题叫《我是林汉先的女儿,我叫林雨果》的报道开始聊起,谈起了报纸上的黄先生,也就是她爸爸的爷爷。黄博琳竖起四个手指,说明自己是第四代,然后说上个世纪80年代,老一辈人相继去世,父母也来潮州寻过亲,但因为语言不通,最后只能通过登报的形式来寻找,没找到就回去了。这也是她为什么到国内读书之后,一定要学习潮州话的原因。她看了一眼陈乔峰,她的第一句潮州话就是他教的。

林雨果说:"那你家还有什么有用的线索吗?比如老物件之类的。"黄博琳说还有一个信封和一张老照片,其他就没有了。林雨果让她下次把信封和照片带过来,多一个人帮忙看看,也可以有新的发现。又问有没有其他细节,黄博琳想了想说:"那一辈的人,老二过番时土特产封装在花瓶里过去,老三是军医,老四曾卖身给潮剧团做学徒,屋后有一棵凤凰树。"林雨果说:"你等等,现在年纪大了记性不好,但我们梅花村陈家有个好传统,愿意动笔,当然,除了陈乔峰。"在大家的笑声里,林雨果从茶几的抽屉里取出那个小本子,认真地把黄博琳说的记录下来。

一老一少越聊越起劲,原定的时间很快就过去,黄博琳才发现聊得更多的是她家的事,刚才林雨果动笔记录的时候,让她感觉事情倒过来了,仿佛是她在接受采访,而关于林雨果的一切,她似乎还没有开始问。林雨果说欢迎博琳下次来找她:"我们老年人也用微信,你可以随时找我。"

黄博琳离开了陈家老房子,林雨果就对孙子说:"女孩子就是要多陪,她现在不是要寻亲吗?正好你多带人家去逛逛潮州,各个村镇慢慢逛。"还夸李启铭,说要是李启铭追女孩子,根本都不用教。陈乔峰说人家有钱。林雨果说,跟有钱没钱还真没关系,结了婚以后钱会很重要,但两个人谈朋友,最重要的是让对方觉得值得托付。

"阿嫲,要找到一个对的人太难了。"陈乔峰说。

陈乔峰没有当面反驳阿嫲。他认为阿嫲并不懂当下的男女婚恋观,现在更多的人只是找个顺眼的人搭伙过日子,大部分人对婚姻并不乐观。毕竟要找到一个相互契合的人几乎是不可能的。

"所以生活需要忍耐。"

林雨果问他知不知道什么叫"粜米换豆"。陈乔峰摇头。林雨果说，就是以前在农村，两个贫困家庭，都是哥哥娶不到，妹妹嫁不出，年龄又差不多，于是两个妹妹互相嫁到对方家里去，也免去彩礼，直接组成两个家庭。在贫穷的年代里，这样的随机组合比比皆是。

"在你们这代人看来，这怎么能行呢？但是也有不少这样的家庭，就在忍耐中完成了幸福的一生。"林雨果说，"并不是那样的生活是正确的，而是说生活给了一个你不想要的剧本，你也得把戏唱下去；而现在每个人都有了选择，有米也有豆，反而很多人因为没法儿忍耐，把自己的人生过得更糟。"

"所以阿嬷你的结论是什么？"这是陈乔峰跟阿嬷聊天的常用句式。

"大胆追求，小心忍耐。"

6

离开碧河镇时,黄博琳对李启铭说:"这个老太太真是厉害,她有一种魔力,就是让人愿意跟她说话,这是为什么呢?"

李启铭说:"乡里有些事你可能会觉得不可思议,我也是在饭桌上听陈得海说的掌故:梅花村有两个神奇人物:一个是团结婶,一个是冰婶。林雨果嫁给了陈团结,成了团结婶。但冰婶可就伤心了,宣布不再嫁人。团结婶自小聪慧,从小就跟村里的赤脚医生都有交往,平常的感冒发烧腰酸背痛,她用针灸之法总能够处理妥帖;小脚女人音姑又教会她接生,这个村子里有许多人就是经过她的手来到这个世界上的,所以在村里很受尊敬。冰婶跟团结婶不同,有人说她们之前是死对头,但有一次冰婶的侄女难产,没办法,三更半夜也得来找团结婶。团结婶二话没说穿着衣服就去了,忙碌了到第二天天亮,母子平安,她便回来,全程没有跟冰婶说过一句话。"

"为什么?"黄博琳问。

"据说是冰婶将陈氏宗祠遗失香炉的事栽在陈团结身

上，按照冰婶的说法，这只丢失的香炉才是陈氏宗祠的气脉所在，事关重大。其实谁也没见过这只香炉，丢了换一只就行了，但经过各种真真假假的故事渲染，人们都会相信陈氏一族这些年不太顺利是因为丢了香炉。陈团结作为祠堂的管理人，一夜之间头发都半白了。"

"一个神婆的话，为什么大家会信？"

"冰婶还是有点灵。"

李启铭说："冰婶是陈得海的老姑，她落老爷的时候，我们还没出生呢，但碧河地区都是她的传说，说她'灵过府楼猴'。很早已经有人就见过冰婶的神通，当时碧河的路都是泥土路，不好走，有个大老板回乡开着两辆车，排场很大，结果陷进泥里了。冰婶赤脚从路边走过，只是在车头处拍了拍，俯身低语几句，车子就可以从泥里开出来。现场围观的人都傻掉了。还有从其他城市来问神的，报上了家人的生辰八字、大概区域，于是冰婶就闭目开始巡视家门，口中低语能说出看到之物，结果屋内布置物品陈设分毫不差，就如隔空透视一般。我听以前梅花村的人说，冰婶落老爷时，手里有一把利剑，是能够斩猛虎的，当然也就能够斩猛鬼。村里曾经有被猛鬼缠身的，到她那边，三道符咒加上一顿劈砍，基本就能保命。很多人敬重她，是因为她救了人家的命，我见过不少于三个人对我说，如果不是冰婶，他们现在应该在精神病院。不过你如果从科学的角度也能够解释，就是那时候人比较困难，对很多事物也缺乏理解，遇到困难就需要寻求神秘力量的庇护，其实等同于一种心理安慰或精神支柱的作用。"

黄博琳听得津津有味，追问还有没有，又说如果一个人生辰八字都被冰婶知道了，会不会已经被她法力控制？李启铭笑，让她别乱开玩笑。

李启铭说："好多年前陈团结去世，此后团结婶不行医，冰婶也不再落老爷了。这次团结婶应该是将你当成未来孙媳妇，才聊这么多。平时人家采访她都拒绝，我听说曼谷有个番客在她客厅坐了一下午她都不下楼来。你一去人家就拉着你的手问东问西，别提多亲切。"

"你说的那人是陈锦桐吧？"

"是的，锦桐叔过几天就到潮州了，他说还想让我约一下陈乔峰。哎呀，我怎么总有一种预感，你这次就是来潮州再续前缘的……你赶紧嫁入陈家吧。"

"你这个话转折得太快了，但结婚是不可能结婚的。"

"哟哟哟，你跟陈乔峰好像转折得也很快……反正不给力，两个人也都一把年纪了，你们真应该向现在的小年轻学习如何谈恋爱，幼儿园里面过招都比你们溜。"

这一席话说得黄博琳无言以对。眼看车子快到市区，她才说："唉，陈乔峰也不是不好，那时候我还挺喜欢他的，但他身上有个性格我很不喜欢。怎么说呢，其实一个男人最可怕的不是自卑，而是总以为这个世界已经写满了答案。如果你愿意往前走一步，愿意哪怕冒点风险，你就会明白哪里有什么答案,答案都在风中飘,只有你去尝试,某个答案才会凝固,成为你的结果。"

李启铭说:"其实你也可以尝试着沟通,陈乔峰天然崇尚简洁,不喜欢那些不确定的弯弯绕绕。"

黄博琳说:"那就是了,生命本来就不确定呀,人生就应该充满可能性不是吗?"

李启铭笑着说:"对这么高深的哲学问题,我也没有答案。我的答案也在风中飘,还是得你们俩去磨合交流才行,有最新研究成果记得告诉我一声哦。"

第三折 寻踪

7

在陈乔峰看来，五老姑林汉莲是一个神奇人物。陈乔峰清楚记得她三次来到碧河镇的情景。第一次是在陈乔峰十一岁那年，她见面就说："哎呀这么大了，我还记得那时候来，你还光着屁股，我帮你洗的屎布。"所谓屎布就是裹着婴儿排泄物的方巾，以前没有婴儿纸尿裤，只能靠轮番换洗。一句话把陈乔峰说得脸红。

按辈分，陈乔峰应该叫她老祖姑，但她嫌不好听，就让他们叫她五老姑："小时候汉孝喊我阿五。"

据说她那时候已经七十多岁了，但一点都看不出有那么大的年龄，也看不出她有她自己口中那么勤快；相反，她在沙发上说了一会儿话之后便呼呼大睡，还打呼噜。关键是吃饭的时候，桌上的大瓷碗里装着满满的紫菜汤，她会将汤匙放到嘴巴含干净了，然后就伸进紫菜汤里搅拌一下，再舀上一汤匙，放在嘴唇边吹气，喝完又用嘴巴把汤匙吸一下，再伸进汤里……她大口吃饭，打着饱嗝，然后说："我发现你们家不怎么喜欢喝汤，都是我一个人在喝汤，喝撑了，又不好浪费……"

她一住就是好几天。那几天汤是不敢碰了，陈乔峰吃饭已经习惯饭前先喝水，菜也是赶紧夹到自己碗里。如果不是怕母亲周小英骂他，陈乔峰会端着碗走到邻居家去吃。农村里经常这样，邻居也会端着碗边吃边过来串门聊天。

他不喜欢这个五老姑，觉得她特别脏，浑身脏兮兮。但阿嫲似乎特别能够容忍她，无论五老姑做什么，阿嫲都一副好脾气，从不说她。大哥陈无忌给陈乔峰的解释是，五老姑林汉莲几乎是他们林家唯一的亲戚了，林家有七条人命在抗日战争中没了，唯有这个五老姑，所有认识她的人都知道她爱哭爱闹，情绪容易失控，觉得这样性格的人很难活得长，但她出乎意料地长寿，把许多人都熬没了，她还在。五老姑说，就是因为其他人都死得早，她被阎罗王惩罚，让她活得长。又说如果不是日本鬼子，她的四个哥哥和一个妹妹都会活得比她长命。

除了睡觉打呼噜、吃饭吧巴嘴、喝汤舔汤匙、洗澡浪费水这些之外，林汉莲还特别话痨，吧啦吧啦，她的话就从来没有停过，喋喋不休，喋喋不休，让人不胜其烦。而且还健忘，说过的话总是说了好几遍，问过的问题总得再问，但她从来就没有记住过。她大脑里能储存的只是遥远的记忆。她最经常干的事就是历数林家人抗日的事。"七人，你们看啊，"她伸出手指开始计数，"我的父亲老林，四个哥哥林汉先、林汉忠、林汉厚、林汉孝，还有一个妹妹林汉萍，还有我的嫂子，也就是雨果的妈妈林阿娥，一共七人。有人说林阿娥不算，算是被林汉孝牵连，放狗屁，林阿娥在泰国对付鬼子的时候,这些说闲话的人只会求神拜佛,人家林阿娥才是真好汉,千里迢迢把丈夫的骨灰带回梅山,我们碧河林家,除了我是废物,其他人都是英雄……"

这个五老姑倒是把事情看得特别明白,知道自己是废物。陈乔峰他们都笑。她还以为他们特别喜欢她,因为她自己说非常喜欢他们。

不过她肚子里的故事非常单一,就是抗日战争,抗日时期,日本鬼子来的时候,陈乔峰他们都不愿意听。就连陈纯钢也不愿意听。陈纯钢更喜欢金庸的武侠小说,那些让他能短暂离开现实生活的东西。他觉得自己的生活已经够沉重了,前后左右都是木头,然后居然还要去面对沉重的历史,这个太难了。所以他执意给两个儿子起名,一个叫无忌,一个叫乔峰,即使林雨果认为太不严肃,但他已经觉得这样的名字更好。但没有想到林汉莲很喜欢这两个名字,她其实并没有读过金庸的小说,那时候电视还没有普及,但街头巷尾的收音机里都在播放潮州话讲古,讲古师绘声绘色讲过"射雕三部曲",她虽然也没太听明白,但这两个名字还是知道的。她觉得这两个名字好。无忌就是什么都不怕,乔峰听说也是一个大侠,跟林家的老舅们一样奔赴战场,为国为民,非常好呀。她说她自己的名字就没有取好,莲听起就可怜,潮州话发音也不好听,总感觉会被人折磨。

"当然汉萍的名字也没取好,如果改个别的名字,可能就不会漂泊到那么远的地方,还回不来。"她说。

8

陈乔峰记忆中五老姑第二次来到碧河镇，阿嬷林雨果还在曼谷没有回来。林汉莲说不要紧，她先住下来，等林雨果回来。

她那时已经八十出头，由她孙子雇了一辆面包车把她送过来。她下车之后还非常得意，说别人坐车都说会晕车，她觉得非常松动①。

她看到陈乔峰站在门口愁容满面，就问他是不是身体不舒服，说完就用手掌来探他的额头。陈乔峰赶紧避开了。她就笑，说还挺灵活的，真是个大侠。

这一次她的一声不要紧，整整住了一个多月，平时吃饱饭就到处溜达；如果没有出去，便让陈乔峰出去帮她买冰棍。她爱吃冰棍，说是年轻时候落下的毛病。以前心情不好就想吃一根冰棍，就这样喜欢上了。陈无忌故意说："现在看不出你会哪里心情不好。"她就哈哈笑，说："就跟你们做试卷一样，那些难题我年轻时候已经答完了。"

她说那一年，林阿娥和林汉孝被害之后，她来到碧河镇，除了哭，也干不了什么。十三岁的林雨果看起来比她还

---

① 舒服。

干练，她拿出一只金脚环去换了钱，然后指挥着几个人帮她做事，给她母亲和四叔都临时订了一个棺材，用的是铁钉和木板，但已经比那些用草席卷起来的体面很多了。她说她本来还想赶过来帮忙主持大局，但发现林雨果已经是个小小的大人了，反过来安慰她，说五姑别哭。她说林雨果真厉害，人家只过一次番就不得了，她现在又去过番了。她说她那时跑得最远是去了广西，汉孝死了，只有六妹生死未卜，她只有这么一个妹妹，从小可怜，于是她孤身前往。当然历经千难万难，结果也只是带回六妹用过的一只医疗箱，连她的尸骨在何处都没有找到。

五老姑在碧河镇的那一个多月，主要就干三件事：吃饭，夸周小英能干，问林雨果还有多久才能回来。第一件事不用多言，反正她吃什么都胃口特别好。第二件事是因为那时候周小英的钩针活儿已经远近闻名，钩花又好又快。那时很多三来一补的手工订单层层分配来到碧河镇，当然都是条件苛刻且工期非常赶的单，但周小英就像一个超人一样总是能熬夜将工作完成。以至于到最后，整个梅花村的所有钩花派单自然而然集中到周小英这里，俗称收花和放花。放花让村里的能钩花的女性来完成工作，收花以后发货过去，对方付款就能给大家发工资。五老姑说周小英用一支钩花针支撑起整个家，到哪里都说她的好话。我们都觉得她这一招特别狡猾，很会讨好人。但慢慢发现，她就是这么个性格，无论你喜不喜欢她就是这样的。至于等林雨果回来，大家都在心里默默等待，计算着日期，只有她心无挂碍，想起就问一两句，问完也就忘记了，其实在她内心是真不知道还有多少天阿嬷就会回来。

而林雨果总是要回来的。她高大的身影出现的巷口时，五老姑在家门口高兴得一蹦一蹦，那种喜悦就像个孩子，完全不必掩饰，也无法掩饰。跟她一起跳的还有家里那条老狗，它也高兴得不行。一人一狗就在门口迎接林雨果。所以即便林雨果回来时虽然有诸多不高兴，但她还是对着五老姑笑了一下，说她老人家看起来又变年轻了。

然后林雨果便需要应付从泰国回来之后的各种杂事，要跟各种人去说话，这时候五老姑却是很识时务地躲开了。等她忙完，来找她聊天。林雨果那次竟然把门关了，和五老姑跑到楼上的房间单独聊了很久。这是其他人所没有的待遇，而这也才是五老姑来到碧河的主要任务，接受林雨果的一次情绪发作，五老姑吸收，听着，消化着，然后宽慰她，作为一个长辈去支持她。她的口头禅是"我们林家"。在这句口头禅的不断轰炸之下，林雨果慢慢释放，又像一只皮球慢慢恢复原来的形状，而五老姑林汉莲就是用来疗愈她的。谈完之后，她就让孙子把她接回兴宁。她走时就没有来时那么轻松，她跟林雨果说，她说的问题，她需要时间想一想。

五老姑第三次来到碧河镇，那个暑假过后，陈乔峰也要离开这里到城里读高中了。

那时候碧河镇的青枣因为台风歉收，很多人生活很难。

归潮

农民就是这样,看天吃饭,天气不好就没的吃。陈乔峰家也是一团糟,贫穷带来的焦虑转化为争吵叫骂,每次走到家里都让人心情沉重。周小英的钩花手艺也因为外面的金融危机而没有什么单可派;陈纯钢的木工活儿就更加乏善可陈,他带着陈无忌帮人家修补渔船,忙活了三个星期,船下水,竟然沉了下去,人家当然不会给工钱,还要求赔偿捞船的钱,把周小英气得半个月没跟他说话。

林汉莲知道陈家的难,私下塞了一千块钱给陈乔峰补充生活费。这是陈乔峰第一次对这个五老姑印象改观。他也长大了,慢慢明白五老姑那种炽热的情感,来自与林家悠远的传统,就是付出情感的时候从来不会考虑回报,对亲人的爱,从来都是一往无前,义无反顾。

人真的是突然之间老的。她第三次出现在梅花村,变化巨大,一个是变得很瘦,一个是食量变得很小。她说她生了一场大病,恐怕时日无多,而那时候她已经八十五岁了,所以他们都信以为真,心里很是难过。如果知道她能活过一百岁,他们也就不用说那么多矫情的话了。阿嬷林雨果还对她说,瘦了其实对身体比较好,这样也就更接近她年轻时候的样子。其实林雨果也没有见过她年轻时候是什么样的,她第一次遇见林汉莲时,她已经是一个大胖子。但五老姑没有考虑这话里的逻辑问题,她连连称是,说现在照镜子,一眼看过去还以为回到十五六岁,眼睛都变大了。众人于是都去看她的眼睛,那双眼睛也并没有变大,只是因为脸上的肉变得少，所以对比之下眼睛就突出了。后来她镶了一口牙齿，重新将腮帮子撑大，于是又是一张大圆脸。特别是雄踞脸中央的红色大鼻子，基本成为她的独特标志。

第三折 寻踪

9

陈乔峰开车带着阿嬷林雨果去兴宁看五老姑，车上还有他的父亲陈纯钢。

林雨果已经八十四岁了，还要出远门，陈纯钢和周小英两个人提出反对，虽然他们也知道反对也无效，那边有一个一百零一岁的人想见她，这个有什么办法呢。于是又开始埋怨五老姑像个老顽童，也不想想这么远的路，还让一个八十四岁的老人过去。

"咦，可不能这么说，你们五老姑八十多岁的时候，往我们家里跑得少？她最后一次来我们家，我记得清楚，在我们家过的八十五岁生日，她那时比我现在还老一岁！"

五老姑在梅花村庆祝自己八十五岁大寿的情景陈家应该没有人会忘记。她为了省钱只在上颚戴了一个假牙，结果喝汤的时候，竟然把整个假牙掉进了鱼汤里！

全家人都呆住了。只有林雨果哈哈大笑，她说："我一直以为是五姑喜欢喝汤，今天真凶找到了，是五姑的假牙喜欢喝汤。"说着把那一大碗鱼汤端走了，并将她的假牙拿去冲洗干净又拿回来。五姑第一次表现得像个做错事的孩子，非常惶恐，而林雨果只是一个劲儿地安慰她，让她多吃点菜，在饭后还给她买了冰淇淋。吃冰淇淋的时候五姑又眼泪汪汪，说她第一次生日有冰淇淋吃，还是小雨果最好。

"我快七十岁了，不是小雨果了，是老雨果。"林雨果在她耳边说。

"还是小，还是小，你应该活一百岁，我就快死了。"五姑说。

如今，十六年过去了，这个声称要死了的老人，今年生日还吃了两个冰淇淋，她一定要让她的孙子拍照发给小雨果看。照片里她双手举着两个冰淇淋比起来，咧开嘴笑，露出她的一口假牙。

"我吃不到今年的冬节圆。"她自己预言道。不过没有人将她的预言当回事，这十几年来，她一直在虚张声势，夸大自己正在走向死亡的事实。

不久她真的就病倒了，家人赶紧把她送到医院去，打了针，吃了药，又回到家里，好像啥事都没有。突然有一个早上，五老姑的孙子发来照片，说五老姑的脚水肿了："看来这次是真的了。"狼来了喊了这么多年，真看到狼来了，大家都沉默了。林雨果知道，老人的双腿突然水肿是一个不太好的信号，不过她私下跟儿子说，希望她走得轻松就好了，千万别受病痛折磨，五姑这辈子已经够苦了。

车在高速公路上匀速前进，陈纯钢基本不说话，都是林雨果在说话。阿嫲对陈乔峰说："潮州到兴宁，我们现在也

归潮

就两三个小时的车程,你猜那一年从兴宁到潮州我跟你老嬷林阿娥走了多长时间?"她自问自答:"整整两天两夜,翻山越岭,路上还要小心别碰到日本鬼子。那次我们在丰顺的一个山腰上摸到海阳县的老界碑,高兴得合不拢嘴了。当时就觉得千里征途已经到了终点,目的地就在眼前。"

停了停她又说:"有时候会想,那时候如果你老嬷没有那么疯狂的想法,我现在应该还留在曼谷,过着另外一种生活。你老嬷就是那样,别人还在说,在讨论,在反复论证,在考虑和计算,她已经开始干了。在她那里,什么事做就完了,所有的考虑都是多余的,她就靠这一招,创造了多少奇迹。我这一辈子就没有学会,所以我的寿命即使比你老嬷长一倍,却没有她一半精彩。那时候的人啊,浑身上下都是精气神。对比之下,现在的年轻人还是少了一些血性,少了一些行动力。你就比如你跟小黄处朋友这个事情,也得主动。"

"哎哎,阿嬷你从抗日战争聊过来,怎么又回到这个话题上了?光你这样的发散思维,我怎么可能学得会?小黄要是搞不定,我去相亲得了,咱不是还有小李小张小王小吴,耽误不了。"

"你就会油嘴滑舌,没点正形,让你学木雕,雕刀还没拿稳,就跑去做什么设计,又做玉石,又做室内装修,样样灵无样精。这手艺活儿就得一心一意,跟感情一样,整天想着有小张小王,那小黄那边怎么搞得成?"

"搞得成，搞得成，年底咱就来摆酒席可以吧，等李启铭把书楼装修好，就在那边摆，地方大，摆他个一百桌！"

"那也不用那么大派头，做人得低调，二三十桌就可以了。"

陈乔峰也不知道黄博琳那边会不会打喷嚏，反正自从知道他跟黄博琳准备谈恋爱以后，这个阿嬷就开始频频施压。跟天底下所有催婚的老人一样，她甚至拿自己的死来说事：阿嬷都是半截身子入土的人了，就等着你们赶紧结婚生小孩。

陈乔峰有时候甚至会想，那时要是一直留在广州的玉石公司上班，可能也就不会被催婚。他还记得他最后打包了所有行李物品从广州回到潮州时的情景，韩江边的风一吹，这种熟悉而温暖的感觉很容易让人屈服。"还是潮州好。"跟陈乔峰一样到外地求学的年轻人都有这样的共识，同样一盘牛肉炒芥蓝，外地就是怎么炒都不好吃。所以他们无论毕业之后是否回到潮州，一种以潮州文化为基础的生活方式都将相伴一生，无法改变。

第三折　寻踪

10

  阿嫲说了一会儿话，在后座闭目养神，也不知道有没有睡觉。她的身体很轻，一阵风都可以把她吹走。路上停靠过一次服务区，陈纯钢问儿子，需要换他来开车吗，陈乔峰说不用。这好像是父子俩这一路上唯一的一次交流。
  陈纯钢属猪，长得也像一头黑猪，陈家标配的五短身材被林家的高挑对冲了一下，还好，没那么矮，但话少，闷葫芦一个，就只能专注在一件事身上，这些都继承了下来。周小英说："你父亲纯钢这个名字，唯一说对了的地方就是他的沟通能力，简直铁板一块，问三句答不到一句。"这个名字是林雨果取的，她的本意是让儿子能强硬一点，陈团结已经是蜜糖一样柔软，任凭村里人怎么挤对也不吭一声，她希望这个儿子能有一些林家的血性，有一些纯钢的硬度，但她好像名字取早了，怀孕三个月就取好了名字。陈团结说，按照工序，那时候纯钢刚刚融化，熔融状态的钢水，跟蜜糖也没有什么两样。是，生出来就是软乎乎的，长大了，每次挨了批评，就是傻笑。林雨果有时候脾气上来了，将陈团结和陈纯钢一起骂，有一次他们俩竟然在莲雾树下站成一排听林雨果训话，让她更加火冒三丈。但也没什么好生气的，陈纯钢就是孝顺，对林雨果非常好，现在他也是五十多岁的人了，对母亲依然是无微不至。回到房间里就听老婆周小英的，好在周小英是非常机敏的人，她从来不跟婆婆起冲突，婆媳关系一直维持在客气的平衡线上。不然以陈纯钢的性子，那真不知道如何是好，估计大概率得宕机。

他们兄弟俩，陈无忌更像父亲，一样闷，话少，父子俩在一起喝茶抽烟，做木雕，可以半天不说一句话，相安无事。而陈乔峰更像是林雨果和周小英的平均数，身高像阿嫲，声音像母亲，性格也灵活一些。小时候陈乔峰还经常有古怪的想法，让林雨果对他格外偏爱，更因为很长时间他就是全家最小的。俗话说，唔惜尾仔会遭雷劈，所以小儿子总是会受到更多的溺爱。

阿嫲醒来，问陈乔峰还有多久到，他答半个小时，非常快了。开始以为是在医院，但陈纯钢打了电话，才知道几天前就已经接回到家里了。林汉莲不愿意在医院里去世，她希望在家里，在她熟悉的那张床上。林汉莲家在巷子的尽头，车进不去，只能停车，陪林雨果慢慢走进去。林雨果这几年膝盖不是太好，总是痛，所以走路只能慢慢走，在家里活动倒是无碍，只要走长一点的路，就得歇息。

进门去，在病床边，林汉莲的儿子招呼大家坐下。林汉莲状态看起来并没有想象中差，床头挂着吊瓶，她说这个东西限制了她的活动，不然她想起来给大家冲茶。她让儿媳妇

归潮

把她的被子掀开，薄薄的一床被子，她觉得太重，压得她喘不过气来。她说纯钢也来了，显然，这是她计划之外的探访者。又说了一些路上多久时间之类的闲话，她才说："以前老是跟你们说我要死了，却没死得了，现在是真的要死了，又觉得多想还能再活一活，阿峰还没结婚呢。"

"谈朋友了，快了。"林雨果故意压低声音对五姑说。

林汉莲笑了，那种笑是绚烂的，把陈乔峰本来想加以否认的那句话"只是普通朋友"挡了回去。陈乔峰只能配合地笑着。

林汉莲说："真好，阿峰的眼光向来好，你要是结婚，我真想再回一趟碧河镇，想去林厝围看看。"

林雨果笑着说："今早刚见着了，真俊。你啊，就好好休息，过些天让孙子开车带你过去，我在家里熬好鱼头汤，你最爱喝的，放胡椒粉和香菜，等你……"她突然编不下去，喉头一紧，眼泪就出来了。

林汉莲伸出手来，让林雨果握住她的手，林汉莲开始说话，说是说话，更像是语言的河流，自然流淌：

"我第一次见我的小雨果话说半截哭鼻子，不用哭，哭也没用。我这几天，常常见到你阿公，你阿公老林，就蹲在我门口。可怜你没见过你阿公，你阿公还活着，他爱喝酒，喝了酒就说没见过小雨果，然后骂自己没本事，说不应该让汉先去过番。我大哥汉先二十二岁去过番，我跑到碧河堤上，他的小船已经到了河中央，他没有看到我。我那时哭啊,他也没听见,后来见到已经成了盒子里的骨灰了。还是你妈妈了不起,这个人了不起,你说我们一家人中秋节在吃鱼生吧,她跑进来就给你阿公行大礼。五年后怕汉先娶番婆,背着包就去了暹罗,我那时真想跟着她去,但我就是全家最差的那个,没本事,也没胆。我也担心老林,也担心汉孝,也担心汉萍,汉萍还什么都不懂。老林每次要揍她,她跑得快,陀螺一样快,一溜烟就不见了,然后老林就拿我出气,打了我。我帮汉萍挨揍,后来汉忠汉厚两个哥哥都去过番,说大哥已经是经理了,要过去那边发展,赚大钱,以后回来盖大房子。大房子还没盖,日本人就来了。我后来还去了广西,去找汉萍,开始有人带我走了一段路,后来就我自己走,饿得走不动我就吃土里的沙虫,还挨家挨户要过饭。我想着无论怎么着,我要把汉萍带回来,不能就这么没声没息。但我没本事,只把她的药箱带回来了,药箱在哪里,把我的药箱拿来……"

她停了下来。林雨果让她别一口气说那么多话,孙媳妇也过来给她喂水喝,但她不喝继续找药箱,于是她儿子到隔壁屋的柜子上把一个包裹取下来,拍了拍灰尘才拿到她床边。她看到这个包裹笑了,继续说:

"就是这个,就是这个,这就是我六妹汉萍的药箱,挎包式,底部有四颗铆钉,上面有十三条划痕,还有几滴血迹。我怀疑是汉萍的血,后来时间久了血迹不见了。包里面有汉萍的一把木头梳子。我怎么敢确定是她的药箱就因为

归潮

"这把梳子,我太熟悉了,我只带了这个来。阿峰呢,陈乔峰在哪里,阿峰这个药箱就交给你保管,你最小,这是汉萍最后的一件东西。跟她在一起的那个护士提起汉萍只是哭,说汉萍跑在前面被炸弹蒸发掉了。我还问她蒸发掉应该还有骨头,她说什么都没有了,我说我们家汉萍跑得最快的,男人都没有她跑得快,怎么会没有了?她就只是哭。那是我这辈子走得最远的路,就是去到距离战场只有五公里的地方,到处都是尸体。我接下来那些天都没有吃饭,吃不下,吃了也呕掉。我就想我二兄汉忠,他就扛着枪在尸体中间去打敌人。我就想啊,全家还是我最差,他们连我大兄死了都没告诉我。还是小雨果好啊,小雨果会来搂我脖子啊,我们林家个个英雄好汉。小雨果也是英雄,六十五岁还能去曼谷……"

林雨果说:"你们把水拿过来,我得让我五姑喝口水。"她把水杯拿过来,硬是让林汉莲喝了两小口水。

林汉莲喝了水,呆呆看着房间门口,她说老林家那么多人都在门口说话。但门口并没有人。她继续说:"小雨果啊,有件事我想了很久,我人笨,别人一个晚上想清楚的事,我一年又一年地想。后来我大概想清楚了,关于陈洪礼的事,你说他是贼,你倒是说说,你到曼谷去是亲眼看的,陈洪礼这个华侨他富有吗?"

林雨果摇摇头。她是何等聪明的人,姑姑林汉莲的这一句反问已瞬间让她如梦初醒。

林汉莲说:"小雨果你一定明白我的意思,一只香炉算什么,小雨果你糊涂啊……"

在泰国的华侨中,陈洪礼当然算不得富有,他的儿孙也不富有,但是他从来没有停止过给梅花村写信,不断给林汉先的女儿林雨果寄钱。林汉莲骂她糊涂,因为她认为,仅仅单凭这一点,盗贼之说便不成立。在漫长几十年的时光里,陈洪礼的付出已经说明了一切。至于香炉的事,也仅仅是个巧合。如果不是丢了香炉,也必然有其他事情来让人受苦遭罪。在特殊的年代里受点苦,又算得了什么。再说那时候谁没有受苦,谁都经历过有苦难言的时候。

林汉莲说:"与陈洪礼的无私情义相比,碧河陈家纵然受一点委屈算什么,不也是应该的吗?"

"姑姑说得对,我糊涂,老糊涂。"林雨果握着她的手。她明白为什么五姑要把她从碧河喊过来,其实就是为了说清楚这个事情,希望她解开对陈洪礼的心结。

话说到这里,林汉莲就慢了下来,也慢慢松开林雨果的手,她说:"小雨果你回去,让纯钢留下来就好,你回去,你回碧河去……"

她的话也慢慢变得更含糊不清:

"汉先刚刚说宣统元年的那三个铜板,叮当叮当落下来,大兄你不用怕的,你要受的罪,我都替你受了。我也替你看着小雨果,她多好,每次看着她我就开心。心安随处家庙,潮平四海归来。是啊,心安随处家庙,潮平四海归来。

归潮

心安……你们回去吧，我好好睡一觉，该说我都说完了，安心睡一觉……"

说着侧过身，她整个身体缩进被窝里，两眼放空。林雨果以为她就这样过身了，但陈纯钢轻声说："我们出去。"拉着林雨果和陈乔峰往外走。村里的丧事陈纯钢参加得多，他明白这个时候不能打扰。

一整个下午，林汉莲不再说话，也不再喝水，她在等待最后的时刻。五姑家的亲属经过商量，让陈乔峰把林雨果送回梅花村，只留陈纯钢在这里帮忙料理后事即可。林汉莲的儿媳妇说得好，她说老人家刚才说得非常清楚，她为什么还不肯走，可能就是想留时间让林雨果先回碧河镇去。

果然，陈乔峰的车刚回到碧河桥头，陈纯钢的电话便打过来：五老姑走了。

第四折　回炉

1

　　陈乔峰隐约知道，那时阿嫲不想见陈锦桐，大概跟那只多年之前丢失的青铜香炉有关。

　　在过去几十年里，这只丢失的香炉成为陈家最大的痛楚。自从神婆冰婶说这只香炉"传了十三代"，老人们纷纷回忆关于这只香炉的记忆，于是香炉关乎宗族气脉的说法深入人心。所有人都在追问大房的当家，为什么陈氏宗祠的香炉会丢了，当时的陈团结没有办法回答，后来接任的陈纯钢也无法回答，背后的实际话事人林雨果也不明所以。

　　宗祠总是会坏，坏了就得修，每次破土动工就会有人提起香炉。在最近的几次修缮中，这个问题一直存在，并且越来越严峻，已经有人传出话来，说是陈团结家在贫穷年代里将青铜香炉典当了换钱。这些说法传得有鼻子有眼，所谓三人成虎，说得多了陈团结家也百口莫辩。陈团结在梅花村从来都老老实实，这样一个没有把柄的人，青铜香炉成为他唯一的把柄，在某些无法言说的年代，真是哑巴吃黄连，无法进行任何辩驳。即使到了生命的最后阶段，陈团结依旧对这个香炉耿耿于怀。问题是陈家活着的人谁也没有见过那只青铜香炉，声称之前见过的老前辈又都记不得它长什么样。几乎每次讨论祠堂的具体问题，都有多事的人将丢失香炉的事旁敲侧击提一提，这非常让人难受。有些人甚至拿出了族谱的记载，说明这个香炉如何重要。

"不是你弄丢的，就是你父陈雄振弄丢的。"

污蔑陈团结弄丢也就算了，敢诋毁他父亲，陈团结登时急眼了。他说："别忘了，这个宗祠可是我父亲一手一脚重建的。"有人便说："所以才有机会趁乱把镇祠之宝给卖了。"这样的话说出来不用负责任，但听得人怒火中烧难以自抑。陈团结活着的时候，还曾经一度希望通过底座反向推理，加上自己的理解，自掏腰包铸造一个青铜香炉安放到宗祠里头。单靠那个红木底座当然无法推断出原来的香炉是怎么样的，它的形状和纹饰都无法确定。这样的想法自然被林雨果否决了。她说："我一个外姓人都可以告诉你，如果你这样做了，就更反过来证明当时就是你陈团结弄丢的。"

及至林雨果在四色菊府的梅山公祠见到那个青铜香炉，她一眼就看到它。那就是应该安装在碧河陈氏宗祠底座上的香炉,如今却为什么会出现在这里?而青铜香炉用旁边的文字说明,给了她答案,上面清清楚楚写明:庚午年陈洪礼先生捐献。

她不动声色把这行字看了几遍,确认并没有看错。眼前的香炉让她这样一个有道德洁癖的人感到非常难受。但历史已经被尘封,并没有人能为林雨果展示真相,假如香炉的外流当真存在一个真相的话。

从曼谷回来之后她只对林汉莲详细讲述这件事,她毫不掩饰自己的愤怒:"他陈洪礼有什么资格将香炉从宗祠带到泰国去?他是个贼,他怎么可以将陈氏宗祠最重要的香炉捐到海外去?"她告诉林汉莲,她不知道如何处理,如果公开让所有人都知道陈洪礼将陈氏宗祠的青铜香炉拿出去捐献给泰国的梅山公祠,那么,从某个意义上来说,他就是个贼了。但从感情上,洪礼伯这么多年帮助她渡过难关,可以说有救命之恩,所以应该去平衡这样一种关系。但在内心考量上她清楚,青铜香炉对于陈氏宗祠的重要性,这个属于公事;而她林雨果会不会饿死在过去的某个时刻,这属于个人私事。人生在世,自当公私分明。

所以她不能答应陈洪礼提出的魂归故里的要求,甚至也不能见他的孙子陈锦桐,不能进行对质,她认为这样做才能保全陈洪礼的名节。"一个贼的灵魂还能回到故乡的宗祠?"她进而跟林汉莲谈起母亲那封没有寄出的信,以及父亲自杀的种种疑窦。"洪礼兄,己卯年白露那天下午二时，你与汉先到底在我家二楼书房谈了什么，为何你刚离开不久，他就选择自杀？这个谜团几乎成为我的噩梦，盼兄解惑。"就连母亲林阿娥这么聪明的人，事件的亲历者，竟然也无法知道事情的真相。那么，她认为陈洪礼在其中必定有所隐瞒。那么陈洪礼究竟隐瞒了什么呢？只怪她那时太小了，根本无法知道具体的细节。她只知道有人将她带走，然后母亲把她带回来，就连其中的凶险都来不及感受。

陈洪礼有何秘密，这显然又是另一个大问题。姑姑林汉莲说她得好好思考这个复杂的事情，然后便回去了。

但林雨果显然也低估了陈锦桐锲而不舍的努力。这二十年之中，陈锦桐实际上不止一次来过潮州，他这些年为了收集展览所需要的物品，走访了数不清的人，去过不少地方。他从自己的阿公陈洪礼开始，进而慢慢逐步了解羽先生和林汉先，还有林家的兄弟姐妹。他从不同的人口中听到故事，又从不同的人那里得到很多非常有纪念意义的物品，这些都会成为他的展品。他耐心地为这些展品撰写说明。

在他的计划中，他要回到潮州，回到碧河镇，举办一次盛大的展览，他要用带有温度的展品告诉世人，曾经有一群人是如此有血有肉地在异国他乡生活过，他们用行动在践行永怀家国情义的潮州人精神，乃至于献出了宝贵的生命。在他的计划中，他认为只要林雨果走进了展览，她必定会放下心中的任何成见，允许陈洪礼这样一个赤诚的灵魂回到他毕生惦念的家乡故土。

2

为了帮黄博琳寻亲，陈乔峰这次非常用心，带着她走访了潮州很多地方。从凤凰山到文祠，从铁铺官塘到东湖边，从龙湖古寨到江东，他们开着车，拿着地图到处跑。陈乔峰也给黄博琳打好了预防针，说寻亲这个事情更多还是运气，不能抱太大希望。其实黄博琳也没抱太大希望，她甚至将这样一次寻亲之旅当成潮州古城的深度游，边走边录像记录，艳阳高照她拍摄，狂风骤雨她也拍摄。

"我听我阿嬷说老祖陈洪礼和林汉先他们，一百年前那场大风灾，也拿着相机到处拍摄，拍了很多震撼人的照片传到海外，才有许多人捐款赈灾。"

"这座城市确实值得拍摄和记录，我走过很多地方，还是觉得潮州美。"

陈乔峰带着黄博琳第二次来找阿嬷林雨果，黄博琳准备好了相片和信封的放大复印件。林雨果看了半天，从文字上并不能看出什么来。但她建议到意溪那边去看看，她说这样的信封样式，此前曾有一封寄到意溪周围的侨批信封是这样的。她在邓九手中曾看过一眼。黄博琳将信将疑，看过一眼能记得了这么多年?后来事实证明林雨果这一眼非常重要,给出了方向性的判断。陈乔峰说他阿嬷两三岁背唐诗,很多书过目不忘,很多事过耳不忘,当年有人找她接生,多年以后甚至连人家小孩的生辰八字都能记个八九不离十。

"这么恐怖的记忆力吗?"

"强大记忆力最后好像都变成直觉。"

陈乔峰说他就没有继承记忆力超群的基因,只得到了学渣基因,所以他老老实实从阿嬷处将黄博琳提供的重要信息抄过来:"老二过番时土特产封装在花瓶里过去,老三是军医,老四曾卖身给潮剧团做学徒,屋后有一棵凤凰树。"村里的老树一般不会随便砍掉,凤凰树活个一百年也是非常常见,所以陈乔峰又通过朋友拿到了潮州老树普查的数据,专门找凤凰树,然后一个村落一个村落慢慢问。

最后的线索来自一个赤脚医生,但问到那家人也姓黄,家里最老的是黄奶奶,黄奶奶摇摇头说:"我们家并没有华侨啊。"但运气好,碰到黄二伯从工厂回来,聊了一会儿,慢慢对上了,很快他们家里便多了很多亲戚,七嘴八舌慢慢确认了信息。

不久,黄博琳的家人从新加坡来到潮州,沟通有障碍的地方,黄博琳和陈乔峰当翻译,慢慢家族的关系就理得越来越清楚了,谁是谁的细叔,谁是谁的大舅,谈起那些遥远的过往,免不了泪眼汪汪。

黄博琳带着父母家人来拜访林雨果,说了很多感谢的话。黄博琳的母亲十分感慨地说，三十多年前来潮州，那时农民还得到河边挑水倒到家里的水缸作为饮用水，农村很多地方的公共厕所更是可怕。没想到现在变化这么大，潮州的陶瓷已经远销海内外，城市环境更是焕然一新，交通也便利，机场和高铁站到处都是来旅游的游客。

　　黄家专门将当年那张报纸制作成纪念品送给林雨果，林雨果则回赠她亲手腌制的乌榄，潮州早饭餐桌上的一种杂咸。临别时他们一起合影，黄博琳将那份报纸纪念品高高举起，说这样林阿娥女士和黄家曾祖父也就一起再次合影了。

　　陈乔峰带他们去大哥陈无忌的工作室看了，黄博琳的父亲对其中的虾蟹篓赞不绝口。离开碧河镇时，黄博琳的父亲兴致勃勃，打电话和朋友商量来潮州做生意："潮州木雕和美食一样名不虚传，你应该亲自来一趟。哦，陶瓷也不错，我们可以一起做个小项目。"

　　第二天，黄博琳第一次主动约陈乔峰出去走走，他们约好下午四点在韩文公祠门口，黄博琳说要带陈乔峰去看最美的湘子桥。在路边喝过一杯鲜榨水果汁之后，他们走到江边，在一片夕照之中，湘子桥和湘子桥的倒影被一片金黄色的霞光重新涂抹，整座城市好像被设置了童话模式，显得十分不真实。在最美的风景里，黄博琳却说出了让陈乔峰内心翻腾的话："我想告诉你，我喜欢潮州，但不会嫁在潮州，这段时间我非常感谢你，但也为了不要再次伤害你，我得把话说在前面。"黄博琳的意思很清楚，不要给陈乔峰留有希

归潮

望。为了让陈乔峰更好理解她的决定,她说:"我不可能只在一座城市停留,我想到世界各地的主要城市都生活一段时间,比如一年或者两年,然后就像游牧民族一样迁徙。"她认为陈乔峰不可能理解她的想法,她也预判陈乔峰不会离开潮州:"让你离开潮州,你能吗?"

陈乔峰没有马上回答。他们穿过湘子桥,在那只鉎牛前面停下来。"廿四楼台廿四样,二只鉎牛一只溜。"只剩下一只鉎牛了,陈乔峰早就明白这样的结局,但那种熟悉的失败感再次袭击了他。

"我非常理解你的想法,小时候我也梦想周游世界,我想没有一个人不这么想,只是更多的人需要像一棵树一样被种在某个地方。我也不可能离开潮州,至少现在不行,我阿嬷还在。"

最后这句话倒是让黄博琳感到惊讶:"你离不离开潮州,还把你阿嬷的因素考虑进去?"

"当然,这有什么奇怪的。"

他们从东门楼穿过去,到了牌坊街。黄博琳本来说想去开元寺,但已经关寺门了,进不去,于是两人走路去胡荣泉吃春饼。一路上他们像一对情侣那样打闹说笑,但彼此心里却清楚感情的边界就在那里了。

3

碧河书楼的修缮进展很快,这是因为李启铭早就在书楼里待了很长时间,胸有成竹,设计规划和施工推进又轻车熟路,所以全程顺畅。唯一的调整是开始计划做咖啡,后来根据格调,做成茶楼,而且根据陈锦桐的建议,在书楼的一楼做了一个小舞台,平时可以做一些演出,有名家来也能做成大师讲堂,没有离开书楼长期作为私塾的最初功能。书楼里原有的藏书已经散失了,很多书柜修理一下还是能用,陈锦桐反复修改他的展陈大纲。他对李启铭说,他愿意将手里的藏品无偿捐给碧河书楼。

李启铭来鱼生店找陈得海,大致讲了用书楼做展览的事。陈得海正在切鱼生,确实没有时间和李启铭谈这个。他一边说话一边处理鱼皮,手上没停,眼睛也没看李启铭,说:"启铭兄?我跟你坦诚交个底,这个事你问我,我就得找我爸,我爸就会去找我阿公,我阿公会回家问我阿嬷,我阿嬷就会去问林雨果的意见。听说是林雨果的意见,我阿公就会点头同意,我阿公同意了我爸就会同意,我爸同意我就说好。关于书楼具体事务的逻辑链条就是这么清楚,所以其实你不用来找我的,让陈乔峰问问他阿嬷的意见,就可以了。你看我店里这么多人等着吃鱼生,真的管不过来,每隔半年你把租金发我就可以,收钱的事我来管。"陈得海说完呵呵笑,李启铭说明白了。于是让陈乔峰去问他阿嬷,他阿嬷自从五老姑去世后就很低落,她说书楼的事你们年轻人商量着做就好,我回头跟他们都去说说,你注意两点别出偏差:一个是不能破坏原有的建筑,搞得不伦不类;二是里面提供的产品,包括吃的喝的看的听的,都不能有违公序良俗。办展览有办展览的程序,依法依规去做就好。

这个意见也就很清楚了。于是李启铭带着陈锦桐来找陈乔峰。李启铭说陈乔峰看起来有点憔悴,陈乔峰解释说最近熬夜没有休息好。他们一起在书楼里转一圈以后,李启铭说要不到淡浮院那边喝茶,那边风景好,也安静。于是他们一起前往淡浮院,在广场上喂鸽子,又看了砚峰书院的书法碑林,参观了潮商名贤祠,选堂手书的对联"三江出海、一纸还乡"便悬挂在大门两侧。看着对联,又眺望远方,韩江朦胧不可见,但能知道三江依旧奔流永不停歇。

三人喝茶。陈乔峰说:"锦桐叔看起来跟照片里完全不同了。"陈锦桐问是什么照片,听说是林雨果去曼谷时的合照便说:"二十年了,虽然我也不觉得自己老,但这几年走出去大家开始尊重我,公车上还让座,我就知道自己老了。"

"阿嬷去曼谷那年,我小学还没有毕业,那时候觉得去泰国是天大的事,现在才知道潮州离曼谷好近,比去北方很多城市近多了。"

"沧海桑田，我阿公那个年代，多少人死在过番的船舱里。如今看来只是手机地图上的一点点距离，对那时候某个人来说，就是一生一世了。"

陈锦桐说，这二十年他一直在收集资料，研究泰国潮人社会的家族往事，觉得越来越有意思，特别是在看到那些表面看来毫无关联的人和事竟然存在联系的时候，会特别让人兴奋。所有的历史构成了一个整体，偶然和必然在其中相互嵌套。

"但是，我越来越关注个体，"陈锦桐说话之间，总在普通话和潮州话之间切换，确实一部分讨论必须用普通话更为顺畅，让他更像一个资深策展人，"在一个宏大的时代中个体命运更为引人关注，也更打动人心。"

陈锦桐说起话来有点掉书袋，但在略显迂腐的举止之中透露出来的是天真。他说这是他的策展思路，希望通过对一个个具体的人在云诡波谲的时代变迁中的种种选择，来看到高贵的人性光辉，其中也包括潮人的家国情怀和兄弟情义。

"这段历史太了不起了，"陈锦桐说到此处，脸上尽是天真的神色，"你要知道在泰国，盂兰胜会是要拜祭好兄弟的。这个跟潮州本土不一样，好兄弟意味着突破了血脉宗亲，仅仅因为共同的语言和来路，便彼此认同，以至于生死联结，担心成为孤魂野鬼无人供养，所以必须纳入拜祭。"

陈锦桐说，说起来我还得感谢你阿嬷的那次闭门羹，她那次也不知道出于什么古怪的原因拒绝见我，反倒激起了我的斗志。我从你阿嬷家里出来，一个人走到碧河边，在堤岸上的凉亭里坐了半天时间，看着碧河流水淙淙，心里面仿佛明白了一些东西。第二天又在碧河镇转悠了一整天，拍照记录走过的地方，那时我记得拿着相机走在路上很多人都投来诧异的目光，但这样的一次调研让我能更好地想象那些书信字句之中的内容。所以那次闭门羹吃得特别值得，让我这十几年过得特别充实，不断在学习和消化我所看到的一切。书信往来，实地考察，时间链条之中需要一一对应，这里面太复杂，也太多学问了。但真的，我所说的感谢并不是一种客套，而是说刚好在我最恰当的年龄，给了我一个往前的动力。

　　陈锦桐开始滔滔不绝，谈论他所理解的潮汕文化。他说："从血脉传承的角度去理解潮州文化，我从中归纳出几种特质。"第一种是面对大海的求险。海洋让潮州人有海盗精神，有冒险精神，并由此衍生出叛逆和创新，比如当年涌现的左联作家和红色革命，比如潮州人更愿意选择从商做生意。出海其实也是一门生意，海洋的高风险带来高回报，而这种风险所带来的，就是会使人有一种生命的急促感和焦灼感。所以要赶紧生个小孩，要不然有可能出个海命就没了。你会发现其实越海边的对于生小孩会越执着。这是天然的、冒险的、反叛的、创新的海洋性所带来的。这是第一条线索。第二种特质是面对物质的求实，潮州人生活在整个潮汕平原上，物质条件相对富足，这里是岭东的粮仓。祖先在战乱中迁徙至此，重建优渥的生活，他们会拼命维持这种没落贵族的生活方式。这种维持比如说是带有贵族气质的生活习惯的传接,它自然就会召唤出一种内在需求,就是必须有子嗣来继承家业。潮州地处偏远,历史上相对太平,如果天天兵荒马乱,哪有时间生小孩?第三种特质就是面对未知的求神,对祖宗和神明的敬重。宗族祭祀的时候可能就会想我以后成为祖宗怎么办,所以就有一个特别重的香火传续的压力,这是由宗族文化或者信仰所带来的动力。这三种需求和动力就导致潮州人的整个生命烙印中将传宗接代当成使命。陈锦桐说:"我觉得这样一种文化在中国文化中是很特殊的,求险、求实、求神这三个特质刚好融合在一起,就如三片花瓣。这三片花瓣可以推演出潮汕平原的所有文化。比如我们饮食当中的各种粿,其实是跟祭祀有关。比如工夫茶作为潮州人普遍的生活习惯就跟贵族的优沃的生活条件有关。我们的下南洋的历史,红头船和侨批等文化印记,捕鱼前拜妈祖和祭孤魂野鬼等生活习俗,这又跟冒险有关。这三个维度可以说是串联起了潮州的所有习俗。"

陈乔峰给陈锦桐倒茶,喝茶的环节打断了他的长篇大论。陈乔峰于是将话题又拉回到香炉上,他问:"锦桐叔,你有没有想过我阿嬷没有下楼见你,是因为一只香炉?"

"香炉?一只香炉?"陈锦桐一脸茫然,"我现在只能想起'日照香炉生紫烟'……我复习了这么多课本,却忽略了最重要的知识点?"

陈乔峰被他逗笑了,说:"阿叔啊,这个考点确实比较偏,对你来说超纲了。"

4

在淡浮院里,陈乔峰跟陈锦桐谈起了一只丢失多年的香炉,它是如何丢失的已经隐入尘烟,但不同的环境之中,这只香炉被赋予了不同的意义,它是香火,是传承,是罪证,是心结,也可以是一个人伤害另一个人的借口。在神婆冰婶口中,它又成为神圣之物。以至于到了后来,这只香炉几乎成为陈家的禁忌,没有人敢公开谈论它。陈乔峰的阿公陈团结去世时,还交代陈纯钢要继续追查青铜香炉的下落,还他一个清白。

"为什么不当场说破呢?"

"你要理解老一辈潮州人就是这样的,点到为止,喜欢敲边鼓,跟西方的思维方式完全不同。"

"我们现在先谈谈解决方法,"陈锦桐看起来有点激动,"这边祠堂的香炉丢了,换一个不行?"

"不行。"

"弄个更贵更好看的也不行?"

"不行。"

"那复制一个一模一样的呢?"

陈乔峰想了想说:"那似乎可以,至少比没有好。"

陈锦桐一拍手说:"既然它在梅山公祠里,那也不叫丢失,只能说寄存,我们去沟通看能否归还。不行的花,按照一比一的比例原样复制一个过来,岂不是很简单?"

确实是很简单,而且梅山公祠的管理人员听说了事情的经过,还专门委托商会的人悄悄过来碧河镇核实,最后他们商议决定:让青铜香炉原件归潮,而另外做一个复制品放在梅山公祠里头。

得到这个消息,陈乔峰非常高兴,但陈锦桐说:"先别告诉老太太,陈氏宗祠不是马上修缮完毕了,书楼的展览也差不多布置好了,书楼重新开业那天,我们给老太太和陈家一个大大的惊喜。"两人一拍即合,于是拉着李启铭一起商量流程和细节,李启铭说:"万一老太太她不来呢?她那天就只去祠堂,对书楼不感兴趣呢?"

陈乔峰说:"那我们让人来唱潮剧。只要有潮剧,说是做人戏,老太太一定会来。"

他们下山吃牛肉火锅。李启铭打电话订了包间,又打电话让黄博琳过来吃饭。挂了电话他问陈乔峰,你和黄博琳的婚礼啥时候办,我还打算给他们免费当婚礼主持。陈乔峰摇摇头。李启铭说,你们最近不是经常在一起打得火热?

"没戏,"陈乔峰叹了一口气,"我们只是普通朋友,我母亲大人昨天还催问我,要给我安排相亲。"

陈锦桐这时候来了一句:"婚姻是婚姻,爱情是爱情,该相亲也可以去相亲的。"

李启铭却并不这么看。他说女人都是口是心非，爱情这东西，只要没有到最后一步，就不应该放弃。

"我当年创业做民宿的时候，你问我失败会不会死；现在我也问你，谈恋爱最多就是失恋，会不会死？如果不会死，你就勇敢追就好。再说人死鸟朝天，又有什么好怕的。"

5

于是书楼开业那天,一楼的舞台开始唱潮剧,从《柴房会》到《陈三五娘》,都是大家喜欢看的。林雨果听到碧河书楼有潮剧,果然动了心,陈乔峰问她去不去,她说剧团都到家门口了,为什么不去?

林雨果走进碧河书楼便发现,确实不同了,从门口的植被花卉,到书楼的墙面保护,场景布置,甚至垃圾桶的设置,都让人感觉特别舒服。她一进书楼的门,黄博琳就迎上来拉着她的手一起走。在黄博琳后面,陈乔峰端着录像机在拍摄她们。林雨果看到孙子弯着腰撅着屁股在拍摄,就笑:"看来是小琳给你安排的拍摄工作。拍吧,看戏流眼泪时别拍就好,我眼窝浅,看戏就爱哭。"

刚好在演的是《王茂生进酒》,这是一出讲述兄弟情义的戏,薛仁贵投奔军队之后屡屡为国立功,战功赫赫被封为平辽王。他衣锦还乡,大宴宾客,却非常念旧情,专程邀请了当年贫寒之交的王茂生夫妻。夫妻俩曾经给过薛仁贵诸多帮助,在接到邀请的请帖后自然非常高兴,但家中贫寒没有钱准备贺礼,无奈只能拿了空酒坛去河边装了一坛水,假扮成好酒作为贺礼,以为当日宾客众多鱼目混珠不会被发现。岂不料薛仁贵非常重视王茂生夫妻,怀念当年的情谊,打开他们带来的酒分给宾客共饮,结果大家都喝着水,称这是好酒,其中"酒薄人情厚"与潮州俗语"茶薄人情厚"一样广为流传:

王茂生　贤弟呀!酒色清来味也清,为兄对你说分明,杏花村里无人卖,到了寒冬就结冰,不饮也罢!

薛仁贵　杏花村也买不到,更是好酒!干!干!哈哈,好酒,好酒!

众　官　真是好酒?确是好酒!

王茂生　哈哈果然是好酒?

众　官　不错,是好酒。

王茂生　我的义弟薛仁贵做了下爷圣公嘴,他说好酒就是好酒。

薛仁贵　兄长,仁贵转战沙场,难得兄弟相聚,今天定饮个痛——酒来!

王茂生　好了,够了,贤弟,这水……酒味薄。

薛仁贵　酒薄人情厚。

众　官　好一个酒薄人情厚。

　　林雨果很快就沉浸到剧情之中,但这次并没有如她所说那样看哭了,而是被里面的滑稽逗得咧嘴大笑。她对陈乔峰说:"你拍一下台上的演出,回头我再放一次。"

看完戏，陈乔峰说："阿嬷，碧河书楼正好有个展览，正好去看看。"林雨果被他带着上了二楼，映入眼帘却是展览的标题《归潮》，巨大的榜书大字矗立在楼梯口，也被制作成巨大的海报悬挂在书楼悬空的位置，从三楼一直垂下来。

一行小字写在主标题的旁边："历尽千劫，只为归潮。"

林雨果在陈乔峰头上敲了一下说："阿峰，从来没听你说过展览用的是这个标题，敢情你们这是合起来算计我呀？"

陈乔峰笑："这不是为了给你惊喜吗？"

刚上了二楼，映入眼帘的便是《林汉先生摄影展》，林雨果呆住了。这时陈锦桐从旁边走出来，他依然一脸憨笑喊："林姑姑，是我让阿峰先别跟您说的，要骂就骂我。"

但林雨果没有生气，她当然不会生气，她心里想的是：二十年前我到曼谷去，你就应该给我看这些啊。她嘴上说出来的却是："锦桐啊，你也有这么多白头发了。"

第四折　回炉

6

  展览不大，但如果慢慢看还是需要花时间的。刚走了几步，林雨果就对身后的人说："能不能让乔峰和锦桐陪着我看展，你们其他人先下楼，让我一个人静静。"于是李启铭和黄博琳以及其他人都下楼去，李启铭让潮剧乐队暂停，高声宣布进入了试茶环节，大家三五成群围坐安静喝茶，也有人到门口拍照打卡。围观的人最多的是凤凰山单丛宋种，品茶师是李启铭的好朋友，在凤凰乌岽村有自己的茶园。见大家对凤凰宋种这么感兴趣，问了很多问题，他满面红光，讲解起来也更精神。

  林雨果从口袋里掏出了那款折叠式眼镜，打开，小心戴上。她用手扶着陈乔峰的肩膀，慢慢走，慢慢看，一言不发，陈乔峰第一次看到林雨果的严肃，她整整看了两个小时，有一些信件还让陈乔峰拍摄。陈锦桐告诉他都有电子版，其实不用拍，回头可以给他。

  "这些解说词也是你写的？"林雨果问。

  陈锦桐点头说："是。"

  "这些你准备了多久？"

"二十年，"陈锦桐仿佛一直在等待这个问题，"从您离开曼谷，我就开始整理资料，后来我能明白您在曼谷为什么不开心。"

"为什么呢？"林雨果似笑非笑。

"就像一个人拿着电视遥控，换来换去却找不到能看的频道。"

"说得好呀，你越来越会说话了。"

"所以今天我是来补课的，这么些年，我想这些资料非常重要，在暹罗和潮州之间山海阻隔，却一直有一条看不见的脐带，牵系着两地。"

林雨果说："你做了一件了不起的事。还有，那年你来，我没见你，是我不好，得向你正式道歉。"

"那算不得什么事，我那时候当然很不开心，但也正是那次的碰壁，我决心自己寻找答案，才有了展览里这么多的材料。"

陈锦桐说："我慢慢也释然了，答案其实不重要，因为最关键的地方在于，我阿公跟汉先老叔这段兄弟情义，肝胆相照，不会随时间散去。相反，今天会更让人感动，我愿意更多的年轻人能看到这样的赤子之心。"

林雨果说："我上个月已经交代纯钢和无忌，让他们给洪礼伯刻好神位牌，这个事你放心，耽搁了这么些年。我这些日子，每天都在向洪礼伯的在天之灵道歉。不过我也是很快就会入土的人了，在那边见了面，我再跪求他的原谅吧。"

林雨果脸上笼罩着深深的自责，情感的天平早已失衡。在这个展览中，陈洪礼渴求回家而不得的那种心情随处可见。

陈锦桐说："隔着这么多年的时间，要去还原历史的真相几乎是不可能的。其实我阿公早就将你当成女儿去对待，他是在履行对汉先老叔的承诺。我这儿有一封信，是从我阿公日记本的封皮夹层里找到的，按我的理解，我阿公是不希望公之于众，故此没放到展览上。我想，这封信应该交给您来保管比较合适。"他说着从他的挎包里掏出一封信，怕有污损还用一个塑料封套保护着。

信封上写着：洪礼亲启。是她父亲林汉先的字迹。

林雨果用颤抖的手将信轻轻展开：

洪礼吾兄，刚与兄会谈多时，恐我此刻离去，阿娥迁怒于你，故此令下人送此书信以证兄之清白也。再次与兄诀别，此生有兄一知己足矣，来世还做兄弟。用人失察，遭人暗算，更为救小女背弃大义，此去黄泉路上愧对羽先生，已是不忠；日寇未平亲人杀敌而我不能相随，是为不义；弃妻女兄弟于异乡而自寻解脱，是为不仁。不忠不义不仁之徒，非死不足以自证。希望我的死能引发舆论，羽先生之热血不能白流。魂梦难安者唯小女雨果，幼年失怙，生活恐难以为继，望兄多扶持，待

之如己出，勿使之陷于困苦，则弟可含笑于九泉也。汉先绝笔

林雨果读了两遍，掩面痛哭，又读一遍，更是泪如雨下。她用颤抖的手将信交还给陈锦桐，擦干眼泪，不再言语。待她定了定神，又把那封信拿回来，一个字一个字看了一遍，读毕，再次递还给陈锦桐，然后低声告诉陈乔峰扶她回家。

陈锦桐目送林雨果下楼，看着她沿着池塘边的小路，一直走到了小巷的尽头。她的身影变得越来越矮小，岁月无声，而回响不绝。这封七十六年前的信，仿佛是另一个时空的秘密，此刻却如一颗子弹，击中命运的眉心。陈洪礼从来不肯将这封信拿出来，即使林汉先写这封信的目的就是让他自证清白，但他宁可默默承担一切，让真相尘封，成全兄弟的名节；他宁可背负骂名，也不肯让这个在自责中死去的兄弟的形象和人格受到污损。

第四折　回炉

7

当天下午在陈氏宗祠举行的拜祭仪式，主要是庆祝祠堂修缮完成。最令人欣喜的情景是，陈锦桐带着泰国梅山公祠的代表，托着用红绸布裹着的那只青铜香炉，在台阶上举办了香炉移交仪式。陈纯钢作为陈氏宗祠的管理人接收香炉，双方拍了合影，然后将香炉放在红木底座之上，果然严丝合缝。一时掌声雷鸣，锣鼓喧天，麒麟舞和英歌舞也出来了，在宗祠外面的广场上表演。麒麟舞自是技艺精湛，但英歌舞显然更为朝气蓬勃：舞蛇的时迁，左边头槌黑脸黑须的李逵，右边头槌红脸红髯的关胜，鼓点一响，整个舞队威风凛凛自信满满，神秘、肃穆而又带着自然而然的欢腾。舞队绕着梅花池走了一圈，路边围观的人都高举手机拍摄。

祠堂里，地上铺着红毯，供桌上摆满祭品，有鱼、鸡、鹅、糖、粿等，天井的两边摆放着用架子支起的全猪和全羊，猪和羊口中各衔着一个大橘，寓意大吉大利、年年有余、六畜兴旺、平安大赚。其余茶酒钱纸不一而足。梅花村的陈姓男丁在天井中排队敬立，按长幼前后排列。陈纯钢作为司仪，开始口诵祭文，又读了祖训，其他子孙才分批进行拜祭。

　　焚祭文、化钱纸时，陈锦桐将写有阿公陈洪礼生辰八字和死亡日期的红纸在祖宗灵堂前面火化。大家知道他专门为这件事已经奔波了很多年，故此让开一条道来，让他跪拜完毕，其他人才排队祭拜。在香火缭绕之中，陈锦桐望着祖宗神牌上面陈洪礼的名字呆呆出神，只愿阿公此刻已经在香烟袅袅之中回到这里，回到他魂牵梦萦的故土。想到这里，他在挎包里将早上给林雨果看的那封绝笔信，也一并放进火炉中焚化。这是写给陈洪礼的信，他一直非常小心地藏在日记本的封皮夹层里，又将日记本收到一只皮包里，堆放在杂货架的最顶层。陈锦桐理解阿公这是不忍烧掉，又不想别人看到。想到早上林雨果看这封信时的痛苦表情，如今所有的亲历者都已经知道了大概的真相，也就没有必要再留着这封信了。而从陈洪礼的日记中看来，他希望林汉先留给世人的形象是一个抗击者，而不是一个羞愧者。从另一个角度去看，林汉先当年的决绝之中，当然有愧疚，但也不能说其中没有对侨领惨死的抗议。所以他们的故事依然从走向大海开始，那么就在这封信于火中焚化结束吧。陈锦桐仿佛看见他们当年乘船出海的情景，陈洪礼背着行囊，林汉先挎着相机，二人风华正茂，正商量着何时回到家乡修建大房屋。

　　祠堂的拜祭结束后，大家将羊肉和猪肉切成很多份，平均分到每家每户。陈锦桐看着大家拿着祭品纷纷离开，他在内心对阿公陈洪礼说："希望您此刻也能在天空中看着这

归潮

一切。"一场盛宴的消散，说不上哀伤，但多少有一种落寞之感。这时有人拍了拍他的肩膀，他回头一看是李启铭。李启铭邀请他去市区，他说今晚在他牌坊街的民宿茶馆门口也有一场女子英歌舞的表演，这些年越来越多的女孩也参与到英歌舞表演中来，很好看。梅山公祠那几个华侨显然被他说动，看过《水浒传》故事，穆桂英挂帅的女子英歌舞还真没看过。"不过得提前进城去，不然今晚必定会塞车。"陈锦桐想了想，好像也没有别的事，于是便上了李启铭的车，前往潮州城区。一个晚上下来，李启铭已经和这几个来自四色菊府的华侨混得很熟，他在电话里告诉陈乔峰，后面将会开展更多的合作。

"你真是一个社牛。"

"潮州人的生意，都是这样聊着聊着就有新的想法，所以树叶冲开水还是很重要。"

8

之后人们互相谈论起来,才发现林雨果缺席了陈氏宗祠的典礼。虽然按照规矩都是村里的男人在主持仪式,但以往林雨果会在祠堂的角落里帮忙清点冥币钱纸的数量,实则帮儿子盯着整个典礼的流程。但这一次她缺席了,陈纯钢等到典礼结束才知道母亲没有来,赶到老房子里才听说母亲早上去参观了展览,下午回来便身体不适,睡着了。陈乔峰匆匆祭拜完就跑回来了,和黄博琳一直在旁边照顾。他们一直在聊天,陈纯钢站了一会儿觉得自己在那里实属多余,于是嘴里假装骂着陈锦桐,说他装神弄鬼搞什么历史展览,也不管老人家身体能否受得了就邀请去看展。他边骂边往外走,只留陈乔峰和黄博琳在屋里低声说话。

黄博琳说:"刚刚真怕你阿嬷倒下去,你们策划这个展览的时候,就没考虑到老人的承受能力吗?"陈乔峰也有点后悔,当时想的是给阿嬷一个惊喜,她平时思维敏捷,看起来比很多年轻人都健康,确实忘记她已经是八十多岁的人了。

陈纯钢从屋子里出来,却不知往哪里去,不知不觉便走

归潮

到祠堂门口。热闹过后,祠堂变得特别安静。他在祠堂里对着那只香炉坐了很久,直到陈无忌带着安装监控装置的工人推门而入,打破了宁静,他才发现旁边的石凳上有一黑一白两只猫也正在看着自己。他在心里将猫的凝视当作父亲陈团结来自天上的目光,一种说不出的滋味在内心深处涌动。

随后的日子,梅花村来了许多游客,有远道而来,也有周边汕头和揭阳来潮州古城过周末顺便来看看的。李启铭对陈乔峰说,其实这座村庄的生活方式本身就是一件非常棒的作品,应该从这个角度去理解美丽乡村,而不是附加在上面的种种修缮和改造。庭院里的独轮车,百年的大树,残破墙壁上的标语,多年前荒废不用的菜市场……这一切背后淡定从容的生活态度,才是最美的。

李启铭甚至劝退打算外出创业的陈得海,让他守住这把杀鱼生的刀。陈得海看到了这些年潮州牛肉火锅在全国各地火爆的新闻,便找李启铭商量,希望将他的鱼生店进行品牌提升,讲故事引入投资,采用连锁店的模式让鱼生店遍地开花。李启铭耐心地给他讲解资本所带来的双刃剑,很多美好的东西会在资本的绞杀之下拔苗助长,最终灰飞烟灭。"我看你这样的刀工技术,以后必定能引起媒体持续关注,鱼生这样的地方美食,宁可做成百年老店,也不要昙花一现。"李启铭语重心长,陈得海点头表示听懂了,但是他的弟弟陈得江年少气盛,没听进去,和几个朋友合伙到广州做连锁餐饮。一年多以后,当陈得海在电视台表演如何将鱼片切得薄如蝉翼时，他弟弟陈得江拖着行李箱回到梅花村，他一无所有，只带回了债。陈得海帮他偿还了一半的欠款，然后告诉他，剩下另一半的钱，他需要自己打工赚钱慢慢还。

陈乔峰在牛杂粿条店吃早餐，碰到了陈得江。这个亲戚口中的失败者却随手帮陈乔峰付了十元粿条汤钱，并主动和陈乔峰攀谈起来。他像个见过大风大浪的老人，用非常豪迈的口气说起失败的餐饮店，像隔着遥远的时间谈论别人的事，仿佛跟自己并没有关系。然后他开始鼓励陈乔峰要走向海外："峰哥，你这样的木雕手艺，就得出海，惊呆那些没有什么见识的外国人。"在陈得江的描述里，潮州金漆木雕的宏伟未来已经来到眼前，只需要陈乔峰迈出一小步，这个世界就会为他让路。

正当陈得江讲得起劲时，陈乔峰吃完粿条汤，站起身告辞。陈得江问他要去哪，他说母亲大人正在帮他挑选窗帘，他现在要过去看看。

"装修？婚房？听说是要跟一个女导演结婚了？"

"没有的事，"陈乔峰赶忙矢口否认，语气里竟然有一些慌张，"就是装修一下，普通的房子。"

陈得江还说有没有照片参考一下，他最近也在准备婚房……他还继续喋喋不休，陈乔峰借故抽身离开。陈乔峰这个新房子确实是作为婚房准备的。那时候他以为黄博琳会为了他们的爱情留在潮州，她一直在说她有多么喜欢潮州，并开玩笑说要在这里找个男人嫁了。他将这样的玩笑话当成某

归潮

种暗示。陈乔峰用心设计了房子,准备在某个时刻带给黄博琳惊喜,但湘子桥上那次对话完全浇灭了他的希望。最近母亲周小英一直安排他去相亲,这让他内心恼怒不已。

"我又不是湘子桥的船,说拆开随时就能拆开。"

9

　　林雨果这一次生病,整整病了一个星期,醒来之后,她的大脑好像被清零,她居然选择性地忘记去看过那个展览,也忘记见过陈锦桐,更没有人敢提及那封信。

　　健忘症就如同脑里装上了橡皮擦,先是擦除了她最近的记忆,但遥远的记忆却非常清楚。比如她还经常会告诉陈乔峰,自己的母亲林阿娥正在门口给她削铅笔。

　　"你们削铅笔是用铅笔刀,但我母给我削铅笔,是用家里的菜刀。那时候哪里来的铅笔刀,都是用刀削。"

　　在阿嬷的描述中,林阿娥在门口削铅笔,用菜刀,专心致志,只有菜刀在铅笔上摩擦,发出嘶嘶声。但只有她听得到,陈乔峰什么都没有听到,所以他觉得有点恐怖,但又不敢多说。

　　接连刮了三天奇怪的风,门口院子里的莲雾也被风吹得东摇西摆。所有人都断定林雨果时日无多了,因为对她来说,她的人生已经足够圆满了。邻居羡慕地说:"团结婶活一辈子,有些人几辈子都做不到。"旁边有人便提醒说:"老人家还在,你说什么一辈子呢。"

归潮

　　林雨果似乎确实换了一个人，苍老似乎在一夜之间就被完成。她的动作变慢，就连说话也开始变得更加缓慢。她主动邀请黄博琳来给她录制视频，她坐在花坛旁边，整整讲述了一个星期。她的语调很平缓，有时候会卡顿，想不起来，但是内容基本是前后连贯，不太需要后期再怎么进行加工。除了有几处经常重复的情景，其他的大致上按照事件发生的时间顺序谈起，从她童年的曼谷生活，父母的八方楼，到后面的长途跋涉，战争年代，贫穷年代，经济腾飞年代，潮州的日子开始变好，她展开了连绵的生活画卷。她谈到她小时候曼谷家的后院里也有一棵莲雾，还谈到很多人，最为精彩的还是那个会唱戏的林汉孝，说到他为了自卫杀死土匪时更是眉飞色舞；她也有一些不想提及的往事，比如小脚女人音姑的去世。问过她，音姑最后是怎么去世的？她沉默，不想回答。她说："这个我们先跳过去，回头再补充。我再跟你讲讲在蒙山我遇到少年梁羽生的事。"讲到最后，她问黄博琳："你的胶卷还有吗？"

　　"这个不用胶卷的，阿嬷。"

　　"好，好孩子，你终于叫我阿嬷。"

　　陈乔峰在旁边听到了，他终于知道阿嬷在等待的是什么。

　　陈锦桐那个《归潮》的展览，通过黄博琳以视频的形式传播，已经在海内外引起不小的震动。不断有人给书楼寄来各种各样的展品，陈锦桐和李启铭商量，物品不管大小，尽量在书楼进行陈列，因为他明白在潮州这个侨乡，每个老物件都带有故事。

　　陈乔峰也将五老姑交给他的那个药箱转交给陈锦桐。他附上一张详细的说明，包括了林汉萍诸多信息，她的成长经历，她的家庭，她就读的护士学校以及曾经参与的战役。陈锦桐让他放心，每件物品他都会造册登记，好好保存。但他说他也要回曼谷了，他不敢再去打扰林雨果，担心重新唤醒她的记忆，又让老人家变得难过。他对陈乔峰表达了他的后悔，他说就像所有时间中的浑浊都沉淀在水底，而他是一条不懂事的鱼，这么一搅动，一池清水又变得浑浊。

　　陈乔峰也安慰他说并不要紧，所有沉在水底的东西终究还会在水底，而人活在空气中，那里有阳光和花朵。陈乔峰说很多年以前，他的阿公陈团结曾经教他木雕，给他做练习的是一个祠堂屋梁上的构件，里面是一些《水浒传》的人物故事，十分精彩。但是他用了一个月的时间，就是无法雕刻出屋梁构件中人物的那种感觉。阿公陈团结笑着告诉他一个道理，每一个木雕之中都包含了视觉，比如放在屋梁上的一个人物，必须考虑欣赏它的时候是一个仰视的视角，所以雕刻的时候人物的比例关系就不能跟平视一样，不然就会变形。相反，雕刻罗汉床四个脚上的麒麟或狮子，就必须考虑俯视的视角，不然也会刻不好。陈乔峰说："我觉得我们看到一段历史，大概也应该如此，取决于我们究竟是仰视还是俯视，抑或平视。"

第四折　回炉

陈锦桐给他竖起了拇指,说:"你这段话真是深刻,我得好好消化一下。"又说:"你阿公陈团结真是个有智慧的人。"陈乔峰说:"他最大的智慧就是娶到了我阿嬷。"

展览总有结束的时候,但陈锦桐说服李启铭,让这个展览成为书楼的常设展。陈锦桐终于还是要离开梅花村,他嘴上说他会经常回来,但他也明白,事情已经告一段落。他去拜别林雨果,在陈团结以前经常坐着的那只沙发上,不太熟悉地摆弄着工夫茶具,林雨果在旁边教他烫杯,两个人聊得非常开心。下午的阳光从西边的窗户透进来,屋子里的物件都带着暖意。黄博琳在边上悄悄把相机的录像功能打开,她跟陈乔峰说这是多好的素材。林雨果问她在做什么,她说在帮他们拍合影。

尾声

1

黄博琳跟陈乔峰说,她的影片素材已经收集得差不多了,在这里她吃过很多美食,也看过很多景色,就只剩下潮汕过年没有体验过,她准备在潮州过完元宵节便离开。前一阵见过黄博琳父母的时候,周小英以为他们谈了这么多年,马上可以修成正果,于是旁敲侧击跟陈乔峰说,有没有可能元宵节前下聘,然后春节后择日完婚。周小英没有说出口的话是,怕阿嬷等不了那么久。但自从陈纯钢和周小英知道儿子跟黄博琳的事没有结果之后,就不再在儿子面前提起黄博琳,而开始给陈乔峰安排各种装作很自然的见面。陈乔峰找了各种借口溜掉了,所以这段时间,他以年底事多为由躲到

归潮

了他那套没有新娘的婚房里。

婚房的位置在韩江大桥以东。从这里出发,穿过韩江大桥就是古城区,回梅花村也道路通畅。另外这里离泰佛殿非常近。在潮州所有的景点里,黄博琳却非常喜欢这个十分不起眼的泰佛殿。

陈乔峰邀请黄博琳来家里喝茶。黄博琳来了。他带她参观新房子,看到每个房间的设计风格,她很快明白陈乔峰此前装修这套房子的心思。他们回到客厅喝茶,茶几上摆了鲜花,客厅角落的音箱传出钢琴曲,显然经过精心布置。黄博琳说自己并不打算结婚,即使结婚也不准备要小孩,所以她并不需要一个丈夫,最多只是一个旅行伴侣:"这几天我把'海上丝绸之路'的主要城市列出来了,以后我要一个城市一个城市去拍摄,在每个城市都生活一段时间。人生短暂,在生与死之间,其实只剩下体验。"陈乔峰明白黄博琳的心思,她是一个注重生命有效性的人,只会像候鸟一样南来北往,不可能像家禽一样驻守在碧河边。

"锦桐叔最近给我发了邮件,说泰国有一家华文学校打算开一门木雕课程,这方面的教师不太好找,他想让我过去那边工作。"他确实有考虑出去,当然,他也是在试探黄博琳的态度。他想说如果她愿意,他可以是个好旅伴,但这句话终究没有说出口。

他带她去看书房。房子装修过程中,这个书房陈乔峰最为用心,他原本打算在书房里跟黄博琳求婚。

黄博琳走进书房的时候，被一整面墙上的木雕震撼到了，惊讶得瞪大了眼睛。她说这是什么样的手才能雕刻出这样层层叠叠的作品。陈乔峰解释道，这是他阿公陈团结的作品，是他的遗作，整个画面就是他阿公阿嬷在井水边初次见面的情景。

"阿嬷送给我们……送给我的礼物。"陈乔峰内心升腾起一股悲凉之感，也许一切就是个错误。

黄博琳问："这得用多少时间，太精美了，特别是这棵龙眼树。"

陈乔峰说："根据我阿爸的回忆和估算，这个木雕我阿公大概用了五年零三个月的时间，他悄悄进行，事先没让我阿嬷知道。"

黄博琳说："你阿公还挺懂浪漫。"她深处手指在木雕的井沿上轻轻摸了一下，说："这样的艺术品应该拿到国外去参加展览。"

她说她并不是说说而已，最近新加坡正在策划一个华人非遗的展览，如果陈乔峰愿意，真的应该寄过去展览："你阿公这样的作品，凝聚毕生功力，忘记谁说过，最好的艺术品应该是属于全人类的。"

一下子升华到全人类，陈乔峰当然必须答应。黄博琳确实也非常有执行力，并非随口说说。只过了两天，她让人细心将作品做好组装的标记并打包，还十分严谨让陈乔峰签署了展品合同。接下来的时间，她反复修改陈团结的创作履

归潮

历，给陈团结印制了一份精美的图册，中英文双语介绍。在这个过程中，陈团结的其他作品也被陆续整理出来。展览引起了很多人关注，黄博琳细心收集所有的照片，也做成了图册，印刷出来交给陈乔峰，让他转交给林雨果。

黄博琳做事十分认真，她也在用她的热情来回应陈乔峰。她鼓励陈乔峰也应该多走出去："潮州文化从来都不是男耕女织，而是星辰大海。"黄博琳说他们家族在泰中罗勇工业园也有一些投资，最近她父亲正在跟潮州的陶瓷企业谈合作，所以他如果选择去泰国教学生做木雕，应该会拥有一次非常精彩的人生经历。

他终于注意到黄博琳在表达这样的职业选择时，用的并非"男怕入错行"那样永生永世的方向判断，而是将之视为一段经历。

2

黄博琳在回新加坡之前，在潮州度过一个欢乐的春节。

陈乔峰带她去拍摄铁枝木偶戏。乡下各地逢年过节敬神祭神的庙宇前面，都会有铁枝木偶戏，也叫"纸影戏"，有点类似于皮影戏，搭个台子，里面有人在操纵木偶人唱戏，"捆草为身，扎纸为手，削木为足，塑泥为头"。这种唱给神仙看的戏，却并不会太严肃，更多是要热闹，喜欢用丑角。潮州话的铿锵应该到潮剧里去寻找。潮剧唱法用真声，显得甜，很多题材都由本土传说演化而来。现在年轻人不太听潮剧，但潮州人将神仙叫作"老爷"，所以潮剧大概也是逗"老爷"开心的一种方式吧。哪家如果有什么大事，需要求神仙帮忙，许愿的时候就会许下一天或三天的"纸影戏"，表示如果"老爷"保佑，则会回报以戏。"姥爷"开心了，大家才会有好运气。

陈乔峰带她去看"营老爷"。潮汕地区过年每个村都有自己"闹热"的日子，时间范围多数在正月初一到元宵节之间，挑一天作为"闹热"，所以要在这一天拜神，有条件的村落要"营老爷"，也就是将庙里的"老爷"用轿子抬出来

归潮

游街,这时候人山人海,经常因为"抢头香",年轻人大打出手,弄得头破血流。各村的民俗又有不同,比如有"拖神",有"抢神",有"跳火堆",有的比较优雅,有的比较野性,但大家内心都是虔诚希望好运平安顺利赚大钱。过年如果没有"营老爷",那就显得非常安静和寡淡,简直就是白过了。"营老爷"时,正常也会有"营锣鼓",潮州大锣鼓充满了生机和活力,在队伍的中间,有童男童女拿着花篮和果篮,有少女扛着锦绣镖旗,热闹非凡。这些年英歌舞被媒体报道为"中华战舞",流行了起来。所以很多地方还会在"营老爷"时增加英歌舞表演。潮州文化中保留了某种古典的仪式感,有时候近乎古老腐朽,却也为生命和生活提供了众多的节点,形成彼此连接起来的空间。

陈乔峰带黄博琳去参加过年期间各种不同的"拜老爷"。"拜老爷"本来是日常的功课,更是各家媳妇的必修课。但过年的时候,拜神的次数也会被集中起来,拜祭祖宗的钱纸[①]和拜神的有所不同,这里面非常有讲究,都是学问。在潮州,民间的神仙数不胜数,各路神仙都不能得罪。每家每户都有灶神,也被奉为"家神",则是一家之神,小孩都得来拜,以求学业有成。王母娘娘和天公有各自不同的喜好,各种神仙也有不同的荤素忌讳,由此衍生了各种糕点粿品,各种纸钱样式。比如鬼节需要普度,则会用纸缝制"孤衣"烧给孤魂野鬼,地点一般都会选择在溪水边。黄博琳最

---

① 冥币。

感兴趣的还有求签和圣杯，每次抽到上上签，她便很开心。

陈乔峰带黄博琳去看卤狮头鹅和做粿。一般过年时候每家每户都会杀鹅。梅花村里狮头鹅的叫声会在过年之后变得稀少。卤鹅在潮州是过年的标配，如果哪家过年杀鸭或者杀鸡而不杀鹅，基本会被街坊邻居认为过去一年日子过得不太好。所以年节前几天，就有人到路边起了炉火，摆一只大锅，专门帮人家杀鹅。也有人走街串巷开始收购鹅毛，吆喝声总是格外嘹亮。至于卤鹅的配料，各地配方总是略有区别，这里就涉及哪里的口味更为正宗的问题。除了卤鹅肉，过年必备的粿品还有红粿桃和鼠壳粿。有人说是潮州人喜欢吃，都是吃货，才发明出那么多拜神的节日，因为潮州人的祭品讲究，也非常好吃，节日越多，好吃的粿品也就越多，小孩最高兴了。据老人讲，很多拜神的程序不断被简化，但是各式糕点，会因为庞大的吃货团伙而传承下来。

陈乔峰给黄博琳耐心讲解过年走亲戚的风俗。有了卤鹅肉和祭品糕粿，过年走亲戚互相拜访的时候，这些也就成了常规的礼物。过年礼品往来和拜神一样都是大学问。到别人家里去喝茶，不带点礼物，两手空空总是不太妥当。老一辈更是讲究，过年时候要随身带上一对潮州柑，以备不时之需。橘子是大吉大利的象征，因为潮州话里"大橘"便是"大吉"，路上遇到亲友会交换橘子以传递吉利。走亲戚串门拜年则更要带上大橘，告辞的时候主人家就会交换橘子，收下你的橘子，另外拿一对橘子让你带上。过年走亲戚，这

归潮

简直就是一门平衡术，舅舅家送来什么，姑姑家送来什么，婶婶家送来什么，都需要逐一分别回送。互相赠送的礼品，多是些过节的食物，其实也不值钱，然而七大姑八大姨，各种远房亲戚，在这个互相赠送的零和游戏达到了情感交流的高潮。在这个过程中，礼品的来往，给小孩的红包，都是亲疏关系的见证，一点都马虎不得。特别在农村，一斤猪肉或者几只鼠壳粿，有时便可能结下恩怨。整个关系网络微妙和敏感，但是该到需要互相帮忙的时候，该出钱出力的时候，亲疏的评判又毫不含糊，所有人的眼光都看着你呢。说着八调的古语，吃着精致的糕粿，喝着讲究的热茶，听着优雅的潮剧，拜着多得数不过来的神明，维系着错综复杂而又安全互助的宗亲网络，潮州人会在这个文化环境中将自己调适到最舒服的位置。时间流逝，年轻人开始不太讲究这一套，或者说受不了这一套，很少人过年串门还带上橘子了，古老的仪式感正在面临新的挑战。在微信替代了电话成为拜年常规方式的今天，那种音讯隔绝的环境里带着各式礼品走亲戚的情景只能停留在记忆里。

　　整个春节跑下来，陈乔峰感觉比加班还累，除了亲戚间迎来送往，其他时间便带着黄博琳东奔西跑，走街串巷。古城区每当到了过年便被游客占领，根本就挤不进去。所以陈乔峰带着她在各个乡镇去吃各种小吃，去凤凰山看天池品茶，到盐灶看拖神，最远跑到汕尾的玄武山求签。李启铭对他们俩的点评就是："苦命鸳鸯。"不过过年期间李启铭是完全没有功夫理他们,他的民宿客栈每天都满房,他又不肯让价格上浮太厉害,担心影响游客体验。他甚至跟陈乔峰建议:"你的婚房反正用不上,还不如临时给我拿来当民宿,有朋友来潮州过年,还没有办法订到房。"

陈乔峰拒绝:"不行,黄博琳这几天住这边。"

李启铭啧啧称赞,说:"还是你小子有办法。"

"别阴阳怪气,我们现在是室友,过了元宵她就回去了。"

"人家老夫老妻才是室友,你们提前进入室友状态,可喜可贺。"李启铭嘴上可从来没有输过。

不过如果从第一次见面算起,他们确实认识了很久;但陈乔峰要过了很多年才明白,黄博琳从来不是一成不变的,她像一条蜿蜒的河流,欢腾雀跃,会在年月里悄然修改约束自己的堤岸。陈乔峰在电话里对李启铭长叹一声。他那天听到黄博琳说,什么都体验过了,就差在潮州体验一下婚礼,当一次新娘。当然他现在明白了,她只是随口这么一说,并不能当真,故此也就没有接话。当天晚上他梦见黄博琳带着一个英国男友彼得过来潮州结婚。在梦里,英国帅哥彼得长得特别像李启铭。他跟黄博琳提到这个梦,黄博琳哈哈大笑,说:"英国帅哥可没有生辰八字,要看日子可能比较麻烦……还别说,我真有一个朋友叫彼得,不过彼得不是帅哥。当然,我也不是美人。"又问陈乔峰:"这附近不是还有一个美人城?我们去看看?"陈乔峰说:"以前有的,现

归潮

在没有了。"

时间过得特别快,元宵节转眼也过去了。陈乔峰送黄博琳去机场。黄博琳说不用送,或许过些天她又回来了,或许他们可以在曼谷见面,但陈乔峰明白这一次不一样,因为黄博琳把她所有的拍摄设备都运走了。告别的时候陈乔峰给了她一个拥抱,黄博琳却毫不吝啬地回应了他一个吻。仅此而已。人生所有的离别仿佛都写在剧本里,剧中人能做的只是记取某个瞬间的温暖。

3

黄博琳好像就这样在陈乔峰的生活中消失了。有时候陈乔峰会觉得生活充满了虚妄之感,他甚至假设黄博琳从来没有来过。如果不是朋友圈偶尔有她的消息,知道她最近在马尔代夫浮潜,这个叫黄博琳的人也许早已经成为一个虚数。

雪上加霜的是,陈得海的弟弟陈得江也要结婚了。用李启铭的说法是,陈得江这小子一身债还没有还完,但不妨碍他死皮赖脸锲而不舍,最终还是抱得美人归。第二天周小英便打听清楚回来告诉儿子,陈得江那个结婚对象,之前就是她让陈乔峰去见面的那个女孩:"人家姑娘生雅①,半步村人,叫刘平安。"周小英说当年刘平安出生时脐带绕颈,碧河镇医院的妇产科都没有办法,九十年代镇上剖腹产技术又不行,凌晨三点半专门把你阿嬷请到医院去,才救活过来。这次陈得江父母上门求亲,老刘家有个条件,婚礼必须请你阿嬷去。

陈乔峰只是淡淡哦了一声。

过了一个星期,陈得江果然带着刘平安来找林雨果。陈

---
① 长得漂亮。

归潮

得江前一天晚上就给陈乔峰打了电话，要他一定陪着一起："峰哥，你这次无论如何要帮我，见你阿嬷，我还是有点害怕。"陈乔峰说我阿嬷又不会吃人，但他还是答应了。第二天，陈乔峰在门口帮林雨果浇花，陈得江如约而至，带着刘平安从巷子那头走过来。巷子里光线柔和，门口鲜花绽放。刘平安果然长得好看，脸蛋雅致，身材也凹凸有致。陈得江离他还有十米远，就开始伸手在身上摸，摸出香烟来，陈乔峰却说不抽。陈乔峰带他们进门，陈得江见了林雨果，果然变得特别乖，话也少。他只说婚期是三月十四日，日子是根据两个人的生辰八字挑的，不是周末。林雨果说，好日子。陈得江说，良辰吉日是由天后娘娘定的。

林雨果伸手把刘平安拉过来，坐在自己身边。然后看了陈得江一眼，说："他们都说小江做生意亏钱，我看他才是最懂赚钱的，娶个好老婆能旺三代人。"阿嬷这个动作让陈乔峰感到熟悉，那天她也是这样把黄博琳拉过来坐在她的身边。陈得江小声补充介绍了他和刘平安第一次见面的情况，他说他们是在英歌队训练的时候认识的，一见钟情，很快就结婚了。

刘平安说话声音好听，落落大方，她先感谢林雨果的救命之恩："我妈说，平安这个名，就是您帮忙取的。"然后她看着陈得江说自己才是最亏的，别人结婚之前都有求婚仪式，有单膝跪地，有戒指鲜花，只有她稀里糊涂就进了陈得江的圈套，迷迷糊糊就开始要嫁人了。

林雨果看着孙子陈乔峰说:"能带雅姿娘仔来看阿嬷,都是好孙子,接下来啊,我就等着阿峰带奴仔①来叫老嬷。"陈乔峰只能尬笑。林雨果又对刘平安说,那时候,六十年前,看完潮剧之后,陈团结也是跟她说了一句"结婚吧",就这样把她娶了,也没有什么求婚之类的仪式,但是……

"阿嬷,但是什么啊?"刘平安十分聪明地改口叫阿嬷。

"但是我给他提了三个条件,我说得满足我三个条件我才能嫁给他。"

刘平安一听就来了精神,坐直了身体:"教我,教我,三个什么条件?"

"我说我还没有想好,想好了再告诉他,"林雨果很得意,她呵呵地笑,"结果到他死,我还是说我没有想好,我就一直吊着他的胃口,让他慢慢猜,猜一辈子。"

"啊?没想好?"刘平安有点惊讶,她眨了眨眼睛,似乎在努力理解那代人的浪漫。

陈得江给林雨果看他们的婚纱照,又说了他们接下来准备去东南亚度蜜月。刘平安又拿出婚宴的菜单,说她妈妈交代她,务必要问阿嬷的意见,看看有什么需要注意的没有。陈得江补充说,跟他哥陈得海一样,结婚摆酒就在碧河书楼,已经跟李启铭打过招呼,李启铭愿意免费提供拍摄服务。

尾声

---

① 孩子。

归潮

林雨果说:"菜单我就不看了,吃得又不多,只是心里高兴,就想听潮剧。"

"想听什么?"

"《陈三五娘》。"

于是结婚之前三天,碧河书楼唱了三天潮剧。林雨果每场必到。只是有时候她会打瞌睡,醒来继续听,并不知道刚才打了瞌睡。这半年,林雨果的记忆力越来越差,可以说是断崖式下降,但是潮剧的经典唱段,她在台下总能跟着哼唱起来。陈乔峰能感受到她的喜悦,就如春草一样悄然在阳光下生长。林雨果问李启铭,韩江边的木棉花开了没有?李启铭回答还没有。"韩江边木棉花开的时候最好看,乔峰,你以后要多陪博琳到江边走走。"李启铭看了陈乔峰一眼,看来林雨果已经忘记黄博琳早就离开了潮州。陈乔峰对李启铭说:"我阿嬷现在拥有的时间,跟我们已经不是同一个速度。"

在林雨果的想象里,陈乔峰和黄博琳也是在这个春天结婚的,她将陈得江的婚礼视同为陈乔峰的婚礼,甚至会把刘平安喊成"博琳"。刘平安知道情况,也不恼。陈乔峰不敢告诉阿嬷,黄博琳此刻已经在马尔代夫。他们最近一次联系,是因为黄博琳在浮潜时被离岸流冲了出去却浑然不觉,教练找不到她时才发现她被海浪推到很远的地方,费了九牛二虎之力才救了回来。黄博琳打电话给陈乔峰,她告诉他,在最绝望的时候,她看见了海沟,深不见底,连鱼群都看不到,那时候一种终极的恐惧涌上心头。

"不知道为什么,被海沟惊吓到的那一个瞬间,我突然想,我应该留在潮州跟你结婚,安安稳稳过日子。"

陈乔峰哦了一声,然后说:"也许在另一个平行宇宙,我们已经结婚了。"他在电话里给黄博琳描述他们结婚的情景:婚礼临近,黄家提前一个星期来到潮州,他们从新加坡樟宜机场经停广州,八个小时就到达揭阳潮汕机场。陈乔峰为他们挑选了一间靠近意溪镇的酒店,从窗口还能眺望韩江,能看到被夕阳笼罩的湘子桥。他们的好朋友李启铭当然成为他们的婚礼顾问,黄家父母对潮州的婚俗非常好奇却又什么都不懂,于是可怜的李启铭经常被黄博琳的父母叫过去问东问西,咨询各种婚礼的风俗。李启铭只能带他们到西马路逛置办婚礼用品的商铺,还专门给他们看什么红花仙草。

"你大概愿意披上最传统的红盖头,我在深夜里撑着红色雨伞悄悄将你接回到我们的婚房里。"陈乔峰说着说着,竟然有泪滴滑落,只是电话那头的黄博琳并不知道。

黄博琳接着陈乔峰的话说:"我也来接着想象一下,我们的蜜月,应该去曼谷吧,每天游泳,骑大象,浮潜。泰国的海滩也很干净,还有一些海岛浮潜也不错。然后我们度蜜月回来,你告诉阿嫲,这次认识了许多以前从来不知道的热带水果,可惜没法儿过海关。于是回到潮州我们就马上网购红毛丹,说是买给阿嫲吃,其实阿嫲可能只吃了两三个,剩下都被我们这对新夫妻吃个精光。我们会给阿嫲谈起了在曼谷发生的趣事,至于什么趣事现在我还想象不来。曼谷的变化当然天翻地覆，然而阿嬷还能记得好些街道的位置，只是不少地名已经跟她说的不一样了。是不是这样？不过你大概已经开始想象我们推着婴儿车在韩江边散步了……"

女导演黄博琳展开滔滔不绝的讲述，她以令人惊叹的故事编织能力，把一场想象之中的婚礼描述得有板有眼回环曲折，说着说着，她自己笑起来，然后又说："很想念你阿嬷，她是我见过最优雅的老人。"

"就没有想念我？"

"也想念，从前觉得你太过传统，从来不敢往前再走一步，现在慢慢明白你可能更看重责任，阿嬷在，不远行。我不应该用自己的速度来要求你。或许是我太年轻了。"

"你就是说我太老气横秋呗。"陈乔峰揶揄她。

4

陈乔峰试探地问阿嬷，有一个朋友在华文学校当教师，很希望陈乔峰能去那边当老师，学校说像木雕这种非遗手工艺，学生会非常感兴趣。

"阿嬷，这次阿公的木雕在新加坡展览非常成功，我这段时间也参与一些具体的工作，真的非常棒。新加坡那边也在修宗祠，已经邀请我参与他们的项目，我接下来可能会去新加坡一段时间，然后去泰国。有人说海内一个潮州，海外一个潮州，果然是这样。"陈乔峰脸上洋溢着对未来穿越世界旅程的憧憬，他询问林雨果对他到海外去的想法。

林雨果说："你应该问博琳，不应该问我。"

陈乔峰不知道该说什么好，他只能没话找话说："博琳说，潮州文化向着星辰大海，所以，是不是潮州人应该往外走才对？"

林雨果没有回答，她一直微笑着，她很认真听他说话，又好像没有听到。关于孙子的很多问题，她其实已经用一生做了回答。她的眼睛看向窗外，仿佛能在空中看到其他人看不见的字幕，她喃喃念道："心安随处家庙，潮平四海归来。"

林雨果拉了拉身上的被子,告诉陈乔峰:"最近总是做梦,梦见你阿公陈团结在龙眼树下的水井边打水,问他说水凉不凉,他又不说话。"

立秋那天,林雨果就给陈纯钢打电话,让他过来一趟,然后说:"你们可以准备一下了。"陈纯钢一脸茫然,然后他突然明白母亲说的是什么,赶忙说了一些安慰的话。林雨果微微一笑,说:"最迟不过白露。门口没有声音了,我母林阿娥的铅笔快削好了。"果然,处暑刚过两天,她在天井的躺椅上打了两个喷嚏,就这样过去了。

每个来参加葬礼的人都说老人家有福气,无病无痛就这样走了,也不拖累子女,所有的事还安排得妥妥帖帖,连寿衣都摆在房间的床头柜里。按照老人的意思,葬礼一切从简。当然循例应该完成的丧葬风俗环节还是不能省略,报丧,收棺,守灵,送葬,回灵,按部就班的程序减弱了人们的悲伤。

陈得海兄弟将鱼生店停业过来帮忙,李启铭也到了。黄博琳给陈乔峰打电话,他才接了。她说了几句安慰的话,然后哭得没法说话。她挂掉电话,情绪平复之后才又打过来。如此反复,电话挂掉了四次之后,总算是把她要说的话说完了。

"要不我赶回去?"当然她也明白赶不及。

"不用。"陈乔峰反过来安慰了她几句。

白色的蜡烛照亮了大客厅，围坐在一起，人们谈起了林雨果，说起林家满门忠烈，说起从前林家曾经出钱修缮书楼和捐建梅花村小学。向来少言寡语的冰婶，在旁边坐着，冷不防说了一句："如果我没数错，在场有一半以上的人是团结婶接生的。"原本喧哗的声音突然安静了下来，也就是在这时，有几只白色的鸽子突然在天井里停落下来，有的跳到水缸边缘，有的咕咕叫着扑腾飞到走廊的横梁上，几分钟后，所有的鸽子又齐刷刷飞走了。大家纷纷说是吉兆，又问冰婶，她却说是故人来。

　　火化之后，林雨果葬到梅山的公墓里。陈纯钢去年就悄悄挑了一块墓地，离林汉先墓比较近，他认为这样好让他们在那边彼此有个照应，清明扫墓也方便一些。林雨果下葬之后，外地才有人知道她去世的消息，那些在漫长岁月之中受过恩惠的人，竟然不远千里来到墓前吊唁。

　　白露那天午后来了台风，风很大，整整刮了一天一夜，门前院子里的那棵莲雾树被吹倒了。这么老的树，重新种下去也活不了，陈乔峰只能让人将莲雾树锯断运走，重新种上了一棵龙眼树。

尾声